LE GRAND SOIR

Cinéaste, François Dupeyron a tourné en 1988 son premier long métrage, *Drôle d'endroit pour une rencontre*, nominé pour le César de la meilleure première œuvre. Il a depuis réalisé de nombreux films, parmi lesquels *Un cœur qui bat* (1991) et *La Chambre des officiers* (2001). Il est l'auteur de deux romans : *Jean qui dort* (Fayard, 2002) et *Inguélézi* (Actes Sud, 2004), qu'il a adapté au cinéma.

FRANÇOIS DUPEYRON

Le Grand Soir

ROMAN

ACTES SUD

I

C'est à Genève, une rue de la basse ville, là où se rendent le populo, les soldats, toute la soif de la ville et les queues qui réclament.

L'entrée du 8 ! une lanterne éclairée au gaz, le 8 bien visible sur trois faces... ça peut faire penser à l'entrée d'un passage au siècle dernier, en fait, c'est un bordel, pas à s'y tromper avec cette lanterne, là, à quelques mètres, de mèche avec la rue.

Un homme s'avance, il est lourd, large comme une armoire, il marche en s'appuyant sur une canne, il est saoul, cuit, coton... mais ça ne paraît pas au premier coup d'œil, la lenteur va bien avec sa corpulence et on pourrait même penser qu'elle lui est naturelle.

Trois jours qu'il tourne en rond, d'un bar à l'autre, n'en sort pas de son tournis. L'ivresse a viré fatigue, une grande fatigue qui le ramollit, notre homme, et il a besoin de toute cette vie autour de lui, il lui faut ça pour tenir encore debout.

Le grand Courbet, le peintre, c'est lui... mieux que ça ! le naturalisme, c'est lui ! l'inventeur, le plus grand, l'unique… il le sait qu'il restera dans l'histoire et c'est un poids, un de plus, il en porte, il a sa charge.

C'était hier, à la fin des années soixante-dix… 1870 ! mais 1870, 1770, 1670, les chiens aboient, la caravane… c'est toujours la même, une belle cochonnerie d'histoire qui se répète, se moque des hommes, qui les travaille, écrase, bousille, pauvres hommes… pauvres hommes !

Il entre… l'intérieur, c'est la continuation du passage, une grande pièce tout en longueur, la patronne au milieu, elle trône la vieille, le cul vissé à sa caisse, une sorte de chaire qui la met une tête au-dessus de son monde, l'œil à tout… à ses filles d'abord ! poitrines à l'air, d'emblée la chair, le sucré, l'alcool, l'attrape-nigue… l'œil n'y résiste pas, s'égare, il la suit qui coule et se perd à la ceinture, sous une façon de déshabillé en gros coton qui ne demande qu'à tomber, ouvert sur les fesses, donnant à voir une jolie part du sillon, la chair, rien que la chair.

Elles vont viennent au milieu des hommes, chienne, chatte, tigre, cheval, tout le bestiaire, tous les goûts… tout ce qui est bon pour les exciter, les monter, leur tirer un billet avant de les moucher.

Jamais elles ne s'arrêtent c'est la règle, la patronne y veille, jamais répondre à quelque saloperie, parce qu'ils en bavent, en écument, ils s'échauffent là, si près du but, les morts de faim… ils les boivent, se rincent, les yeux écarquillés, ils essaient aussi de tâter, pincer, ils se penchent pour frôler, humer et on dirait qu'ils ne se décident qu'à la toute dernière extrémité, presque à regret, comme s'ils allaient se jeter dans une eau trop froide.

Alors, ils prennent le bras d'une fille et se laissent conduire au pied de la chaire... là, ils règlent leur dû contre un jeton que la patronne remet à la fille, et puis c'est l'escalier, tout de suite à droite, derrière la chaire... pas qu'un escalier ! Il fascine, les hommes gardent toujours un œil dessus pour savoir qui monte qui descend... et c'est pas triste ! il y a à voir là aussi, ceux qui descendent se croient obligés de commenter et ceux qui montent goguenardent, se gonflent... Il faut bien dès lors qu'ils sont en vue, mais à vouloir se cacher, ils se trahissent, y a plus de gueule que d'estomac, ici comme ailleurs.

Courbet s'est allumé, on dirait... une étincelle, une idée, il s'avance, se fraye, pour croiser le chemin d'une formidable crinière rousse. On ne voit que ça, rousse ! la masse mousseuse, orageuse presque, plus affolante que la chair pour celui qui s'y laisse prendre... et il est pris Courbet.

— Jo ! Jo !

La fille se retourne, jauge, un regard suffit... jamais vu cette gueule épaisse, tout en barbe qui lui arrondit le visage, elle pense à une coquille Saint-Jacques, le plat du front plus étroit que la base... et tout de suite elle l'oublie, et il n'a plus que son dos, il en reste en l'air tout gros qu'il est, arrêté dans son élan, il va devoir attendre qu'elle repasse, la pister, viser juste pour gagner une seconde ou deux... Qu'elle le regarde nom de Dieu ! Qu'elle le regarde vraiment et elle le reconnaîtra... Il a blanchi c'est vrai, grossi, les yeux... il sait !

il sait !… C'est le regard qui a changé, mais rien, du détail, c'est dedans la catastrophe, dehors c'est toujours lui… Si elle ne pense pas à lui, c'est normal qu'elle ne l'imagine pas là, mais qu'elle le regarde et ça remontera !… Parce que chez lui, ça n'en finit pas, il en sue, il en est tout mouillé tellement ça remonte le passé, pas mort… Oh que non ! c'est fou ce qu'il est là, à toucher… Il passe sa main sur son front, tout en eau lui aussi.

— Jo, c'est moi ! Jo !

Toujours rien… il lui prend le bras, l'arrête.

— Qu'est-ce que tu fais là ?

Elle l'entraîne un pas, deux, elle cherche à se dégager mais il est bien trop lourd.

— Lâche-moi !

— T'énerve pas…

Elle a beau… c'est rien que du nerf cette fille toute sa force, mais Courbet l'a empoignée et les nerfs il s'en amuserait, du beurre ! ils ne font que durcir sa prise… alors elle crie et la vieille l'entend.

— Il va se tenir le pignouf ! ou il veut que je lui envoie mes chiens ?

C'est pas pour rire, elle a poussé la porte de sa caisse et deux têtes mauvaises sont toutes prêtes à bouffer de la chair… elles aussi, la chair !

— Tu me reconnais pas ?

— …

— Gustave ! C'est moi, Jo…

Il parle doux, elle crie.

— Tu me lâches !

— Écoute, écoute… je te demande pardon… pardon, pardon, pardon, pardon.

— Alors, il se décide ?

La vieille pousse la voix et les chiens ça les fait aboyer.

— On monte ou tu me lâches !… C'est oui ou merde ! mais tu me lâches.

— Si tu veux… On va monter, oui.

Il se ramollit, comprend pas qu'elle lui crie dessus, Jo… cette voix ! il commence à douter, c'est peut-être pas la même… Oh que si ! Que si ! La même ! elle l'excite… ça aussi qui remonte !

Alors, il la suit jusqu'à la caisse, il sort son billet, la vieille le prend sans un mot, elle en a vu d'autres, des empochtronnés, des fadés au vin mauvais, elle tend son jeton… toujours il lui tient le bras, mais mou, de plus en plus mou et il en met un temps à remettre son porte-feuille, à pousser un pas devant l'autre pour prendre l'escalier, une marche, deux, et puis… et puis c'est tout ! trop difficile… Il chaloupe, il chavire, plus de jambes, plus de sol ! Il a beau se reprendre, se retenir à la fille, elle le relève, elle l'aide tout ce qu'elle peut.

— Pardon… pardon, pardon, pardon, pardon…

Il n'a plus que ce mot à la bouche… C'est tout de même une belle saloperie un escalier quand ça tangue de partout et qu'on se sent si lourd, il faudrait être oiseau, plume… il retombe toujours et c'est touchant de le voir défaillir, essayer encore, toujours… il s'épuise, il renonce, il en oublie la fille, il la lâche… parce que c'est une autre histoire qui commence pour lui… il souffle, il y a de la bête au sol, ses yeux se ferment, il dormirait bien là... il cherche une position, un appui sur son coude, il ne voit plus la vieille, ni Jo...

— Jo !

Il l'appelle encore, une bouffée qui lui remonte et il sent qu'on l'emporte, deux hommes qui le traînent dehors, l'air se fait frais... il a un dernier regard, il cherche Jo... disparue !... c'est dommage ! il se laisse emporter... il ne sait plus, c'est tout coton, un gros nuage, un édredon tout chaud, comme lorsqu'il s'endormait tout enfant, tout petit... c'est peut-être la voix de sa mère qu'il entend, il entend que ça parle... il ne sait plus, il s'éteint...

C'est le froid qui le réveille, il est dans une carriole dételée, sûrement celle d'un poissonnier, ça empeste, attaque le nez... oui, c'est bien ça, il est devant une poissonnerie. Il ne sait pas comment il est arrivé là, même qu'il a fallu qu'il monte et c'est déjà une belle hauteur. Il entend des oiseaux, des moineaux probable, dans les tilleuls de la place. Il reconnaît vaguement, bien qu'il n'habite pas Genève, il y vient, il s'y échappe... à cinquante-sept ans il s'échappe toujours, il part, une chemise sous le bras... Et alors ? Qui pourrait l'en empêcher ?

La chemise, il ne sait plus où il l'a laissée, sans doute dans quelque hôtel, mais lequel, il se souvient de deux... Merde ! Son bras est tout ankylosé, il a dû dormir dessus, il le secoue... Il va descendre, mais c'est pas si simple, la carriole navigue sur sa béquille... Heureusement la terre est ferme ! il croyait qu'elle bougeait encore... non, de ce côté-là, tout va bien ! de l'autre vaut mieux pas trop y penser... Si ! de l'autre côté il aperçoit le ciel, tout rose, un bébé... il faut vite qu'il avale quelque chose, comme un bébé toutes les trois heures, ça réclame en lui et ça le ferait presque rire... un bébé ! il est d'humeur...

Mais soudain, il repense à Jo et ça lui coupe net l'envie de rire. Il n'y a guère plus de trois heures qu'il l'a vue... et il veut déjà la revoir, il le faut, ça réclame et tout de suite, Jo !

Si cette fille n'est pas Jo, c'est une hallucination, une vraie de vraie, même saoul à tomber, il ne s'est jamais mépris à ce point. C'est elle, merde !... Il la revoit, il ne peut pas se tromper, son bébé ! dix ans qu'il espère la retrouver à un coin de rue, dans un café, une galerie, n'importe où... Combien de fois il a pensé à elle !

Il marche ! à cette heure-ci, il n'est plus seul dans les rues et il va bien se trouver quelque troquet pour se rafraîchir... Il marche ! Jo, ici à Genève ! si près de lui... Elle a dû avoir honte, elle pouvait pas penser qu'il viendrait là... Jo, une pute ! Merde alors !... Non, c'est impossible, impossible, il débloque ! et pourtant la terre ne bouge plus, il marche droit, il a envie de pisser... Non ! il va attendre le troquet ! C'est bien la preuve qu'il s'est retrouvé, sinon il pisserait n'importe où comme un porc... Non ! Il marche droit ! Jo !... Merde alors !

Il a fini par le dégoter son abreuvoir. Depuis combien de temps il est assis là ?... Ce qui est sûr, c'est qu'il y est... trois bouchers, blouses blanches, viennent d'entrer, ils cherchent un trou où passer leur bras pour atteindre le zinc, au milieu d'autres blouses blanches, bleues, noires... Il est arrêté, sa pensée, son regard, tout... en arrêt devant les coudes qui se lèvent, c'est un mouvement continu, comme des oiseaux qui s'ébrouent ici, là... la fine et le calva qui filent droit dans les gosiers et sitôt le verre revenu sur le zinc, un petit mouvement de tête suffit, le serveur recharge... il chôme pas, pas le temps de reposer les bouteilles...

C'est reparti ! Il sait déjà que ce n'est pas aujourd'hui qu'il s'arrêtera de boire... c'est comme ça ! faut attendre le déclic, c'est très net il le reconnaîtra tout de suite, c'est pas une question de volonté, il en est plein de volonté, il veut revoir Jo, il veut que ça... et il ne veut pas se présenter minable comme hier soir, ce n'est pas de l'orgueil, c'est très loin tout ça derrière lui, juste une question de dignité ! Quoi qu'on puisse en penser, il est toujours terriblement à se battre pour rester un homme, mais ça c'est une autre histoire...

On doit parler de lui, il sent les têtes qui se tournent, il s'en tape, mais un regard s'attarde, une tête avec laquelle il boirait bien un verre... Alors il lève son coude lui aussi mais le verre est vide... Qu'importe ! il recommence, ça le fait rire l'autre... et lui aussi, mollement, mais il veut goûter ce moment, ce contact, ce dialogue secret et il lui fait comprendre, à l'autre, qu'il aimerait bien que le serveur vienne remplir son verre... et le serveur vient... et Courbet fouille dans sa poche et lui tend un billet.

— Va m'acheter une chemise ! comme celle-là… la plus grande…

— Il est pas cinq heures… regarde, ils ont pas encore fait l'ouverture.

Il lui montre les blouses, les gosiers qui s'ouvrent.

— Alors plus tard… hep !

Courbet le rappelle, il veut son billet ! Il perd pas le nord… Il sirote un peu et ça le rapproche de Jo ! c'est tout ce qu'il veut… et il se met à penser tout haut. « Pardon Jo ! pardon… maintenant que je sais où tu es je vais venir, je veux que tu saches… » Ça prend forme dans son esprit, il sait ce qu'il va lui dire.

Toute la journée il a résisté comme il a pu, d'un café à l'autre, il en a vidé des bières ! il en a pissé ! mais il n'a pas touché à la charmante… non ! pas d'absinthe et pourtant elle sait y faire la salope, comment le faire tomber… il l'a eue dans la tronche, elle a pas attendu, tout de suite au réveil, et mauvaise ! à le faire gueuler ! mais c'était non !… Encore une preuve ça aussi, de la volonté, il en a à revendre. Ça l'énerve cette histoire de volonté… enfin !

Il a décidé de revoir cette fille, Jo ou pas Jo, et il la reverra… ce soir, cette nuit. Elle l'a trop remué, tout ce qui avait fini par se déposer avec le temps, poussière d'âme, il a suffi qu'il l'ait revue… si on pouvait éclairer son intérieur, on n'y verrait rien d'autre ce soir, que cette poussière rendue folle, un courant d'air l'a balayée et c'est reparti, la danse… Et il s'est surpris à l'aimer cet air, ce branle-bas en lui, toute la journée il n'a rien fait d'autre que s'y frotter… Il s'est répété ce qu'il allait lui dire… Pourvu que ce soit elle !

Il a répété son texte, mais trop ! Il s'est usé… et maintenant, il en est à se demander si ça vaut vraiment le coup… enfin, ça aussi il connaît ! j'avance, je recule… Qu'est-ce qu'il attend encore pour se lever et courir la retrouver ? Il n'est pas très loin, c'est déjà ça.

Il a bien calculé… Quand la nuit est venue, il s'est souvenu d'un café où il vient souvent, il y est un peu chez lui. C'est le point d'eau des communards, des exilés comme lui… on y parle Commune, on y ressasse d'autres poussières, celles-là n'ont pas encore eu le temps de se poser. Mais ce soir, ça l'emmerde ! tout l'emmerde hors Jo et la musique. Il ne s'est pas mêlé, il s'est assis tout seul à une table, avec une bière… pas l'autre, surtout pas d'absinthe !

C'est aussi pour la musique qu'il est venu… tzigane ! parce que le patron aime ça et lui aussi, elle en connaît un rayon sur les frissons de l'âme, il est venu s'en remplir avant de courir à Jo.

Il a beau être dans son brouillard, il connaît tous ces visages… le Popol jambe de bois, il est là chaque soir, un pilier, il va de table en table, une main sur sa béquille, de l'autre il tend sa banque, il l'appelle comme ça sa main, celle qui reçoit les pièces qu'on veut bien lui donner.

— Pour la Commune !… pour l'Égalité ! la Fraternité… Fraternité ! Égalité !

Il fait musique lui aussi.

16

— La Commune n'est pas morte ! j'ai faim…

C'est un brave type mais il a ses têtes et s'il a un petit coup dans le nez et si les pièces tardent à venir, il se plante dans le dos du bonhomme et il égrène,

— Égalité !… Fraternité !…

Là, il vient de se planter derrière le colonel, il a dû l'être deux mois dans sa vie, colonel, maintenant, il joue aux cartes, avec seulement la veste de colonel. Ça va se gâter, c'est couru.

— Égalité ! J'ai faim… T'es sourd, saleté ?

— Qu'est-ce qu'il a dit ?

Le colonel ne se retourne pas, c'est aux autres de la table qu'il demande, et les autres arrondissent… « laisse tomber » dit l'un, « barre-toi » dit l'autre au Popol.

— J'ai dit « saleté » !… J'ai faim.

Il y a longtemps qu'ils se cherchent ces deux, mais on ne sait jamais à l'avance quand le moment est arrivé… des fois c'est un mot, quelque nouveauté, un mot idiot sans histoire, mais justement celui-là il ne fallait pas…

— Colonel, mon cul ! lui rigole Popol.

Il l'attend sur ses gardes, il se fait lourd, mais lourd Popol… jusqu'à ce que l'autre se retourne nom de Dieu ! qu'il lui balance n'importe quoi, une saloperie, son verre, son poing, n'importe quoi mais qu'il lui fasse sentir qu'il existe ! Comme sa jambe, par exemple ! Il n'est lourd que pour exister… C'est tout de même pas trop demander ! Si ?…

D'un bond, il se lève le colon, lui saute au collet, des chaises tombent, on se précipite pour les séparer.

C'était couru… l'ordre des choses, comme ça qu'il va le monde… Et ce soir ça l'emmerde Courbet, le monde, un gros coup de fatigue vient de lui tomber dessus, même la musique va finir par le lasser. C'est peut-être ça qui va le faire partir, le déclic… Mais cette fatigue l'inquiète… Il lui reste une gorgée à finir, il n'y touchera pas ! pas avant de partir, juste quand il se lèvera, il a décidé… la dernière, il a dit.

— Égalité !

Popol se plante devant lui, il pige vite, il n'a pas besoin d'un dessin.

— Non ? On dirait que t'as ton compte là… tu permets ?

Il tire une chaise et s'assoit, c'est pas la première fois qu'il s'assoit à la table de Courbet, dix fois, il lui a déjà raconté comment il l'a perdue sa jambe !

— Elle me lance la salope ! mais tu vois, je l'aime encore mieux que ta soif !… Tu m'offrirais pas un petit verre, non ?

Il est barré ailleurs Courbet, il le regarde sans le voir et l'autre se demande.

— T'es où là ?… loin ! tu voyages !

Il vise le fond de bière, puis Courbet, puis la bière et il la descend sec… et dans la foulée il lève le verre pour en avoir une autre.

— Entre survivants, on est des survivants nom de Dieu ! Y en a beaucoup qui l'oublient, c'est moche. Ils tournent la tête quand j'arrive les cochons. C'est pas les versaillais qu'ont gagné, ils ont fini le boulot c'est tout. C'est l'égoïsme, toujours il gagnera.

Il se penche en avant pour lui dire plus bas.

— *C'est pas à dire mais on* [...]
pourri du dedans le bonhomme, c [...]

Il se recule, passe un doigt sous son [...]
plus fort.

— Je dis pas ça pour toi, t'es au-dessus. [...]
moins moche, hein… mais c'est pas l'égoïsme.

Il se tortille sur sa chaise, on se demande… et fin [...]
par retirer de sa veste une feuille roulée serré qu'il étale
sur la table. Il la lisse du plat de la main… une san-
guine, la bordure mal taillée, sûrement découpée, arra-
chée d'un cadre.

— Ça vaut quelque chose ?… Non ? C'est pas de
chance. Elle m'aime pas beaucoup la salope ! Tu me la
signerais pas, non ?

Il pourrait, il l'a déjà fait… mais pas ce soir. Il faut
qu'il se lève et qu'il sorte… le reste n'existe pas, Popol
et sa grinche. C'est cette fatigue qui l'inquiète, s'il ne
peut pas se lever, s'il doit passer encore une nuit et un
jour à attendre… Il ne pense plus qu'à ça, se lever !

— T'es très loin ce soir…

Qu'est-ce qu'il lui chante celui-là ! Il est là et bien
là…

C'est l'imprévu, on le voit pas venir… Casta, il l'a
pas vu entrer, ni chercher dans la salle, juste il le voit
devant lui. Casta a fait le voyage de Paris rien que pour
lui… Il sait ce qu'il lui veut, l'ami, le fidèle sur qui on
peut compter la nuit, le jour et entre les deux… c'est
l'entre-deux qui est important. Mais pourquoi ce soir,
quand tout l'emmerde ? Merde Casta, pas ce soir !
Qu'est-ce que tu vas encore m'annoncer ?… Quoi
encore ?… Il m'arrive que des merdes ! cinq, six, sept

19

'entends ? C'est moi,

mérite pas mieux, il est
c'est ça qui gâte tout.
nez pour renifler

T'es pas

, mais ça me fait chier,
garde comme s'il était

t'es pas rentré. Tu le sais
que ... maine ?... Tu sais seulement ce que t as ... hui ?

Il le sait très bien… il hoche, il ne peut pas tout à fait lui mentir, c'est le seul, il n'y en a pas d'autre, le seul à qui il peut faire confiance, qui s'occupe de ses affaires à Paris, qui écrit pour lui aux ministres, à tous les salopards qui veulent sa peau. Popol est de trop, il saisit, il ne sera pas lourd avec lui, il dégage.

— J'ai revu Jo ! il a détourné la tête pour dire.

— C'est pour ça que tu t'es mis dans cet état ?

Oh ! ce serait si simple, il en sourit.

— Pourquoi tu réponds pas quand je t'écris ?… Je peux pas aider un mort ! Tu y cours… Si c'est ça que tu veux, continue, tu vas faire des heureux, c'est tout ce qu'ils veulent.

Il sait, il sait… mais pas ce soir ! Il lui fait signe d'approcher, lui-même se penche en avant.

— Je t'aime ! toi, je t'aime…

Il va prendre son verre, mais il est vide… alors un lascar se plante devant eux, jamais vu celui-là, d'où qu'il sort ?… un employé de banque on dirait, pas prévu lui non plus. Il vient lui présenter une toile, il retire la couverture qui l'enveloppe, sa main tremble… une croûte ! Il tient pas longtemps, le silence le plie, lui fait mal.

— Je sais ce que vous pensez… mais dans une journée, il y en a combien des minutes à retenir ?

C'est pas des mots pour dire, c'est des mots qui font mal, qui le déchirent le bonhomme… ça s'entend qu'il a mal.

— … et même dans une vie !

— Tais-toi ! Courbet l'arrête. Il lève son verre mais il est vide. Il a compris, il sait ce qu'il veut celui-là aussi, tous, ils veulent la même chose.

— Va me chercher un pinceau… demande au patron, il a ce qu'il faut.

— Oh merci, merci…

Il replie la couverture, encore plus flageolant, il n'ose pas aller tout de suite… Courbet attend qu'il parte pour relever les yeux, se prendre le regard de Casta.

— Il rampe… « Marche droit nom de Dieu et parle fort ! » mon grand-père me disait comme ça… Dès le biberon, j'y ai eu droit. Il avait bien raison… C'est quoi la mauvaise nouvelle ?

— T'as lu mes lettres ?

Il les a lues.

— Je viens te chercher, je te ramène en France pour que tu te soignes. Il n'y a qu'à Paris que tu peux le faire… Tu signes la transaction et tu es libre.

— Six mille francs par an, pendant trente ans ! Trois cent mille francs ! plus tout ce qu'on m'a déjà volé ! deux ateliers pillés, les toiles saisies…

— On arrivera pas à mieux. Dans deux, trois ans t'es amnistié... crois-moi ! fais-moi confiance... on en parle... ça ne peut pas durer...

— Tu rêves ! ils veulent ma peau, ils n'ont pas eu le cran de me fusiller, alors ils me finissent.

Il revient, l'autre, avec son pinceau et tout le poids du monde, il attend que Courbet ait terminé.

— Six mille francs par an, plus les intérêts ! Seize mille cent cinquante francs ! Plus mes dépenses pour vivre et pour peindre... Ça fait dix mille francs par an ! Total, en trente ans j'aurai payé un million ! Pour un million il faut que je peigne ! Quand j'arrive même plus à finir une toile !

Il tire la croûte à lui, prend le pinceau... c'est pas pour la retoucher, il la signe... Courbet !... Cinquante-sept ans de vie ! en rouge, comme ça qu'il signe ! Putain de peinture ! Putain de monde !

Casta l'ouvre pas... l'autre attend, penaud comme un qui aurait fait une bêtise... Courbet repousse la toile devant lui, il le fait avec autant de précaution que si c'était la sienne.

— Et me dis pas merci ou je la troue ! et tiens-toi droit nom de Dieu ! t'es un homme !

Qu'est-ce qu'il a entendu l'autre ? Il remballe sa toile, pressé, il s'attendait pas... si simple, sans un mot, sans honte presque... Il est déjà à ce qu'il va en faire de son « Courbet ». C'est beaucoup plus qu'un cadeau, c'est... C'est encore un autre drame quand on n'arrive à rien en sortir de ses doigts... un drame ! Il ne peut pas s'empêcher de remercier, la tête remercie toute seule.

— Tiens-toi droit ! grogne Courbet.

Il file, un voleur, une victime…

— Qui va croire que c'est toi qui as peint ça ?

— Y a que la signature qui les intéresse… On m'en a encore saisi trois, ce mois-ci chez Durand… alors, puisqu'ils les aiment tant, moi je fournis ! pourquoi se gêner !

— Tu te fusilles là !

— Non, je me noie. Tu sais bien que je suis plutôt porté sur les liquides, les armes me font peur, dans ma propre merde, je me noie… parce que j'ai le nez délicat, l'odeur des autres m'incommode assez vite.

Casta n'insiste pas, le terrain est pourri, il n'a jamais vu Courbet aussi bas… Il a ses raisons, il n'a pas tort sur tout. Il a tout légué à sa sœur, mais on continue à le saisir, on s'acharne, on veut l'empêcher de vivre, Mac-Mahon et sa clique… Il a raison de craindre, le pire on croit toujours l'avoir derrière soi… toujours devant il est, à venir… Le pire ce serait qu'ils s'en prennent à son père, à Juliette, sa sœur… Le pire, il ne voit plus que ça… Le pire, c'est Zoé, son autre malheur de sœur qui est allée se marier à un bon à rien, un bona-partiste. Ils l'ont donné !… Il en est sûr, il a des preuves ! Eux aussi l'ont pillé ! Il les a sur le dos, ils le sucent, les morpions… Il n'y a pas que les autres, sa propre sœur qui veut sa peau.

Tous ses biens ! il n'a plus rien, rien… ruiné ! Il le répète à tout vent, il en saoule son monde, haut et fort, pour qu'on arrête avec lui, que la haine aille un peu voir ailleurs… Mais elle est sourde la carne, il ne le sait que trop bien, alors il ment un peu… chut ! c'est son secret ! Il a mis de côté, bien planqué, dans les quarante mille, de quoi tenir jusqu'à plus soif. Il crèvera c'est sûr, avant d'avoir bu son dernier sou... mais chut ! Personne ne doit savoir, ni Casta, ni même son père...

Exilé, volé, poursuivi, ruiné, il est tout ça, c'est pas mensonge... pas tout à fait ruiné ! Son drame n'est pas là... Il n'arrive plus à peindre et ça, il ose à peine se le dire. Il y a une toile qui l'attend sur son chevalet, chaque jour il passe devant, s'il a un peu de courage, il s'assoit, il la regarde... mais ça reste tout vide à l'intérieur, il n'a plus de muscle, plus cette faim qui fait peindre... Il l'a eue, il la connaît si bien, c'est elle qui ne vient plus. Pourtant c'est rien qu'une montagne, un champ au premier plan, une vache, des jeunes femmes dans l'herbe, un paysage quoi ! Il en a peint plus de mille ! Il suffirait de deux ou trois heures... C'est quoi qui l'arrête ? La fatigue ? Non, la faim ! Ce mot lui est venu à l'instant. Il est bien là le pire, tapi, à le pister, sûr de son coup !

Et si c'était l'autre de fin ! la définitive ! Il ne comprend pas ce qui lui arrive, il a l'impression que c'est tout son corps qui refuse, veut plus. Il l'inquiète son corps, pour la première fois de sa vie, pas la peur de mourir, il est déjà un peu mort. Non, une autre peur, le poison de l'âge... elle ne se lit, cette peur, que par une certaine tristesse, un voile sur les yeux... ça, il peut encore le dire à Casta.

— Regarde ces doigts comme ils ont enflé ! Qu'est-ce que tu veux que je peigne avec ça ! C'est dans les doigts la finesse... Et maintenant je fais de

24

l'eau ! même la nature qui
une vache, il faut me traire…
vidé la semaine dernière… par le
jours il faudra recommencer ! Leur
assez tôt… Je crève comme un chien, j
cache… mais dans cent ans je serai sur le
chefs-d'œuvre, on paiera pour les voir… À mo
les brûlent, ils en sont capables ! les curés m'e
déjà brûlé un ! Qu'est-ce qu'ils seront ces merde
dans cent ans ? Même pas de la pourriture, des os sans
moelle, même un chien n'en voudrait pas ! Et c'est ça
qui me juge aujourd'hui !

Pas qu'un voile sur les yeux, le sourire est devenu
triste…

— Tu viens avec moi, je te ramène à Paris, tu te fais
soigner correctement, ce charlatan que tu vas voir, il a
jamais guéri que les bien portants.

— Non, non… je sais très bien ce qu'ils vont me
faire, ils vont me faire des ponctions et moi je ne veux
pas !

Courbet se voit mal en point mais pas perdu… Il
marche encore sur ses deux pattes, merde ! Il s'est
battu toute sa vie, il dérape d'accord, il plonge, c'est
pas la première fois qu'il plonge… et tout au fond toujours, il se sent terriblement vivant et personne lui enlè-
vera, volera ce petit bout de chair qui palpite, s'agite…
un cabri, dès qu'il a aperçu Jo ! Il n'y a plus qu'elle
maintenant, elle qui va le sauver, il le sait, il l'attendait,
il fallait bien qu'elle revienne… Jo ! Casta allait presque lui faire oublier.

— Excuse-moi, il faut que j'aille pisser.

Merde alors ! C'est bien qu'il est vivant, la preuve des preuves, elle qui déjà lui souffle… Il sort.

Il se redresse de lui-même, pas besoin de se le dire, il n'y pense même pas… il se tient droit nom de Dieu !

La rue finit de le remettre sur pied, il y a encore du monde à cette heure, des ombres qui rentrent chez elles. Lui aussi rentre, il revient… une sorte de chez-lui, retrouver une femme, il y a longtemps que ça ne lui était pas arrivé, retrouver une femme… Jo ! Et si ce n'était pas elle ? Cette pensée lui vient avec la rue, elle se fait de plus en plus lourde, l'envahit, l'empêche, il marche sans voir autre chose qu'elle. Si ce n'est pas Jo… alors la vie est bien curieuse.

Comment une fille comme Jo peut se retrouver dans un bordel, pire ! ce claque ! C'est à peine croyable et pourtant quand il l'a vue, il n'a pas douté, il ne s'est pas posé la question, son visage s'est peut-être épaissi, peut-être l'alcool… son nez aussi, peut-être un peu plus fort, mais toujours quand on souffre on finit par en porter la trace, elle aurait donc souffert elle aussi… Si ce n'est pas elle… Eh bien, ce ne sera pas elle ! Il sera terriblement déçu… Mais il a tellement envie que ce soit elle… et comment ! comment ! Oui, elle est curieuse la vie, elle ou pas elle, de l'avoir conduit là… le hasard ! peut-être ! il faut bien quelque chose, puisqu'il ne croit pas en Dieu… Non, foutre non ! pas celui-là ! Il faut bien qu'il y ait quelque chose pourtant… non ! non ! non ! c'est encore une façon de croire, on ne nomme pas la chose, on l'appelle présence, force, destin mais on continue à croire à quelque chose ! Non, non, à rien du tout il croit, rien ! mais c'est tout de même curieux qu'il soit venu là…

Il y est déjà ! dans le passage, il vient d'entrer… merde, déjà !!! Il a pas vu le temps… Il a couru ou quoi ? Il a un pincement, ça cogne dedans, il a peur… C'est idiot ! Mais oui, il a peur.

Il la cherche et tout de suite l'aperçoit, la fauve, elle lui tourne le dos. Il a aussi vu deux pieds se lever… et des cris ! Un qui monte l'escalier sur les mains… « une ! deux ! trois ! »… on compte les marches. Il tire tous les regards, pas un balourd ! la fille qui l'accompagne s'est retournée, mains sur les hanches, il lui vole la vedette le corniaud !

Son œil n'a fait qu'aller et venir, il retrouve Jo… Non, pas Jo ! Ce n'est pas elle ! C'est même criant… rien d'elle ! Il sent que ses pieds s'enfoncent dans un sol qui se fait mou… Elle lui ressemble, mais une mauvaise copie, plus rien de la finesse, des mauvais doigts qui n'ont pas su. Comment peut-on se tromper à ce point ? Il revoit le visage de la veille, il l'a toujours dans la tête… c'était elle à jurer ! Elle vient à lui, le reconnaît.

— On va le monter cet escalier ?

C'est pas ce visage qu'il a vu… On l'aurait changé que ça ne serait pas différent. Ce doit être ça une hallucination, c'est la première fois… Tout de même, elle lui ressemble… il ne peut pas s'empêcher de penser à Jo, elle lui ressemble trop. Qu'importe si ce n'est pas elle… c'est bien Jo qui remue en lui. Il avait peur d'être déçu, mais non, seulement quelques secondes. Il veut aller plus loin… voir jusqu'où cette fille le ramène en arrière. Il serait devant Jo, est-ce que ce serait si différent ? Dix ans qu'il ne l'a pas vue. On devient vite des étrangers… Elle repasse devant lui, il veut la suivre, la monter… Qu'importe ! Il est pris dans un mouvement qu'il ne peut plus arrêter, ce serait criminel… s'il était croyant, il parlerait de Providence, on ne refuse pas la Providence ! ce qui est écrit ! il veut savoir, il va y aller, c'est écrit ! il prend le bras de la fille.

La vieille aussi le reconnaît, elle enfonce ses yeux, elle aimerait bien savoir ce qu'il mijote celui-là. Elle est tout ce qu'on veut, mais ses filles, elle les protège, elle s'en est fait un point d'honneur.

— Je la prends pour la nuit !

— On ne fait pas les nuits !

Il ne répond pas, il se contente de sortir un billet, puis deux, puis trois, des gros !

— Un autre !

Il le sort.

— Tu me fais monter de la bière, j'ai le cul qui me démange.

— Monte donc déjà l'escalier !

Elle ramasse les billets, l'œil noir qui rage de rien percer. C'est pas sa clientèle ce type, elle n'aime pas ça ! surtout que la semaine dernière Tina n'est pas redescendue, on l'a retrouvée toute molle sur le lit, étranglée. Elle a toujours les billets dans la main… le rappeler, les lui rendre, l'idée la traverse… Il le monte, ce cochon, l'escalier, tout lourd qu'il est sur sa canne.

Il entre dans une chambre, tout ce qu'il y a de plus nu, un lit sans montants, une chaise qui crie misère et une table rectangulaire pour porter le bassin et le broc, un savon, trois serviettes… la bougie que la fille pose là.

— Déshabille-toi, je vais te laver.

L'habitude sans doute, elle passe ses mains sous ses seins pour les gonfler.

— Relève tes cheveux, lui demande Courbet.

— Les cheveux ?

Elle fait l'étonnée quand elle sait très bien que la plupart des hommes qui la montent, c'est pour sa tignasse.

— Alors t'as voulu me revoir… et toute la nuit mon cochon !

Elle tient ses cheveux au-dessus de sa nuque et s'approche, le coude bien levé jusqu'à lui mettre son dessous de bras sous le nez.

— Ça dégage une rousse ! t'aimes ça hein ! et en bas, je te dis pas, c'est du poivre ! Allez déshabille-toi… Tu veux que je te déshabille ?

— Regarde-moi.

Elle ne tient pas le regard, tout n'est pas à vendre.

— Regarde donc plutôt mon cul, c'est lui qui va te faire rire.

Elle laisse tomber son vêtement et se penche pour le ramasser, cul en l'air, il y a du vice chez cette fille, ça continue la ressemblance… Jo aussi savait pimenter. Il en faut une bonne pincée pour relever l'amour, sinon il lasse, on en perd l'appétit.

La porte s'ouvre, c'est le gamin qui apporte la bière, il a oublié de frapper. Il ne frappe plus, c'est sa façon de se sentir un grand… c'est pas la première femme qu'il voit le cul en l'air, de l'appétit il en a lui, poivre ou pas, et il traîne, fait durer avant de poser ses bières. Alors la main de la fille part, une mauvaise humeur qui claque sur la nuque de l'enfant, il a eu tout juste le temps de détourner la tête. Il a dans les onze ou douze ans, les filles l'ont adopté, on ne sait pas d'où il vient, lui non plus et il ne s'en plaint pas.

Courbet prend une bouteille, il a soif et il boit direct au goulot.

— C'est pas pour boire que t'es venu, hein ? Je vais pas faire édredon !

— Allonge-toi, il lui demande.

— Tu me touches pas tant que t'es pas lavé !

Elle dit mais elle s'allonge, lui continue à boire et à l'examiner. Il aurait presque envie de la peindre comme ça. C'est toujours étonnant de voir comment certains corps tout de suite trouvent la pose, d'instinct ils savent la grâce. Peut-être devrait-il se remettre aux nus… avec elle ! C'est rien d'autre qu'une sorte d'impuissance qui l'arrête, il ne peut plus peindre parce qu'il ne baise plus, qu'il rebaise et…

— Remonte tes jambes… la droite, un peu plus.

Elle en rajoute, elle croit qu'il veut des poses cochonnes. Jo aussi savait.

— Dis-moi ce que tu veux… si au moins tu le sais !

Est-ce qu'il s'habitue, ou bien est-ce la lumière de la lampe, ou le désir de revoir Jo qui revient, de l'avoir si près de lui, à sa main… d'avoir son oreille, une femme qui l'écoute… le besoin de clore dix ans d'une vie sans elle, d'en finir, d'en sortir… Jo ! elle est à nouveau là, devant lui… Jo ! merde c'est elle ! qui revient comme la veille… Jo !

— Caresse-toi ! il lui dit.

La fille se redresse sur son coude parce qu'il n'a plus tout à fait la même voix, il a l'air étrange.

— Caresse-toi ! il répète.

Il sourit, il a parfaitement conscience de ce qui se passe. Il ne rêve pas, il n'est pas saoul il en est sûr, il n'est pas fou non plus, il sait très bien qu'il est dans un bordel avec une fille qui ressemble à Jo, qui n'est pas Jo… et pourtant il se passe quelque chose en lui qui est de l'ordre de la folie, ce qu'il ressent est si fort qu'il en oublie que ce n'est pas elle et il est au bord de lui dire… il faut qu'il dise à quelqu'un, qu'il se décharge… pas d'un secret, une douleur ! si quelqu'un pouvait la partager avec lui, peut-être qu'elle deviendrait supportable.

Ce qui l'arrête encore ne va pas tenir bien longtemps parce que cette fille est prête à tout entendre de lui, il a payé… elle va l'écouter.

Elle se laisse aller en arrière et elle va se caresser, elle va le faire parce que c'est par là que doit passer le plaisir de cet homme... parce qu'il lui a demandé, il a payé ! Et c'est toujours et jamais la même chose, un homme qui se dévoile, il n'a pas besoin de se déshabiller, elle commence à le deviner. Il n'est pas le premier.

— Tu ressembles terriblement à une femme que j'ai aimée...

II

C'est quoi être heureux ? C'est si simple que la réponse nous échappe, toujours tout ce qui est trop simple nous échappe, c'est une eau qui coule entre nos mains, être heureux, c'est le temps devenu liquide qui nous laisse une sensation si douce qu'on l'oublie, on ne la reconnaît que lorsqu'elle cesse, à regret, à vouloir la retenir… mais on ne retient rien, le bonheur on n'en conserve que la trace, un souvenir grossier, grossier parce qu'il a perdu de sa fluidité, sa plénitude, ce n'est plus qu'une enveloppe vide de sa chair, la grâce s'est perdue, c'est une eau qui s'est retirée, il ne reste qu'une croûte, une brûlure, un désert… des mots !… « caresse-toi »… en voilà un de souvenir !

Pourquoi celui-ci plutôt qu'un autre ? C'est le premier qui lui vient au moment où la fille s'étend sur le lit… Il boit une gorgée de bière, le froid de la bière dans la bouche et le corps étendu… il se souvient d'Ornans, le dernier après-midi à Ornans, avec Jo !

À peine le souvenir est-il sorti de l'ombre, il a voulu le partager, le tirer plus encore, hors de lui, pour s'en débarrasser peut-être… Parce que c'était ça Jo, son histoire avec Jo, on peut dire qu'elle tenait tout entière dans ces quelques heures passées près d'un torrent et ça, il en était sûr, cette fille allait le comprendre sans qu'il ait à expliquer, il fallait commencer par là.

— Caresse-toi !

Et elle s'est caressée. Il y avait si peu à faire pour qu'elle soit Jo… Jo s'était caressée cet après-midi-là.

Il avait voulu peindre une grotte où il venait jouer quand il était enfant. La nature, là, lui apparaissait monstrueuse, quelque animal préhistorique endormi qu'il ne faudrait surtout pas réveiller sinon il pourrait se déchaîner et ce serait alors la catastrophe, pire que toutes les tempêtes, tous les éléments, toute la nature qui entrerait en furie et Dieu sait alors qui pourrait l'arrêter, ce serait la fin du monde.

La première fois où il avait osé s'aventurer seul à l'intérieur de la grotte, il avait eu si peur qu'il s'était un peu soulagé dans sa culotte, mais, passé la première frayeur, il s'était senti envahi, comme si la roche, l'air, la masse sombre se répandaient en lui, le remplissaient pour qu'il ne soit plus ce corps étranger que la nature aurait vite fait d'engloutir dans son antre. Et chaque fois qu'il était revenu, il avait éprouvé un peu de cette sensation.

Voilà ce qu'il avait raconté à Jo. Elle s'était mise à rire, elle lui avait dit qu'il était encore un enfant, alors il l'avait entraînée dans l'eau froide du torrent, elle avait poussé des cris… plus tard ils avaient fait l'amour sur un bout de sable et Courbet s'était endormi, l'enfant Courbet on devrait dire et quand il s'était réveillé, il avait senti la main de Jo qui caressait ses cheveux, sa tête reposait contre sa hanche, la joue contre le velours de la chair, le bruit de l'eau faisait chanter l'air, le soleil chauffait les corps...

Est-ce qu'ils étaient heureux ? Ils venaient de l'être c'est sûr !... mais maintenant les pensées allaient reprendre leur sale boulot. Dans deux jours, ils seraient à Paris, Jo retrouverait Whistler, Courbet ouvrirait son musée et ne penserait plus qu'à sa gloire. C'était fini... Ils ne seraient plus jamais comme ils venaient d'être, déjà l'avenir était là, à leur serrer le ventre, leur voler leurs dernières heures.

Courbet avait porté sa main à ses yeux pour se protéger du soleil, Jo avait su qu'il était réveillé !

— Tu sais ce que je fais ?

— Non...

— Je me caresse ! elle avait dit.

Elle ne mentait pas, son doigt allait et venait, déjà nerveux sur la chair encore humide de leur dernière étreinte.

— C'est parce que je suis triste... parce que tu ne veux pas que je reste avec toi... pourquoi tu ne veux pas ?

— Je t'ai déjà dit... un peintre ça ne peut pas rentrer chez lui le soir, embrasser sa femme et coucher ses enfants.

— Je ne veux pas être ta femme... tu vis comme tu veux, je ne t'empêche pas... ni de peindre ! tu me dis que tu n'as jamais été aussi inspiré. Je t'aime trop, je ne veux pas te laisser... dis-moi que tu veux bien essayer... j'aime quand tu me regardes, quand tu me prends...

Il était sur le point de dire oui, il avait dû avaler un peu de salive et le oui avait suivi. La voix de Jo tremblait, il y a des inflexions terribles de la voix quand on aime… Elle l'aimait !… Lui ne savait pas. Il avait un don dans les doigts, la nature lui avait donné ça et on pourrait dire qu'il ne savait rien d'autre, qu'il n'avait jamais eu d'autre certitude, d'absolue certitude hors de sa peinture.

Il avait bien sûr vécu avec d'autres femmes, onze ans avec l'une, avec laquelle il avait même eu un enfant… Mais ce n'était pas pour lui le mariage, pas la vie qu'il voulait, ça s'était mal terminé, la fille était partie avec l'enfant, la faute à la peinture, il disait.

Et puis Jo était arrivée, un été à Trouville, elle avait trente ans, lui quarante-six, elle vivait avec un peintre sans éclat, Whistler.

Courbet avait toujours pensé qu'il y avait moins de danger à aimer celle d'un autre – danger pour qui ?

Il n'en aurait peut-être qu'une partie, mais la meilleure, lui-même ne pouvait pas tout donner, il suffisait de le voir peindre pour comprendre. Mais ça, c'était une autre histoire.

Il avait d'abord subjugué Whistler et puis la fille… tout simplement en lui demandant de poser pour lui. Elle était devenue sa maîtresse et quand Whistler était parti pour les Amériques, elle était restée avec lui. Il l'avait eue toute à lui.

L'amour était simple avec elle, elle aimait ça, elle faisait l'amour comme elle riait, c'était d'ailleurs son rire qui avait attiré l'attention de Courbet, avant même qu'il la voie. Lui-même était gros rieur comme on est gros mangeur… Il l'était aussi ! tout gros de partout, il riait aux éclats, il s'échappait par le rire. Pourquoi il s'échappait ?… Le savait-il seulement ?… Il allait de l'un à l'autre comme ces femmes qui papillonnent, il n'y avait que la peinture qui pouvait le retenir… et Jo à présent ! C'était trop !

Il la sentait qui s'excitait maintenant tout près de lui et le désir montait… trop !

Alors il s'était levé pour aller dans l'eau se refroidir un bon coup. À cet endroit, le torrent formait une cuvette entre deux gros rochers où on pouvait faire quelques brasses. Le froid de l'eau avait raffermi les chairs, c'était déjà ça, il partait de partout, c'était tout à reprendre, il fallait qu'il se ressaisisse puisque rire, il ne pouvait pas. Il avait plongé plusieurs fois la tête dans l'eau, mais ça ne changeait rien ! au contraire ! C'était si bon d'être là près de cette fille… Le bien-être du corps l'acculait davantage, on aurait dit que tout le condamnait.

Jo l'avait rejoint, elle s'était collée à lui.

— Quand tu n'es plus là, c'est tout mort… C'est comme si on empêchait cette eau de couler. Je ne vis plus…

Il avait pris la tête de Jo pour l'appuyer contre sa poitrine, pas croiser son regard.

— Tu me caches quelque chose, il y a quelqu'un ? elle avait demandé.

— Non.

Elle sentait bien qu'il reculait, se repliait, se contractait.

— Alors pourquoi tu ne veux pas ? On est si bien ensemble.

— Je ne peux pas vivre enfermé, j'ai peur…

— Je t'enferme ?

Il avait nié mais c'était bien ce qu'il ressentait, non pas qu'elle l'enfermait mais elle le troublait, elle le dérangeait, elle l'obligeait à se regarder en face.

— Tu ne m'aimes pas ? elle avait demandé.

Il l'aimait… mais il voulait aussi pouvoir aimer d'autres femmes. C'était peut-être une idée idiote, mais elle le retenait. Au fond il n'aimait qu'aimer… il ne peignait que ce qu'il aimait, il ne concevait la vie que pour aimer.

— C'est Whistler qui te rendra heureuse, pas moi.

Là il virait hypocrite, si elle avait aimé Whistler, elle ne serait pas là avec lui.

— Tu vas retourner avec lui… Je n'ai jamais pu vivre avec une femme.

— Ça fait un an qu'on est ensemble et on n'a jamais été aussi bien que maintenant.

— J'ai besoin d'avoir du monde autour de moi. Je me nourris des autres, j'ai besoin de boire… un peintre, ça boit !

— Pourquoi ?

— C'est comme ça… parce que je cherche toujours autre chose.

Elle s'était reculée pour le regarder.

— Avec moi aussi ?

Oui et non, il ne savait plus… C'était bien ça qui créait le malaise, il l'aimait cette fille nom de Dieu ! À quoi jouait-il ? Pourquoi ne pas aller au plus simple ? Arrivera ce qui arrivera… Il l'avait embrassée, enlacée et c'était bon. Il lui aurait presque demandé pardon, mais l'autre, celui qui le poussait à dire non, n'était plus là… envolé, disparu, mort peut-être. Alors à quoi bon revenir en arrière ? Ils se léchaient, ils se retrouvaient… Il faudrait que ce soit toujours comme ça… être avec une femme, peindre et faire l'amour à côté d'un torrent… rien d'autre.

C'était son père qui les avait réveillés, les cloches sonnaient midi. Il était entré dans l'atelier, rien qui bougeait… Si ! son humeur à lui ! ses poils, tout qui se hérissait. Ça a toujours été comme ça avec son père, ils sont le jour et la nuit, l'un aussi sec que l'autre est gros, l'un aussi sobre que l'autre boit…

— Gustave nom de Dieu !

Il avait fallu qu'il le secoue parce qu'aussi il dort comme il boit.

— Les ouvriers sont là ! y a plus d'une heure qu'ils poireautent à la porte…

Il était parti tirer les rideaux, ça au moins il pouvait le faire, avec Gustave, rien à faire… même son lit ! tu parles d'un lit ! tout juste un matelas rehaussé sur des caisses… là qu'il monte ses filles pour les peindre et le reste !… et des bouteilles en veux-tu en voilà, vides évidemment ! parce qu'il avait dû ramener sa bande, la veille, des bons à rien… on ne sait plus qui est le plus ivrogne… et vas-y qu'ils ont dû litronner jusqu'à plus d'heure ! son Gustave !

— Regarde-moi ça ! dans quel état tu t'es encore mis ! encore une chance que je me sois trouvé là !

Il avait ramassé deux bouteilles mais c'était trop, son humeur passait mieux quand il les expédiait du bout du pied, alors elles roulaient sur le plancher, furibardes, en colère elles aussi, pas moins que lui.

— Tu t'arranges pas avec l'âge hein !… ça va mal finir ! ça peut pas bien se finir quand on prend ce chemin.

Gustave s'habillait, laissait dire, pas qu'il soit insensible, mais il s'était fait entre eux une couche suffisamment épaisse, une sorte de savoir qui ôtait toute vigueur à tout ce que son père pouvait lui dire. Et s'il lui arrivait parfois de se rebiffer, il ne l'en aimait pas moins. Il n'était peut-être pas le fils qu'il aurait voulu, mais il avait quand même quelque talent… à Paris, à Munich, à Vienne on le reconnaissait, alors que chez lui son père le mettait plus bas que terre et depuis toujours… Il débutait, il était en train de peindre deux vaches dans un pré quand son père était venu se planter derrière lui, après un moment il avait sorti sa pique… « Je ne crois pas que mes vaches en mangeraient de ton herbe », il avait dit.

C'était son père ! Il ne fallait pas trop entrer dans leurs histoires, ils avaient leur code, ils savaient, après tout son père ne l'avait pas empêché de devenir le plus grand… il en était peut-être même la cause ! Allez savoir…

Gustave avait couru jusqu'à la porte laissée ouverte… « Entrez ! Entrez ! »… Les quatre qui

40

l'attendaient avaient ramassé leur sacoche pour le suivre à l'intérieur.

— Je m'excuse, je m'excuse… j'en écrasais, c'est
tout ma faute… Oh ! mais t'es là toi ?

C'était le Rolland, le plus jeune et tout de suite
Courbet de lancer sa main entre ses jambes pour
empoigner, lui choper ses bijoux ! de justesse Rolland
l'évitait, se détournait, se pliait, parce que Courbet lui
sautait dessus, le chevauchait, tout leste l'animal, un
chien qui aurait reniflé une chienne en chaleur… par
l'arrière, il le prenait ! et vas-y que je te bourre, forni-
que et l'autre de gueuler sa mère, pousser des cris de
châtré, se débattre… C'était leur jeu, l'habitude, leur
façon d'entrer en contact.

— C'est humiliant merde ! pas devant tout le
monde !… chaque fois qu'il me voit, il faut qu'il me
saute dessus !

Il faisait l'innocent mais personne n'était dupe et
Courbet lui aussi les prenait à témoin.

— C'est parce qu'il en a un énorme ce salopard !
Regarde-moi ça comme il marche !

Et c'était vrai qu'il marchait les jambes écartées, le
Rolland… Courbet avait croisé le regard de son père,
pas rieur, mais c'était l'inverse qui l'aurait surpris.
Alors il avait pris Rolland par l'épaule, ami-ami, l'autre
toujours un peu méfiant et il les avait conduits devant
les toiles entassées, bien rangées à droite et à gauche de
l'atelier.

— Tout ce qui est à droite vous l'emballez, à gauche vous n'y touchez pas… T'as compris toi, avec tes

grandes oreilles ? À gauche vous emballez, à droite vous touchez pas.

— Tu viens de dire le contraire !

Il avait compris ! maintenant Courbet en était sûr.

— Je préfère deux caisses de plus mais qu'on puisse les porter, sinon on me les laisse dans les gares. Il faut que demain soir tout ça soit à Paris.

Adrien s'était planté devant une grande toile, une grosse femme nue, de dos, sortant de l'eau. Une de ces croupes nom de Dieu !

— Merde alors ! me dis pas que c'est la Jeannette…

— Elle te plaît ?

— Comment tu l'as rendue, dis donc !

Il n'en revenait pas, tout berlue, estomaqué.

— Et ils vont aimer ça à Paris ?

— Non… tu vois les dindons comment ils te regardent, l'air bien con ! comme ça, ils vont regarder… et ça va glouglouter… et ils vont me le faire avec l'accent en plus ! pouiut ! pouiut ! pouiut !

— C'est rien que pour emmerder alors !

— C'est rien que parce qu'elle est belle notre Jeannette, comme un arbre… c'est la fille d'un chêne et d'une jument !

— Moi, c'est l'autre côté que j'aurais voulu voir, sa forêt vierge.

— Tu m'en fais une vierge ! Elle s'envoie la famille Bourdet, du grand-père au petit-fils, tout qui y passe !

— Et elle s'est déshabillée facile ? Tu lui as demandé et elle s'est déshabillée… comme ça ?

— Non, faut commencer par se mettre le doigt dans le cul !… et puis tu prends l'air inspiré… t'as tout ce que tu veux ! T'as déjà vu les peintres comme ils ont l'air inspiré… C'est le doigt au cul !

Ils s'esclaffaient après chaque mot… parce qu'ils ne voulaient rien d'autre, c'était pas le mot qui faisait rire, c'était Gustave, ses façons, à peine avaient-ils franchi la porte, c'était comme un autre air qu'ils respiraient, c'était la vie selon Courbet ils pensaient, et il ne fallait surtout pas en perdre une miette, alors ils riaient gras avec lui, ils boyautaient, se tordaient, c'était lui qui incitait, il poussait, passait outre mais toujours ils voulaient le suivre… un peu dindons eux aussi ! Ils glougloutaient tout pareil, une autre chanson.

Jo leur était apparue, drapée de rien, une robe d'été enfilée vite fait. Ils l'avaient saluée, un peu gênés, pas mécontents d'entrer dans l'intimité de Courbet… Il s'emmerdait pas le cochon ! Ils en devenaient tout pensifs, à en pisser du silence, ils n'osaient plus devant la belle, ils faisaient ceux qui s'intéressent à regarder des toiles, mais l'œil où qu'il se posât rencontrait une femme nue, en chair, prête à l'amour. Ils n'en avaient pas vu tant que ça dans leur vie et ça les troublait. Courbet avait sorti une bouteille, des verres, Jo débarrassait un coin de table.

— C'est quand même bien trouvé la peinture ! mieux que de faire des caisses ! mais quand même ça chauffe le cerveau… c'est pour l'éteindre que t'es toujours à boire ?

Courbet aurait dit ça, ils seraient tous repartis à rire, mais ça restait timoré, sortait pas, il manquait le coup de reins, c'est rien que de l'énergie le rire.

Le Rolland s'approchait de la toile en cours, sur le chevalet, près du lit… une femme nue, bien sûr, Jo sans doute, allongée sur le lit, un bras levé, un perroquet qui vient se poser sur sa main.

— T'approche pas si près toi !… C'est lui qui chauffe ! et sors la main de ta poche ! il s'astique ce dégueulasse, regarde-moi ça, il est tout congestionné… tantôt je t'emmène à la Jeannette !

Voilà, il fallait ça… Courbet les avait ramenés dans le rire, chacun était à sa place.

Alors ils avaient bu. Ils n'avaient pas terminé quand le père était revenu avec deux petits vieux usés jusqu'aux os. Ils n'avaient pas fait deux pas dans l'atelier, tout les arrêtait, ils ne pouvaient pas plus… alors le père avait toussé, Courbet s'était retourné, avait posé son verre et tout de suite son visage avait changé.

— Mais entrez donc ! Entrez donc !… C'est rien que fait pour être regardé !

Il avait marché jusqu'à eux, il se voûtait déjà pour être à leur hauteur, tout courbettes, aimable, tout bien…

— Entrez donc voir…

Ils reculaient plutôt… rien que son gros corps les bousculait, même qu'il ne les touchait pas, seulement l'air qu'il déplaçait. Alors il avait pris sa petite voix, ses mains l'une dans l'autre pour qu'elles n'aillent pas faire un courant d'air.

— C'est mon église à moi… C'est ici que je le rencontre le Patron ! On ne triche pas avec lui, une toile blanche c'est déjà un peu le Jugement dernier… Le père vous a dit ? La terre, juste après le ruisseau, elle m'intéresserait.

— Mais c'est qu'elle est peut-être pas à vendre ! Elle nous vient de l'arrière-grand-père et même que s'il nous voyait ici…

— Mais je m'en souviens très bien de lui, je m'en vais la lui soigner sa terre ! Je veux y planter des pommiers pour faire du cidre. C'est très bon pour le ventre…

Ils venaient, ils ne demandaient qu'à être apprivoisés. Courbet avait dû calmer les autres, c'était pas le moment de froisser les vieux… et la conversation avait pris une autre allure.

Ils en étaient au point de conclure qu'il serait bon qu'ils se revoient dans quelques mois pour en reparler quand l'un des deux, celui qui n'avait pas ouvert la bouche, avait levé la main pour dire :

— Puisque le père se porte garant, y a peut-être manière à voir !

Là, Courbet avait blêmi… pas moins ! Il s'y attendait si peu, on s'y attend jamais au pire ! Son père venait de lui planter un couteau dans le dos, le ventre, les parties… Il pouvait se la payer tout seul, la terre ! Il n'avait besoin de personne et surtout pas de lui… rien que la toile sur le chevalet, elle la lui payait deux fois leur terre !

« Le père se porte garant », il n'avait pas pu s'empêcher le père, il avait fallu qu'il le sorte son poison ! Son fils qui n'avait pas de métier ! donc pas d'argent, donc pas à prétendre acheter de la terre… Il avait honte de son fils, c'est tout, et il le lui faisait payer.

La suite, on la devine, les deux vieux étaient repartis et les deux autres s'étaient expliqués. Expliqué rien du tout ! puisqu'il n'y avait rien à expliquer !... puisqu'il était le père !... puisqu'il était le fils !

Courbet était revenu avec les autres, une douleur dans la poitrine, maintenant, il avait une bonne raison de boire, il n'en viendrait à bout qu'en avalant des litres et des litres, il l'aurait la salope ! il la ferait partir en eau ! toute la rage réveillée, il la retournerait contre lui-même, au mépris de son corps... qu'il se démerde !

Ils avaient rangé tout l'après-midi, préparé leur départ, au milieu des ouvriers qui clouaient, sciaient, sifflaient, avaient toujours à dire... Ils remontaient une bonne vingtaine de toiles et pas des moindres, exécutées en moins de deux mois. C'était son rythme, il ne s'en étonnait plus, il avait l'impression que les toiles, elles étaient déjà prêtes en lui, qu'il n'avait plus qu'à les poser sur la toile et s'il allait aussi vite c'était pour ne pas s'user, se lasser.

Évidemment qu'il peignait avec excès, mais c'est tout qui est excès chez lui... et qui semble toujours devoir passer par le corps.

Le dernier soir, il avait manigancé pour qu'il en soit ainsi, la ville d'Ornans lui avait demandé de remettre la coupe du meilleur lutteur. Parce qu'après la peinture, c'était le chant qu'il prisait, d'ailleurs il chantait lui-même très bien et où qu'il aille, il s'enquérait s'il y avait une chorale, pour venir y amuser sa voix... et après le chant c'était la lutte... grecque, romaine, alpine, il aimait tout ! les associations regroupaient souvent lutteurs et chanteurs, c'était le cas d'Ornans. Les combats avaient lieu dans un pré derrière l'église. C'était en mai, une fin de journée de soleil, il faisait chaud encore, la chorale avait ouvert la fête, Courbet avait chanté, planté au beau milieu du pré, la sueur lui était montée aux tempes, au cou, il la suait de partout la saloperie !

Il pouvait regarder autour de lui, il les connaissait tous ces visages, il savait d'où ils venaient, leur maison, leur famille, leurs petites histoires, leurs saloperies à eux, jamais il ne s'était senti autant de ce pays, bien planté dans sa terre. Était-ce parce que le lendemain il s'arrachait ? Il n'éprouvait aucun regret, il s'en était rempli et maintenant il en avait assez, il fallait partir. Toujours il a fallu qu'il parte et qu'il revienne...

La chorale avait laissé la place aux lutteurs, Jo avait rejoint Courbet, on leur avait réservé des chaises, aux premières, pour bien s'en régaler des muscles et de l'huile, de toute cette force brute qui attirait le monde. Qu'on le veuille ou pas, l'homme aime ça et qu'on ne cherche pas pourquoi, c'est trop simple ça aussi.

Une humeur mauvaise était venue se mettre entre eux et rien n'y faisait, ni les efforts de Jo ni ceux de Courbet, moindres les siens parce que l'alcool le rendait irritable, tout l'agaçait depuis le début d'après-midi, même les combats, et il en était presque à se renier, à clamer qu'il détestait la lutte... tout acte de violence ! toute contrainte ! gendarmes ! armée ! tout ! Napoléon !... Il lui venait de ces relents, qu'il avait été l'ami de Proudhon, le grand philosophe qui avait écrit tout un livre, quatre cents pages ! pour expliquer sa peinture, sa révolution...

Mais il revenait toujours à son père, c'était sa faute, lui qui avait soulevé la lie, raclé ce fond qui ne passerait donc jamais ! Même chanter ne l'avait pas soulagé ! Et ses voisins s'étaient mis à l'agacer, il s'était levé, Jo l'avait suivi. Ils avaient fait le tour du pré, rien que pour se mélanger, croiser d'autres humeurs et à un moment, Jo ne l'avait plus vu… elle avait cherché dans la foule… disparu le Courbet !

Après tout c'était peut-être mieux, qu'il prenne donc l'air ! Elle en avait assez de cette humeur… qu'il aille donc boire ! Elle se doutait bien où il était parti, des buvettes il y en avait à chaque coin du pré.

Elle aussi était prise par toutes sortes de pensées, une surtout qui était revenue, têtue… Quoi faire ? Comment vivre ? Avec Courbet ? Sans Courbet ?…

La nuit était tombée, on avait allumé des lampions pour éclairer les lutteurs. C'était les deux derniers, la finale, ils étaient prêts à se jeter l'un sur l'autre quand Martin, un membre de l'association, était arrivé en panique.

— Il est où Courbet ? Il a pas oublié que c'est lui qui remet la coupe ?

Il n'avait pas oublié mais il n'avait plus envie, voilà ! Ça aussi ça l'agaçait, il allait devoir se montrer, on lui demanderait de dire quelques mots, tout le monde verrait qu'il était saoul, ça ferait rire c'est sûr, il ne décevrait pas, c'est tout ce qu'on attendait de lui. Il en avait assez !… et puisqu'il était saoul qu'on lui foute la paix… et puis c'est tout !

Jo ne s'était pas trompée, il était bien parti boire mais il ne s'était pas arrêté à une des buvettes autour du pré. Il avait rencontré une connaissance, c'était pas difficile, un qui filait comme lui, la bouche pâteuse, et ils avaient poussé jusqu'à la place en espérant qu'on ne viendrait pas le chercher là.

Ils s'étaient installés au comptoir avec d'autres, déjà bien avancés eux aussi, bruyants surtout, ils en étaient à ce stade où les voix rivalisent, pareils à ces mâles qui se battent pour gagner le droit de renifler le cul d'une Jeannette. Et il y en avait une dans la salle, une vraie… le corps sauvage, une gitane qui aidait au service, elle apportait déjà les bières sur la table parce qu'aussitôt après la remise des prix, ils rappliqueraient tous pour danser sur place.

L'orchestre s'essayait déjà en sourdine… et la fille s'était mise à danser quelques pas en entrant dans la salle. Tudieu le coup de sang ! Ils s'étaient mis à frapper dans leurs mains pour l'attirer jusqu'au comptoir et elle était venue. Elle dansait maintenant sans musique, elle l'avait en elle, pas besoin de l'entendre… elle s'était approchée de Courbet et elle lui avait dit « j'ai soif ! » crânement dans les yeux… et il avait levé son verre, elle s'était arc-boutée, toujours son corps ondulait… il versait, la bière tombait dans la bouche grande ouverte, à côté aussi, il la trempait, mais il en fallait bien plus pour l'arrêter celle-là. Elle s'était redressée pour s'essuyer du plat de la main, on l'avait applaudie.

« Encore ! » elle avait dit… Alors Courbet avait bu une gorgée, elle s'était rapprochée, lui s'était penché en avant… et il avait laissé filer la bière… bouche à bouche ! ça dégoulinait jusque dans son cou… Courbet reprenait une gorgée, elle en profitait pour avaler ! les autres frappaient dans leurs mains et quand le verre fut vidé Courbet baisa la fille, à pleine bouche nom de Dieu ! il s'en débarrassait aussi de ça ! sa mauvaise humeur c'était rien que ça, un désir qui venait pas… pas son père et tout le bataclan ! non !… tout ça n'était que broutilles, un plus de vie il lui fallait ! une autre vie à laquelle se frotter… c'était si simple, nom de Dieu !

Et Jo était entrée dans la salle, il rembouchait la fille ! Il la tenait maintenant dans ses mains parce qu'elle commençait à regimber, parce qu'elle était allée trop loin, elle savait… les hommes savent jamais s'arrêter.

Il avait dû courir pour rattraper Jo à l'extérieur du café, des gamins se battaient comme les autres dans le pré, les mères regardaient sans rien dire, ce soir c'était permis. Là-bas, ce devait être la fin parce qu'on entendait applaudir.

Courbet avait pris le bras de Jo, il cherchait sa main pour passer ses doigts dans les siens.

— Laisse-moi ! elle l'avait rembarré.

— C'est une bêtise, c'est rien, juste une fille qui s'est mise à danser… excuse-moi ! regarde-moi mon bébé…

— Ça va, on t'attend !

Elle s'énervait à vouloir libérer son bras, lui s'enfonçait.

— Regarde-moi mon bébé.

— M'appelle pas mon bébé ! laisse-moi !

Le Martin arrivait, tout con, la bouche en cul-de-poule, un autre aurait tout de suite compris, pas lui.

— Ils vous attendent, il faut se dépêcher.

50

Courbet n'avait même pas tourné un œil.

— C'est rien du tout, écoute-moi…

— Tu m'as prévenue, je me plains pas…

— Alors regarde-moi, dis-moi que c'est rien… que c'est fini.

— Oui c'est fini ! puisque c'est ça que tu veux ! que ça finisse…

— Viens, on va le remettre ensemble le prix, tu…

Elle avait détourné la tête, elle ne voulait pas qu'il la voie.

— Je vais pleurer… laisse-moi…

Il l'avait laissée et l'autre en avait profité pour prendre le bras de Courbet, l'arrêter. Surpris, Courbet lui avait envoyé une bourre à le faire tomber.

— Mais ils vous attendent, il faut se dépêcher.

Il avait rattrapé Jo, il marchait avec elle, ils s'enfonçaient dans la nuit.

— Jo ! pas comme ça.

— T'es un monstre ! Tu ne penses qu'à toi, tu n'aimes que toi, tu salis tout ce que tu touches, même ceux qui t'aiment… surtout eux ! T'as pas de morale, rien qui t'arrête… ta peinture…

— Quoi ma peinture ?

Pour la première fois elle le regardait, elle venait de toucher le point sensible et une force mauvaise allait lui souffler des mots qui font mal, qu'elle regretterait, mais trop tard… ils seraient dits.

— Ta peinture, elle est comme toi… lourde, sale, dégoûtante.

— Tu peux pas dire ça !

— On voudrait l'aimer mais on peut pas. Tu fais tout pour qu'on ne l'aime pas. Tu te sers de ta peinture comme du reste, pour faire du mal.

— Non, elle est pure. Je suis peut-être un cochon, mais elle est pure, elle me lave…

— Rien du tout elle lave ! elle excuse rien du tout ! t'es qu'un salaud, un gros machin qui pète et qui pue et en plus qui se croit génial.

— Tu ne le penses pas.

— Si je le pense ! je le pense ! je l'ai toujours pensé !

— Alors qu'est-ce que tu t'emmerdes avec moi ?

C'était fini, ils étaient allés trop loin, ils ne pouvaient plus revenir en arrière… plus tard peut-être, après les regrets.

— Si tu n'aimes pas ma peinture, tu ne peux pas m'aimer, c'est impossible.

— Il n'y a pas que la peinture dans la vie, mais ça tu ne le comprendras jamais !

— Oh si je comprends ! que je ne suis pas fait pour une idiote qui ne sait pas reconnaître ce qui est beau… t'as des nouilles dans la tête, tu comprendras jamais rien à la vie… elle brûle la vie ! un coup elle fait du bien, un coup elle fait du mal… c'est comme ça ! je brûle ! et si tu ne supportes pas, tu m'oublies, mais ça, t'auras du mal… parce que tu auras froid sans moi, ce sera glacial…

Elle avait pris ses jambes et elle s'était mise à courir dans la nuit pour ne plus le voir, plus l'entendre. C'était fini… Il en restait tout bête Courbet, il venait de faire une grosse connerie… Mais comment faire autrement ?

Et étrangement, il se sentait léger… soudain le cerveau dégagé. Il lui semblait qu'à présent il pouvait voir plus loin, l'avenir… pas mécontent non plus d'avoir à remettre ce prix, elle était où ça grouillait sa vie, pas à se prendre les pieds dans une historiette.

C'était à n'y rien comprendre, il donnait l'impression d'avancer, sûr de lui dans la vie, Jo elle-même le pensait quand en réalité il était en plein brouillard, perdu à ne plus savoir où aller, mais il allait, il avançait peu importe… Et c'était vrai aussi pour sa peinture, qu'il peigne des cerfs, la Jeannette, les falaises d'Étretat, des casseurs de pierres, Jo… son brouillard le conduisait toujours ailleurs et il avait fini par en faire sa philosophie, décidé que c'était ça le vrai, que la vie ne conduisait nulle part alors peu importe le chemin, il y en avait toujours un à explorer. Pourquoi pas ?

Il avait donc suivi Martin, remis le prix, personne n'avait pensé qu'il était plus saoul que d'habitude, ni qu'il venait de rompre avec celle qu'il aimait… Jamais il n'avait aimé comme ça ! C'était vraiment à n'y rien comprendre !… Il pouvait rire… Il avait retrouvé sa verve, c'était reparti pour la nuit ! Ses ténèbres…

Au petit matin, Jo s'était présentée sur la place, deux sacs de voyage à la main. Elle n'était pas la première, des ouvriers balayaient la fête, une vieille fille, elle l'avait déjà croisée avec Courbet, attendait la voiture qui les conduirait à Besançon où, là, elle prendrait le train pour Paris.

La voiture était arrivée à l'heure, le cocher avait chargé les bagages et ils étaient déjà repartis quand ils avaient entendu crier… un qui arrivait en courant, son

sac sur la tête, il gueulait tout ce qu'il savait pour arrêter la voiture, et puis un autre était arrivé et puis un
autre… chacun un bagage à la main, essoufflés et brail-
leurs et puis quatre cinq six autres, il en arrivait toujours, les derniers poussant Courbet, pas inquiet du
tout, tout son temps. Ils chantaient, ils la traînaient derrière eux leur nuit, ils n'en laisseraient rien… elle leur
avait fait comme un habit, le même pour tous et ils se
reconnaissaient, ils auraient eu la même mère qu'ils
n'auraient pas été plus frères.

Courbet s'était excusé, il avait remercié le chauf-
feur, passé le nez à l'intérieur de la voiture pour s'excu-
ser encore… en fait pour s'assurer que Jo était bien là
et il était reparti à chanter avec les autres pendant que
le cocher embarquait les bagages.

Puis il avait pris place et tous les autres étaient
montés après lui pour l'embrasser une deuxième, une
troisième, une autre fois encore. Il allait leur manquer
nom de Dieu ! Il fallait le crier encore et encore… La
voiture s'éloignait, on les entendait chanter encore…

Courbet était en sueur, s'éventant un mouchoir à la
main, soufflant comme un bœuf, il exhalait aussi et la
vieille fille avait changé de place.

— Quelle chaleur ! il avait dit pour engager la
conversation.

Le calme de la voiture, c'était trop pour lui, c'était
tout mort là-dedans.

— Quelle nuit !

— Mon avis, c'est qu'elle a été courte la nuit, avait
sifflé la vieille fille.

— Oh les avis !… les avis c'est comme les trous du cul, chacun en a un, heureusement.

Et il s'était mis à glousser… il cherchait à sa droite, à sa gauche qui se dégèlerait le premier.

— Faut quand même pas se croire tout permis !

— Oh ! je l'ai froissée la perruche… pardon pardon pardon…

Il avait l'œil ! Elle avait trois petites plumes vertes plantées dans son chapeau et perruche, elle l'était bien un peu. Il avait encore gloussé mais surtout il avait surpris le début du quart d'un sourire sur les lèvres de Jo qui s'obligeait à regarder défiler un paysage sans intérêt… et c'était bien comme ça, il avait fermé les yeux, il avait encore gloussé. Il était presque heureux.

Il avait dormi jusqu'à Besançon, mal, d'abord parce qu'il était tout agité dedans… et puis la pensée de Jo n'en finissait pas de revenir, c'était elle qui l'empêchait. C'était tellement ridicule d'être là si proches l'un de l'autre comme des étrangers. Il l'aurait bien prise dans ses bras et ça aurait suffi sans doute, mais ce n'était qu'une pensée, une autre venait le mordre et elle se rétractait…

À Besançon, ils avaient échangé quelque peu, avant de prendre le train.

— Je vais retourner chez Whistler, elle avait dit.

Tout était dit !… Whistler ne serait pas à Paris avant la fin de la semaine, ils auraient donc l'occasion de se revoir… l'un et l'autre l'avaient pensé et pourtant ils ne s'étaient pas revus.

Il y a deux façons de rompre, comme de mourir, on casse net et on se tient à distance, ou bien on revient l'un vers l'autre, plusieurs fois, aussi longtemps qu'il le faut pour que chaque cellule se rende à l'évidence qu'il n'y a rien d'autre à faire… chaque cellule !

Ils ont cru tous les deux qu'ils pouvaient casser net. C'était plus facile pour Courbet, l'ouverture de son musée lui prenait temps et tête. Les travaux avaient pris du retard et s'il tardait encore, il ne rentrerait plus dans ses frais. Parce que c'était une vraie folie son musée, un coup de gueule, un grand merde qu'il poussait… merde à un monde corrompu, merde au comte Nieuwerkerke qui lui refusait ses toiles, merde à l'académisme, merde aux timorés, aux morts-vivants, aux vaincus, aux maîtres, merde à tous les cons… C'est parce qu'elles pétaient la vie ses toiles que le Salon n'en voulait pas ! on ne pète pas dans un musée, c'est toujours la même histoire. Et lui, à quarante-sept ans, il avait été pris d'un besoin justement, de tout lâcher ce qu'il avait dans le ventre, de leur montrer dix ans de sa vie, son trop de vie, et on verrait bien où le public irait, au Salon ou chez Courbet…

Il était si sûr de lui qu'il avait jeté plus de cent mille francs dans la bataille, un énorme besoin d'exister, de dire : « Courbet, c'est ça ! »

Jamais personne avant lui n'avait eu le culot, David, Delacroix, personne. Et il allait faire fortune !… Parce qu'il était le plus grand, le seul.

Il avait loué pour un an un bout de terrain entre Alma et les Champs-Élysées, et il avait fait construire… à sa mesure ! pas des confettis ses toiles, sept mètres de long, trois de large pour les deux plus grandes… cent quarante, il allait en exposer !

Le comte avait déjà ouvert son Salon depuis plus d'un mois, il y avait urgence maintenant, Courbet commençait à mal dormir, il se réveillait la nuit, il se repassait les chiffres dans la tête... une fortune ! pour ne plus être à la merci de ces rats... une fortune pour que son père... toujours son père !

On ne mesure jamais jusqu'où on s'expose, se met en danger, tous ceux qui s'arrachent livrent leur kilo de chair aux chiens et aux autres... À chaque exposition, Courbet retraversait le même mur, il le savait... il y a l'homme d'avant et celui d'après... il semblerait qu'une chimie s'opère. C'est l'émotion bien sûr de voir ses toiles pendues aux murs, c'est surtout le regard des autres qui brutalement n'est plus le même. Tout vient de là, le peintre comme l'enfant qui vient au monde en dépendent corps et âme de cette lorgnette !

La chair aux chiens !... en pâture il se donne, accroché aux murs ! quand il n'a plus d'armes pour se défendre, quand il s'est déjà battu contre lui-même, tout ce qui l'empêchait, il a tout donné... alors maintenant tout l'atteint, un mauvais regard et le voilà sous terre... enterré, mort-vivant !

On pourrait croire qu'en accrochant ses toiles il s'en détache. Je t'en fous ! Il y est tout dedans et c'est bien lui qu'on va mordre... ou caresser ! là qu'elle commence la chimie. Un arbre fait des feuilles, des fruits, des graines qui donneront d'autres arbres... l'art n'est rien que naturel, un mouvement de la nature, de l'être, sa floraison... et sa chute. Si on l'empêchait de faire ses feuilles, Courbet s'étiolerait, se fanerait, végéterait. Il en savait quelque chose à quarante-sept ans parce qu'il avait choisi de se mettre sur la place publique… Choisi ? Un arbre ne choisit pas de faire des feuilles, c'est sa nature, c'est tout… comme ça qu'il vient au monde. On en finit pas de venir au monde.

Alors, le jour de l'ouverture… un matin, on se réveille et on se dit : « C'est aujourd'hui ! » Il y était dans son musée maintenant… Il en avait fait dix fois, cinquante fois le tour, il n'osait plus pousser la porte, il l'avait déjà poussée trente fois au moins, pour voir la file d'attente… Qu'elle s'étire ! Qu'elle gonfle cette putain de queue ! Il ne voulait plus que ça, ne pensait plus qu'à… au succès qui le remplirait de… C'est rien qu'une ivresse le succès.

Il avait mis Zélie et Zoé, ses deux sœurs, aux caisses. Anselme déchirerait les billets au portillon, il faudrait le surveiller celui-là, parce qu'il n'en finissait pas de se démolir au vin rouge, c'était rien que par charité qu'il le gardait.

Il avait dit seize heures, l'ouverture ! encore cinq minutes… Il ne tenait plus en place. Elle l'impressionnait cette grande salle vide et il revenait toujours se planter au centre, pour voir et revoir l'ensemble. Il pouvait tourner sur lui-même, que du Courbet !… Quinze ans de sa vie ! des toiles qu'il ne savait pas très bien pourquoi il les avait faites, il le savait maintenant. Merde, elles avaient leur place !… Sans elles, il y aurait eu un trou, un manque… un membre qu'on lui aurait arraché à ce grand corps, parce qu'elles formaient un corps ses toiles, il en était sûr, un autre lui-même qui ne s'était jamais montré, il le découvrait aujourd'hui pour la première fois, là, à cette minute et il en avait la chair de poule… Et il était là, au centre de lui-même, rempli d'une force incroyable, ils allaient en tomber le cul par terre les autres quand ils verraient ça…

Castagnary l'avait rejoint.

— Ça a de la gueule ! Ouah !

Courbet ne lui avait rien soufflé. Non il ne se trompait pas, il en était sûr, ils allaient en entendre des ouah !

— Dommage que je ne puisse pas les faire entrer un par un, ils ne verront jamais ce qu'on voit là, comment ça respire… regarde-moi ça ! je les enfonce tous ! toute la peinture j'enfonce ! il n'y en a pas un qui tienne ! toutes les écoles !

— Tu sais ce qu'on va dire ?

— Oui, oui je sais…

— Il faut toujours qu'il fasse toujours plus que les autres… plus grand, plus laid…

— Oui… et moi je me demande toujours pourquoi ils font si petit… Ah Casta je suis content ! merde ! j'y suis arrivé !… Ils vont me détester ! Ils vont rentrer chez eux, ils sauront plus quoi faire, ils vont rester comme ça… la brosse en l'air, la queue molle… T'as regardé combien ils sont dehors ?

— Deux cents…

— Beaucoup plus ! Deux cents, c'était il y a une demi-heure ! Ils vont venir, j'en suis sûr, ils vont aimer ça… Ils vont voir la différence, il faudrait être aveugle…

— On pourrait peut-être les faire entrer ?

59

— Non, non… quelle heure il est ?… non je veux encore en profiter.

Casta avait sorti sa montre.

— Moins trois…

— Plus jamais je verrai ça… Proudhon me manque, il est parti trop tôt… à deux ans près ! C'est avec lui que je devais triompher… et ce con de Baudelaire ! Je compte les morts, c'est pas bon signe… Il va falloir faire vite maintenant, il faut qu'on parle de moi toutes les semaines, il faut les faire venir. Je compte sur toi, remplis-moi les journaux, amène-moi les journalistes, tu les connais, ils veulent comprendre avant de voir, il faut toujours leur expliquer… ils ne voient pas, ils pensent ! S'ils ne sentent pas la vie, si elle ne leur saute pas à la gorge, c'est à désespérer.

Ils s'étaient mis à marcher et Courbet n'arrêtait plus de parler. On aurait dit qu'il avait quelque secret à confier et pourtant il ne disait que de l'ordinaire, Casta savait presque tout de sa vie. Le secret, il fallait le chercher entre les mots, le deviner, il ne pouvait plus peindre alors il parlait.

— Tu sais pour en arriver là, c'est beaucoup de travail. On croit que je peins facilement, mais j'ai travaillé comme une bête ! J'ai appris tout seul… un jour, j'ai étalé un drap blanc sur une table et j'ai posé un vase blanc dessus… blanc sur blanc ! j'ai essayé de peindre ce que je voyais. Tu ne peux pas savoir combien de fois j'ai recommencé ! jusqu'à ce que je voie sur la toile ce que mes yeux voyaient !

Ils étaient arrivés devant *Vénus et Psyché*.

— Refusé !… Refusé !… Refusé !

Il désignait les toiles, l'une après l'autre.

— Si on ne me refuse pas, qu'est-ce que j'ai besoin d'ouvrir un musée ?... Je ne dépense pas une fortune. Je ne veux rien de plus que les autres.

— Tu supporterais pas d'être comme les autres.

Il en était resté coi Courbet... parce qu'il y croyait à son histoire, elle le berçait, il la dessinait comme il aurait dessiné un paysage.

— Oui... mais tout est bloqué dans ce pays ! Les têtes sont bloquées, constipées pire que moi... Moi je me soigne à la bière, ça facilite le transit... Une bonne cuite, c'est ça qu'il lui faut à ce pays.

Il s'était arrêté devant un portrait de Jo, sa belle Irlandaise... un ange était passé.

— Je crois que je suis en train de faire une grosse connerie Casta.

Il n'avait pas dit plus, c'était pas le jour, Casta l'avait senti. Il avait seulement soupiré : « Merde ! merde ! merde ! »

— Quelle heure il est !... On va faire entrer.

Il n'avait pas attendu que Casta ressorte sa montre, il avait crié vers ses deux sœurs.

— Allez-y faites entrer !... Allez-y !

Il avait continué seul à faire le tour de son musée, en s'arrêtant quelques secondes devant chaque toile, on aurait dit qu'il leur glissait un mot à chacune, qu'il se rappelait une dernière fois une amie avant de la laisser à cet ultime regard fait de milliers d'yeux, qui allait le faire vivre ou le meurtrir. C'est la roulette russe de l'artiste, il passe sa vie à jouer à ce jeu dangereux et c'est fatal, un jour ou l'autre le coup part... fatal... ! Il ne peut en être autrement. S'il n'y joue plus c'est que l'artiste est mort.

Les gens entraient, se plantaient devant les toiles, un peu dindons bien sûr... Que voyaient-ils donc ? Courbet s'était mêlé pour savoir et comme par magie, il voyait ce qu'il n'avait jamais vu, uniquement parce que d'autres avaient leurs yeux sur ses toiles... Ils avaient cet étrange pouvoir de le décharger, de le sortir de son aveuglement, alors ses propres toiles cessaient de lui appartenir, elles n'avaient plus besoin de lui... C'est peut-être un peu ça aussi être heureux, être déchargé d'une part de soi.

Pas longtemps il avait duré son bonheur ! il avait suffi d'une ou deux réflexions... « mais que c'est laid ! il ferait mieux de la cacher sa saloperie ! »... Et puis des rires, ceux-là qui vont droit sur la plaie. Courbet n'avait pas résisté... sa chair ne passait pas ! Il y en avait bien qui s'extasiaient mais ceux-là, il ne les retenait pas.

Rien de nouveau donc, à chaque exposition il avait son lot, seulement les têtes qui changeaient, mais il ne s'y faisait pas, alors il avait fini par s'écarter, il était allé jusqu'aux caisses, un peu sonné.

— Combien d'entrées ?

C'était pas mal du tout, et ça rentrait toujours ! Il avait passé son nez dehors, la file s'étirait... pas mal ! pas mal ! Il n'y avait plus que les chiffres qui lui importaient... Pour le coup il se sentait détaché, pas de ces toiles mais de cette faune mordante, tout à crocs à cris et à rires, qui ne voulait que le voir tomber.

Elle passait dans l'air leur hargne, il la sentait sur sa peau. Il avait été bien naïf de croire que cette fois-ci ce serait différent. Il n'avait pas changé lui, pourquoi les autres le regarderaient-ils autrement ? C'est dans l'air du temps ça aussi, le regard, il va à son rythme, il ne prévient pas, on se réveille un matin et c'est fait ! Là, c'était pas fait !

Il prenait tout sur lui, le mauvais, il le buvait à s'en pisser dessus et il était partagé entre l'envie de foutre le camp, tout laisser pour aller marcher dans les rues, et l'envie de résister, pas les laisser dire. C'était si facile !

Alors il arpentait, le traversait dans tous les sens son musée, ceux qui le connaissaient venaient lui serrer la main, le féliciter, mais eux aussi étaient déjà contaminés... Le cul par terre, il avait dit ! Personne... Ils voyaient pas la différence, merde ! Il commençait à parler tout seul, il se trouvait des raisons et sans prévenir ça aussi, une petite voix intérieure était venue lui dire : « Ça suffit maintenant !... » Et il s'était arrêté tout net, il s'était redressé, c'était fini.

Il n'avait pas à se chercher des raisons, à expliquer, il venait de sortir de son trou, une belle colère était en train de naître en lui qui balayait, soufflait tous ses doutes, poussait dehors, hors de lui tous ces maudits trous du cul qui savaient mieux que lui le beau, le laid... maigrichons, grincheux, incapables, envieux, pas finis, qui montaient sur leurs talons, des dindons !!! toujours des dindons ! des dincons ! Oh la belle patrie de cons ! Eh bien tout ce petit monde lui dindonnait de l'énergie maintenant, il en était plein, fort comme un bœuf soudain ! Ils n'étaient pas près de l'abattre !… Jo ! Pourquoi elle n'était pas là ? Il l'aurait voulue près de lui.

Il allait toujours, on venait le féliciter, de plus en plus… La colère, le vent il le sentait faiblir, rien qui tient longtemps. Son père… heureusement qu'il n'était pas venu ! il n'aurait entendu que les saloperies lui aussi, il lui avait bien dit qu'elle n'était pas à peindre la Jeannette, personne en voudrait chez lui, il pensait tout de travers à n'en faire qu'à sa tête… balayé ça aussi ! Castagnary était revenu avec des « sublimissimes », du beurre… Balayé ! Il ne pouvait plus rien entendre.

Et puis le vent avait fini par se balayer lui-même et au milieu d'une salle bourrée de monde, parce qu'il en entrait toujours, Courbet était redevenu Courbet et pourtant il ne s'était jamais senti aussi mal.

Il avait retrouvé son rire, il suffisait de l'entendre pour savoir que c'était lui le peintre… on venait, on se pressait autour de lui pour voir l'animal, savoir quelle tête il pouvait bien avoir celui-là. Le bonhomme devenait plus intéressant que les toiles, on les avait déjà oubliées celles-là ! Pourquoi pas ? Pourvu que ça rentre ! Pourvu qu'il soit le centre, il n'y a que là qu'il existe !… Il va les amuser puisque c'est ça qu'ils veulent ! Et il l'avait laissé sortir son rire, il en avait éclaboussé son monde, recouvert tout ce qu'on pouvait en dire de ses chefs-d'œuvre, mais si on l'avait bien entendu, c'était un grand cri qu'il poussait ! « Aimez-moi nom de Dieu ! Aimez-moi ! »

Lui-même ne l'entendait plus depuis longtemps ce cri, il se confondait avec, comme le moine et l'habit… Alors, balayés ! le coup de mou, les doutes et tout le saint-frusquin, la sainte faiblesse humaine. Il fallait le réussir ce premier jour nom de Dieu ! qu'il soit une fête !

Il avait traîné son monde chez Andler, toute à lui la brasserie, réservée... et là, chacun était venu le voir, la mine de travers à force de chercher quoi lui dire, de l'intelligent, du personnel si possible, mais c'étaient toujours les mêmes mots qui revenaient mastiqués à l'avance, ils en sortaient tout mous de la bouche... « étonnant ! »... « un maître ! »... « réalisme ! »... ça pouvait aller jusqu'à « révolutionnaire » avant d'enchaîner sur le Salon, le monde comme il allait...

Il n'était pas totalement dupe, si on savait ce qui lui faisait plaisir, lui savait ce qu'il lui en coûtait, le père Andler ne manquerait pas de lui présenter la note. Mais puisque le monde roulait comme ça autant être aux commandes... Et ce soir-là il l'était ! Ça roulait nom de Dieu !

Il devait être aux environs de minuit quand il l'avait vue entrer, un savoir bien plus que le hasard lui avait fait tourner la tête au moment où Jo passait la porte... Il s'était levé, il était allé à sa rencontre.

Elle l'attendait, elle n'osait pas ou ne pouvait pas avancer plus loin... le bras tendu le long du corps par son sac de voyage. Elle avait dû pleurer, ses yeux étaient gonflés, tout de suite elle avait parlé.

— Il est devenu fou, il ne veut plus que je voie mon fils.

C'était Whistler à qui elle avait tout dit de sa liaison. Il s'était mis à hurler. Elle racontait la scène comme un automate, comme si ce n'était pas elle qui venait de la vivre… l'enfant qui s'était réveillé, qui avait couru dans ses bras, les cris, les pleurs… Whistler qui les avait séparés, qui avait jeté ses affaires dehors !… affreux !

— Excuse-moi, je ne veux pas t'embêter, je ne veux pas gâcher ta fête. Je ne sais pas pourquoi je suis venue…

Elle regardait la salle qui ondulait, joyeuse. C'était trop… et Whistler trop brutal ! les larmes lui revenaient, alors Courbet l'avait serrée contre lui, il avait pris son sac.

— C'est rien mon bébé, pleure pas.

— Je vais aller à l'hôtel, j'aurais pas dû venir.

— Mais si tu as bien fait… viens.

Elle résistait encore, tout l'agressait, même les mots gentils de Courbet.

— Viens, on va boire quelque chose.

Le bar était tout proche, Courbet avait commandé, une coupe pour elle, un cognac pour lui.

— De toute manière, c'est un con ! il a jamais été foutu de te peindre. Même sans talent, s'il t'aimait vraiment, il en aurait sorti quelque chose… C'est rien qu'un bourrin mondain ! Tu mérites mille fois mieux !

Elle avait bu sa coupe et pris une autre et une autre… et elle était entrée dans la fête, son beau sourire lui était revenu… balayé le drame !

Courbet la surveillait du coin de l'œil, il l'avait réussie son ouverture nom de Dieu ! On s'en souviendrait.

III

Est-ce qu'il avait changé ? Il s'était réveillé à côté de Jo comme à Ornans quelques jours plus tôt, le corps apaisé, la veille il avait ouvert son musée, réussi sa fête, tout était en ordre et dans la chaleur du lit il avait goûté le sentiment du devoir accompli. Au matin, le corps de Jo s'échauffait et il aimait sentir cette source chaude, laisser courir sa main plus froide sur les hanches, le ventre, plus bas, plus chaud… elle avait dit « c'est bon ! » encore tout endormie et elle s'était collée à lui pour l'embrasser.

Plus tard après avoir bu un café, il s'était senti désœuvré et il lui avait proposé de l'emmener au musée. Il était peut-être là le changement, l'ouverture du musée avait laissé un vide en lui, rien de désagréable, une petite peur tout de même alors il fallait qu'il se secoue, qu'il sorte, comme s'il avait peur de lui-même.

Ils avaient pris une voiture en bas de Saint-Michel, ils avaient traversé la Seine, longé le Louvre, le palais des Tuileries, ils avaient traversé la place de la Concorde… déjà on commençait à apercevoir le musée avec écrit en belles lettres MUSÉE COURBET et dans sa tête il ajoutait toujours : « Cent mille francs ! »

Il n'y avait plus de file d'attente à l'entrée, c'était normal à quinze heures un mercredi, mais tout de même il avait eu un pincement, un mauvais coup qu'il n'avait pas vu venir.

La voiture les avait laissés... Jo s'étonnait encore de la taille du bâtiment et lui d'un violoniste qui s'était installé à quelques mètres seulement de l'entrée, sa casquette retournée devant lui, trois badauds arrêtés qui l'écoutaient. Qu'est-ce qu'il foutait là celui-là, à lui bouffer son air ?

La musique pourtant l'avait arrêté, il n'avait jamais entendu une mélodie pareille. Il y avait une âme là-derrière. Il s'était approché du musicien, avait attendu qu'il ait terminé, il avait applaudi avec les autres.

— C'est quoi ce que tu joues ?

— Très beau, très beau... Merci.

Il parlait avec un fort accent de l'Est, ce devait être les seuls mots de français qu'il connaissait et il s'était remis à jouer pour lui soutirer quelque pièce.

— Oui oui, très beau, très beau.

Il lui avait proposé de venir jouer à l'intérieur mais l'autre rechignait, comprenait tout de travers pensant que Courbet voulait le chasser et les deux commençaient à s'énerver. Alors Jo avait pris le bras du musicien et il s'était laissé conduire.

À peine entrés, Zélie avait laissé sa caisse, elle avait à dire à Courbet, à voix basse, attendrie.

— Un monsieur très important veut te voir, il a laissé ça pour toi.

Il y avait tout de même un peu de monde dans la salle, c'était la seule chose qui lui importait. Courbet avait même compté et seulement après il avait regardé le carton que lui avait remis Zélie… Khalil Bey, ambassadeur de Turquie…

— C'est lequel ? il avait demandé.

Zélie lui avait montré un homme d'une trentaine d'années, élégant, accompagné d'une élégante.

— Viens avec moi, toi !

Il avait tiré le musicien à quelques pas de l'entrée et il avait tenté de lui faire comprendre qu'il pouvait jouer là en échange d'un billet. Il avait sorti un billet, le jeune homme avait voulu le prendre.

— Non ! seulement ce soir, quand je fermerai les portes… tu peux te promener, faire le tour… ce que tu veux, tu regardes les peintures et tu joues ! tu comprends ? J'aime beaucoup ta musique.

Jo avait dû lui expliquer une seconde fois.

Khalil Bey ! Ce nom lui disait quelque chose, mais d'où ? Quand ? Ambassadeur, Turquie… Il était à l'autre bout de la salle, Courbet marchait sans cesse de le regarder, mais rien, il ne voyait toujours pas d'où…

— Je vous demande pardon, je suis Courbet !… très flatté que vous m'ayez fait l'honneur de votre visite. Je connais votre nom mais je ne sais plus d'où… peut-être Durand-Ruel ou peut-être…

Khalil Bey le laissait s'embourber.

— Sainte-Beuve, peut-être ?

— Mais oui, oui, oui ! suis-je bête ! je n'ai plus de tête.

— Nous avons dîné ensemble hier soir, il n'y en avait que pour vous... alors j'ai voulu voir.

Tu parles s'il s'en souvenait de Sainte-Beuve ! la veille il avait été le premier à venir le féliciter... Il savait, lui, faire la différence entre un tableau et une croûte. Un ami ce Sainte-Beuve, un vrai qui ne l'avait pas laissé tomber comme Baudelaire pour suivre un Manet ! un m'as-tu-vu ! un qui l'insupportait, qui manquait de générosité... au fond, il allait bien avec Baudelaire, mieux que lui en tout cas... mais peu importe ! Donc Sainte-Beuve travaillait pour lui !

Le musicien s'était mis à jouer et les têtes s'étaient tournées... Courbet ne s'était pas trompé, la musique allait bien avec sa peinture, c'était une autre main qui caressait l'âme. Khalil Bey avait repris.

— Vous êtes quelqu'un de très singulier... je préfère singulier à réalisme. On s'est beaucoup interrogé hier soir sur le réalisme.

— Oh, je n'emploie ce mot que pour simplifier, parce qu'en France on a besoin de tout classer, il faut pouvoir ramener l'inconnu à l'ancien sinon on le rejette. L'inconnu fait peur...

Ils étaient partis à refaire le monde, Khalil Bey avait questionné Courbet sur quelques-unes de ses toiles, son *Enterrement à Ornans* bien sûr, qui l'avait fait connaître. Qu'est-ce qu'il n'avait pas déclenché là comme haine ! à trente ans tout juste ! un sacré coup de poing ! C'est de là qu'il venait son goût du scandale, ou s'il était déjà en lui disons que c'est là qu'il en avait goûté le piquant parce qu'il était devenu soudain le centre du monde. On apprend son rôle assez tôt dans la vie et tout le reste du temps on manœuvre pour s'y tenir. Le vide qu'il avait ressenti dans la matinée avait à voir avec cette position qu'il croyait toujours devoir prendre.

Khalil Bey avait dû le comprendre, un ambassadeur n'est-il pas lui aussi au centre d'un autre petit monde ?

En tout cas les deux hommes s'accordaient, ils avaient fait le tour de la salle, toujours la jeune femme qui accompagnait Khalil Bey marchait trois pas derrière, Courbet croisait son regard de temps à autre, il lui aurait bien demandé de poser pour lui. Qu'est-ce qui fait qu'on a envie de peindre une femme plutôt qu'une autre ? N'est-ce pas du même ordre que l'amour, aussi simple, inexplicable, un être qu'on rencontre avec lequel pourront se dire deux ou trois choses qui tenaillent ? Dire est impropre, les mots ici n'ont pas leur place.

Khalil Bey s'était arrêté devant *Vénus et Psyché*, un autre de scandale ! Refusé ! Deux femmes, deux chairs qui s'aimeraient... la mythologie n'était qu'un prétexte.

— J'aime beaucoup ces deux femmes. J'aimerais les ajouter à ma collection... elles seront en bonne compagnie avec Delacroix, Daubigny, Corot aussi et d'autres encore...

— J'aimerais beaucoup, mais la toile ne m'appartient plus.

— Faites-moi une copie.

— Non, je ne peux pas, les toiles importantes, je ne peux pas... pas celle-ci... mais je peux vous faire la suite si vous voulez.

71

Il n'avait pas hésité, cherché en lui, comme si le tableau était déjà prêt, qu'il n'attendait qu'une occasion.

— La suite ?… Vous oserez ?

S'il oserait ?… Il n'avait fait que ça toute sa vie ! Il ne s'en rendait même plus compte, il fallait que ça se mette à dindonner pour qu'il en prenne conscience.

— Votre prix sera le mien.

Il savait lui parler !… Courbet avait dit « vingt mille francs », « très bien » avait dit l'autre… Il l'aimait de plus en plus cet homme ! Il avait envie de lui plaire, c'était son côté féminin, l'artiste qui allait tout lui donner. Il ne ressentait plus rien du vide de la matinée, le désir était revenu… de peindre, d'aimer, de vivre, de toucher… Il ne vivait que pour ça ou plutôt il ne se sentait jamais aussi vivant que dans ces moments.

— Dans combien de jours ? il avait demandé. Sainte-Beuve dit qu'il n'a jamais vu quelqu'un peindre aussi vite que vous et moi je deviens terriblement impatient si je me laisse aller à aimer.

— Ça ne sera pas long, je vous promets.

Décidément cet homme lui ressemblait ! plus de patience quand il aimait, le désir plus fort que tous les petits empêchements… et même les grands ! Il lui avait encore demandé comment il s'y prenait pour rendre ses toiles si lumineuses.

La réponse était prête, lustrée depuis longtemps parce qu'on lui posait toujours la question. Il n'avait rien inventé, juste adapté une technique à son œil, à sa façon d'être dans la vie.

— D'abord, je cherche dans le tableau la teinte la plus sombre, j'indique sa place, je la plaque au couteau ou à la brosse. Elle ne laisse voir aucun détail particulier dans son obscurité… ensuite, j'attaque par gradation les nuances moins intenses, j'essaye de les mettre à leur place… puis les demi-teintes jusqu'à ce qu'il ne reste plus qu'à faire luire les clairs. Il y en a bien moins que les romantiques n'en mettent… Et si j'ai senti juste, le travail s'éclaire tout à coup, les lumières saisies au vol sont à leur vraie place… si j'ai senti juste !

Il était intarissable là-dessus. Le musicien jouait toujours, Khalil Bey s'est retourné.

— C'est une très bonne idée ce musée, vous êtes vraiment unique.

— La prochaine fois, je me verrais bien exposer dans un grand magasin ou un hall de gare, il faut que l'art illumine le peuple.

Ça c'était son côté 48 ! le socialiste, toujours prêt à s'emporter. Est-ce qu'il y croyait vraiment à l'art pour le peuple, à une société sans riches ni pauvres ? Il y avait cru… mais à quarante-sept ans, est-ce qu'on peut encore y croire, quand on vend une toile vingt mille francs, dix ans de salaire d'un ouvrier ?

Les deux mon général ! On y croit et on n'y croit pas… on fait comme si on pouvait encore y croire, c'est tout l'homme ça.

Pour l'heure, il avait un tableau à faire, Khalil Bey s'éloignait avec sa belle, Jo revenait vers lui… Il allait encore une fois ! oui, oui, oui, avec elle… Il la regardait soudain comme s'il avait encore à découvrir d'elle… oui, oui, oui !… et il s'était mis à l'aimer comme au premier jour, quand l'espace s'ouvrait devant eux. L'aimer, la peindre, tout ça se confondait, oui, oui... ils n'avaient pas encore vécu tout ce qu'ils avaient à vivre...

Elle ne savait pas ce qu'il avait en tête, elle ne pensait qu'à lui dire tout ce qu'il avait remué en elle... ses yeux brillaient, elle le remerciait surtout... c'est ce qu'il avait retenu, personne ne l'avait regardée comme lui, il avait su la faire exister... il lui avait fait le plus beau cadeau qu'on puisse lui faire, il était sa chance. Alors, oui, oui, oui !... Il ne voulait plus que repartir avec elle, la regarder, la peindre, chercher avec elle...

À peine l'avait-il laissée finir, il avait tendu le bras pour qu'elle regarde... *Vénus et Psyché.*

— On va faire la suite... si tu veux bien !

Bien sûr qu'elle voulait ! elle avait souri, une jeune fille soudain.

— Deux femmes après qu'elles se sont aimées.

— Pourquoi deux femmes ? elle avait demandé.

Pour emmerder le monde ! Parce que... C'était pas une question à poser, il ne se la posait pas... quand l'idée lui venait, il ne fallait pas l'arrêter, c'est tout... Il lui avait expliqué cent fois le processus, ce quelque chose qui le poussait, qui ne demandait qu'à jaillir... « c'est rien que du foutre la peinture ! et si ça ne jaillit pas, c'est rien que triste, rien que de la pisse ! tu bois de la bière, tu pisses ! ça ne suffit pas pour peindre, il faut le reste... » Mais oui ! cérébral ou pas, c'est rien que la nature qui veut ça. Trop simple peut-être, ça aussi, pour qu'on sache l'expliquer.

Ça n'avait pas traîné, il avait fait venir des filles, des brunes… la blonde et la brune il ferait et elle s'était présentée celle qu'il cherchait… un signe ! toujours, quand il était prêt pour un tableau, il n'avait aucun mal à trouver son modèle ou le paysage, les éléments venaient à lui, se mettaient en place pour lui, une trouée dans les nuages par exemple, juste au moment où il le fallait, on aurait dit qu'il les attirait, qu'une relation se créait entre lui et le monde, qu'il était en accord comme peut-être les mystiques à force de prières, mais chez lui ça venait naturellement sans qu'il ait rien à faire, c'était très net et il savait parfaitement quand il était dans cette grâce.

Mais pas question de la retenir, elle s'en irait comme elle était venue. Aussi, il avait fini par ne plus y attacher d'importance.

Il peignait l'après-midi de préférence, jamais la nuit réservée aux amis, la nuit est faite pour boire. Sa porte restait ouverte, on ne le dérangeait jamais, au contraire c'était sa façon de se concentrer sur son sujet, la part de son esprit qui devait lutter pour s'extraire de la conversation, il ne l'avait plus contre lui, le censeur, le champ était libre, son œil pouvait aller et ses doigts devenaient virtuoses.

Castagnary était entré dans l'atelier au moment où il cherchait son tableau, les deux filles allongées nues sur le lit.

— Je dérange peut-être ?

— Non ! assieds-toi là…

Aussi longtemps qu'il n'avait pas trouvé, on pouvait le croire énervé, de mauvais poil, alors qu'il n'était que tendu, plus qu'un œil, une peau, à fleur… La beauté ça tient à pas grand-chose.

— Entre nom de Dieu ! assieds-toi là…

Castagnary lui apportait la presse et rien qu'à la façon dont il était entré, lourd sur ses jambes, Courbet savait qu'elle ne lui était pas favorable, mais il faut entendre les mots ou les lire pour vraiment savoir et en être meurtri.

Castagnary avait pris place devant le chevalet, derrière Courbet, c'était insupportable pour lui d'avoir à ramener son ami sur terre. Il l'avait quitté la veille tout excité, il ne parlait plus que du nouveau tableau… Il irait loin comme jamais il n'avait été, ce serait le tableau de sa maturité, celui après lequel il courait depuis des années. Alors qu'il se débarrasse du poison, qu'il lui dise la vérité !

— C'est pas très bon, tu sais… tu déranges. Ils se sentent agressés alors ils se défendent. En plus ça les excite de se payer Courbet, ça fait bien, tu grandis aussitôt de trente centimètres, tu passes plus les portes…

— Toujours les mêmes je suppose… Y en a bien quelques bons ?

— C'est très mou. Il faudrait qu'on soit aussi hargneux que les autres.

— Ça aussi c'est très mou ! relève la cuisse… moins haut ! on va pas leur montrer le bénitier, ils seraient capables de me brûler la toile et moi avec !… non, ça ne va pas… reviens sur elle…

Il prenait sa voix douce et avec quelle délicatesse il déplaçait les deux corps graciles quand le sien était tout d'un bloc, épais, si lourd !

76

À cet instant, les deux femmes étaient repliées l'une sur l'autre, les bras de l'une sur les épaules de l'autre pour ne plus former qu'une boule sans visage, rien que des cheveux qui retombaient sans grâce. Il se trompait… Il le voyait bien… Ce n'était pas la pose qu'il trouvait molle mais son cerveau qui manquait de nerf, son œil qui ne voyait pas plus loin que cette boule, sa main qui n'amenait toujours rien de bon… Oui, il en avait des raisons pour être énervé, mais pas assez encore ! il fallait la remuer cette lourdeur, cette mocheté, cette guimauve, ce rhume… Oui, c'était comme une maladie dont il faudrait se guérir, se débarrasser de la laideur… pire que la laideur ! le rien, cette vie qui se traîne, qui n'en finit pas, fade, informe, une morve…

— Lis un peu voir.

— Ça va encore t'énerver !

— Mais je suis énervé ! Surtout le braquemart qui se tourmente, le pauvre diable, à les voir se languir ! Il m'en vient de ces chaleurs !… tourne un peu voir la tête… t'es pas bien comme ça ! pourquoi tu ne me le dis pas ?… essaye de l'autre côté… non, c'est pas bien… arrête cette connerie, on va reprendre la première idée.

Et puis il revenait à Casta : « Vas-y toi ! Qu'est-ce que t'attends ? »

Casta avait commencé par le moins cruel… Courbet continuait, il avait peu à dire, les deux filles se laissaient guider, Jo surtout qui semblait chercher avec lui… elle avait bien compris que c'était avant tout la lourdeur qui l'arrêtait, contre elle qu'il se battait, peut-être même pour ça qu'il avait voulu peindre la Jeannette. Jour après jour, il la repoussait cette foutue lourdeur, pas moins que Sisyphe son gros Courbet !

— « Rien, rien et rien ! dans cette exposition de Courbet. À peine deux ciels de mer… Hors de là, chose piquante chez ce maître du réalisme, rien de l'étude de la nature. Le corps de sa *Femme au perroquet* est aussi loin du vrai nu que n'importe quelle académie du XVIIIe siècle. Puis le laid, et le laid bourgeois, le laid sans grand caractère, sans la beauté du laid »… Ça c'est Edmond et Jules de Goncourt ! T'en veux encore ?

— Lève ton cul… et n'en profite pas pour me lâcher une perle !

— Tu serais trop content ! avait répondu Jo.

— Hum, un vent ! humer ton mignon soupir !

Castagnary reprenait. « C'est l'Antéchrist de la beauté physique et morale, et il a trouvé quelque chose de plus laid que la laideur vulgaire, il a trouvé le laid bête »… Charles Perrier pour *Arts*.

— C'est bien gentil tout ça, l'important c'est qu'ils parlent de moi.

Menteur ! Chaque mot le blessait… même s'il n'en laissait rien paraître il se défendait comme il pouvait à chercher son tableau, mais les mots s'infiltraient, ils allaient tourner en rond maintenant… des rats ! lui ronger le cerveau. Il faudrait avoir la sagesse de les laisser là où ils sont, ne jamais ouvrir un journal… Courbet ne l'avait pas !

— Alors celui-là, avait dit Casta… « Mais quelle cloche, à l'aide de quel fumier, par suite de quelle mixture de bière, de vin, de mucus corrosif et d'œdème flatulent, a pu pousser cette courge sonore et poilue ? »… Alexandre Dumas fils.

Il n'avait pas réagi tout de suite mais les deux filles avaient bien senti ses mains se raidir et on avait entendu les feuilles du journal se tourner, rien que le bruit des feuilles blessait les oreilles. Ou bien il s'effondrait tout merdeux, achevé, mort, ou bien il se redressait et repartait d'attaque, tout léger.

— Pas mal, pas mal… c'est rien que de la haine ça ! il avait dit. C'est jamais facile d'être un fils… C'est pas mal ça ma chérie, c'est même très bien, continue voir…

Il l'était pour de bon énervé ! à vif !… et pour se protéger tous ses sens maintenant allaient se concentrer sur le tableau.

Casta avait gardé le meilleur pour la fin, les trompettes… « Par là cet adversaire du romantisme, ce dédaigneux des classiques se rattache au David de *Marat*, à Géricault, et même au Delacroix de la *Liberté*, si héroïquement peuple. » Henry Focillon, il faudra que tu lui écrives un petit mot…

Courbet n'écoutait plus parce qu'il l'avait son tableau ! alors l'autre pouvait raconter n'importe quoi, la belle affaire ! c'était tout mort, tout vieux quand sous ses yeux naissaient des lignes, une harmonie… oh ! très fragile encore, il n'y avait que lui pour le voir, on aurait pu mettre dix personnes, qui aurait vu ?

Jo s'était étirée, abandonnée plutôt et ça l'avait ému, son bras surtout et sa main oubliée sur le ventre… le reste allait venir, il n'avait plus qu'à se laisser guider par cet odorat du beau… il aimait ça le renifler, devenir tout animal, pister la bête, s'exciter… Balayée la lourdeur ! il suffisait de l'entendre pour le savoir.

— C'est très bien ça, ferme les yeux… elle n'est pas vraiment endormie, c'est juste après l'amour, la grande secousse, l'homme s'endort tandis que la femme rêve, elle pense toute baveuse encore, elle veut rejouir, refaire le chemin et elle se souvient… de tout, de la langue qui la mouillait, les doigts qui la visitaient…

Il s'était reculé pour voir l'ensemble, il parlait doucement pour lui-même comme s'il passait la première couche, le fond de la toile.

— Pas mal du tout, j'en ai le foutre qui monte ! merde c'est bien ça… qu'est-ce que t'en penses ?

Il s'était rapproché de Casta mais il n'attendait aucune réponse, la question était pour lui-même.

— Remonte encore un peu la jambe Jo… la droite, pour que je voie un peu plus de ton joli pétoulet mignon…

C'était fait, il l'avait sous les yeux… « bougez plus, c'est ça ! »… il l'avait, il était là son tableau. C'est rien que ça l'art, c'est tout ce que peut faire un artiste, courir après un certain contentement et puis c'est tout !… dire stop ! bougez plus ! Il n'y a que les outils qui changent. Maintenant c'étaient des brosses et des couleurs… et toujours l'œil qui allait et venait de la toile au modèle, des centaines de fois il irait, des milliers…

L'inconnu s'était déplacé, il était maintenant dans le lien qui progressivement s'établit entre l'artiste et son modèle, un échange secret, ténu mais qui reste extrêmement vivant… le mystère est là parce qu'on ne sait rien de cette vie, même la retenir on ne sait pas. Qu'on l'appelle la grâce, le talent… le cul bordé de nouilles ! si l'artiste le perd il est mort, il est sec.

Mais là, il était bien vivant, tout juteux… il ne l'avait jamais été autant. Plus il la peignait, plus il l'aimait… sa toile, sa Jo… à ce stade il n'y avait plus de différence.

Le souvenir de Khalil Bey s'en mêlait. Courbet l'imaginait découvrant le tableau… « Ouah !!! »… S'il avait aimé *Vénus*… il ne pouvait pas moins celui-ci. La chair venait, il l'avait dans les doigts.

« *La Chair* », il pourrait l'appeler comme ça… ou bien « *Les Endormies* », ou bien « *Après l'amour* »… ou *Jo que j'aime* », ou « *J'aime Jo* »… « *Queue j'aime* »… « *Jo aime ma queue* »… « *Ma queue aime Jo* »… Il pensait tout haut, les deux filles riaient, il était redevenu Courbet.

En fin de journée, il passa au musée pour faire la fermeture, c'est-à-dire la caisse, pour récupérer l'argent quoi ! Ça rentrait mou ça aussi, très mou. Il récupérerait la donne mais rien de plus.

Et voilà qu'Anselme le volait. Il l'avait surpris à faire entrer par-derrière la caisse, un soir qu'il était venu plus tôt que d'habitude… et il niait l'animal ! pris la main dans le sac, il gueulait encore plus fort que Courbet. Il ne le gardait que par charité et l'autre le grattait !

Il allait organiser des soirées, des concerts… c'était son idée ! pour qu'on y vienne, pour qu'on en parle de son musée… par la bande il les aurait ! L'idée avait fait son chemin depuis qu'il avait rencontré le violoniste, un sacré numéro celui-là, ils étaient toute une bande, venus de Budapest, tous aussi cinglés les uns que les autres… La musique hongroise était à la mode, alors en avant la musique !

Ça ne lui déplaisait pas de mélanger sa peinture à des vibrations étrangères, on l'admirait dans toute l'Europe autrement mieux qu'en France… Au diable les frontières ! C'était son idée depuis longtemps… qu'on supprime les frontières, il n'y aura plus de guerre ! Mais c'est encore trop simple ça aussi.

Pour la première, il fallait frapper fort, alors il invita le Tout-Paris qui fait la pluie et le beau temps. Il leur montra qu'on y venait dans son musée ! à sa laideur… et qu'on y viendrait parce que l'avenir était là, parce que la vie était là… parce qu'il était le plus grand ! petits biscuits, nains minuscules minables… qu'ils y viennent donc manger dans sa main !

Et il mit les petits plats dans les grands, les pieds aussi, tout ! trop comme toujours… mais ça les faisait rire, c'était pour ça aussi qu'ils venaient.

Ils avaient dû le trouver encore plus gros, infatué, ballot, prétentieux, pas deux sous d'intelligence… tout en gueule le crapaud ! la grenouille qui allait exploser, qui ne pouvait que mal finir. Il le savait tout ça, il n'exagérait rien, ils étaient si peu à l'aimer pour ce qu'il était vraiment, à le connaître au-delà de la carapace. Qu'importe ! Qu'ils y viennent donc s'empiffrer de sa suffisance, nourrir leur haine les Alexandre Dumas fils, les maudits cons ! Il n'échangerait pas sa place contre la leur.

82

Bref, c'était une soirée où chacun était à sa place dans le meilleur des mondes, à Paris en avril 1867…

Il allait de l'un à l'autre, il chopait des bribes au passage comme « ça ne manque pas de sel pour un socialiste ! »… Ça les barbouillait qu'il n'expose que du Courbet, ils auraient préféré un autre Salon des refusés… mais puisqu'il y en avait déjà un ! Ce qui ne passait pas c'est qu'il leur disait merde à tous, qu'il se montrait tel qu'il était… un géant.

Il s'était pingouiné dans un smoking, huilé les cheveux, aux pieds des vernis qui lui faisaient des petits petons qu'on se demandait comment ils supportaient un corps si lourd. Il avait ouvert sa veste pour tirer sur le gilet qui n'en finissait pas de remonter sur son ventre… hormis ce petit tracas tout allait bien, il serrait des mains, il mesurait son monde.

— Comment ça va ?… très aimable d'être venu.

— C'est magnifique ! très très réussi…

— Comment ça va ?

Il passait de l'un à un autre… les voix recouvraient la musique, ce n'était encore que le hors-d'œuvre, des danses légères pour ouvrir l'oreille. Tout à l'heure il demanderait le silence, Castagnary lui avait écrit le discours d'ouverture, il le lirait et il laisserait la place à l'orchestre.

Il avait assisté à la répétition de l'après-midi quand dans sa tête il était encore à peindre, tout à son tableau… et la musique l'avait cueilli, emporté… loin, mais très loin ! Elle a de ces facilités que la peinture n'a pas.

— C'est le sacre… Courbet Ier !

— Ne m'insulte pas s'il te plaît !

— Je peux quand même te dire que c'est réussi. C'est formidable, c'est grandiose…

— Reste donc pas le verre vide, tu vas te sécher à boire de l'air !

Un flatteur, il s'en était vite débarrassé !

Et puis il y avait eu comme une onde qui se propageait, les têtes se tournaient, on se passait le mot.

— Le comte vient d'arriver !…

Le comte Nieuwerkerke, l'ennemi juré ! Chacun se demandait si on l'y verrait chez le gros. Il y avait du bras de fer… qui plierait le premier ? qui enfoncerait l'autre ? Il était entré, sa grappe au cul, rien que des hémorroïdes ces salopards ! avait pensé Courbet. Et il savait de quoi il causait, elles le faisaient bien souffrir depuis des années, les siennes d'hémorroïdes, ce soir tout particulièrement.

Les têtes se tournaient, il attirait, le comte !… qui voulait lui serrer la main, qui se montrer. Puisque lui-même était venu on pouvait, on se devait d'être là… alors il ne fallait pas rater l'occasion de marquer son point… et ça en frétillait ! faisait des vagues tout autour de lui, jusqu'à Castagnary qui se levait sur la pointe des pieds à la recherche de Courbet.

Il l'avait aperçu, bousculé pour le rattraper.

— Il faut que t'ailles le saluer.

— Non, qu'il vienne lui…

— C'est tout ce que tu voulais qu'il vienne ! Alors ne boude pas ton plaisir.

— Qu'il vienne, je l'attends… Je suis chez moi.

— Justement va l'accueillir ! remercie-le... fais le tour du musée avec lui, montre-lui tes dernières toiles... Là, tu les as tous les journaux ! Tu vois un peu les titres ?... « Le comte chez Courbet ! »... Allez viens !

Il avait dû littéralement le tirer, c'est dire la blessure... parce que là ce n'était pas de l'orgueil... Nieuwerkerke lui avait fait trop de mal, l'avait refusé pendant trop d'années... et puis surtout il était trop lié à un régime qu'il exécrait.

— Le bruit court que tu vas être cité pour la Légion d'honneur, on t'a dit ?

— Qu'est-ce que c'est cette connerie ?

— Je t'assure, c'est Pageot... Il est bien placé pour savoir.

— J'en veux pas de leur os ! Je ne porte que la mienne de croix... et déjà elle m'épuise.

Ce n'était pas qu'un bruit, on allait la lui donner la Légion. Quel curieux monde tout de même, le comte chez lui, la Légion d'honneur ! mais trop tard, trop tard... C'est rien que pour les petits, un sucre qu'on tend à un chien... fais le beau mon toutou !

Au lieu de le remplir de bonheur, il lui remontait un sale goût dans la bouche, une amertume, une envie de cracher et de retourner tout droit à Ornans avec les siens, boire de la bière... embrasser sa gitane...

Est-ce que c'était de l'orgueil ? une blessure ? Il n'avait jamais été aussi haut sur cette échelle idiote. Il avait tout fait pour y grimper, il le voulait le succès et là, quand il l'avait à sa main, c'était autre chose qu'il voulait.

La reconnaissance du comte Nieuwertrucmerde ! tu parles d'une reconnaissance ! une andouille, une serpillière, un gâteau enfariné… Il aurait couru toute sa vie après ce fantôme, un épouvantail, une médiocrité ! non, non… Il y avait autre chose en lui, un besoin de vérité, celle-là qu'il ressentait devant sa toile… Il était là le vrai parce qu'impossible à saisir, à souiller, à pourrir à force de vanités.

Non, il ne se trompait pas… mais il allait tout de même y aller, lui serrer la main à ce piètre, qu'on en jase, en pisse, s'en tartine… il se laissait traîner.

Oui mais voilà c'était oublier le destin, parce que c'est lui qui nous balade et pas l'inverse, lui qui décide comme ça lui chante… Le destin ? Le hasard ? Les planètes ? Allez savoir… Il allait lui serrer la main au trucmerde quand un ouvrier habillé ouvrier, c'était pas à s'y tromper, leste comme un chat, avait sauté sur la table du bar et s'était mis à trompeter.

— Écoutez-moi ! écoutez-moi ! ça ne sera pas long… écoutez-moi !

La musique en avait hoqueté, le chef cherchait Courbet parmi les têtes, pour savoir s'il devait couvrir ou se taire !… Il avait fini par se taire…

Courbet était arrivé juste à temps pour arrêter les bras qui agrippaient l'intrus et le poussaient dehors.

— Laissez-le ! Qu'est-ce que tu veux ?

— Rien de mal. J'ai à dire, c'est tout…

Il tenait un paquet de feuilles dans ses mains, des tracts… un ouvrier, ça se confirmait. Il avait tendu une feuille à Courbet.

— Vas-y, mais ne sois pas trop long.

Il ne serait pas dit que Courbet avait « rejeté » un ouvrier. Rien que le mot lui réveillait ses hémorroïdes. Alors l'ouvrier s'était redressé et il avait parlé.

— Vous êtes sensibles aux belles choses, moi c'est la première fois que j'entre dans un musée. Pardon Courbet, je ne vous connais pas, c'est pas pour vos peintures que je suis là… c'est pour qu'on soit entendu. On a publié ce manifeste… le manifeste des soixante ! parce qu'on était soixante… aujourd'hui, c'est beaucoup plus. Je vais vous en lire le début, vous lirez la suite tout seuls ou vous la lirez pas…

Le destin ? Le hasard ?… C'était bien trouvé, bienvenu, bien mieux qu'une poignée de main au comte Neuneu ! On allait en parler de son musée maintenant… et tout comme il voulait ! il n'aurait pas osé espérer si bien.

L'ouvrier lui avait donné comme un coup de fouet, sans lui il virait guimauve, couilles molles… Aller serrer la main au comte ! tu parles d'une connerie… Proudhon nom de Dieu ! Ça ne pouvait être que lui qui le rappelait à l'ordre depuis là-haut, qui lui envoyait l'ouvrier pour le ramener au bercail.

La révolte était-elle en train de naître alors qu'il n'y croyait plus ? Proudhon aurait su lui dire… Il voyait toujours avant lui, plus loin, il avait été son guide, la canne de l'aveugle. Merde !… Cet ouvrier le sauvait, lui montrait le chemin. Il l'écoutait lire son texte, la voix était sûre, il devait le connaître par cœur mais tout de même, la feuille tremblait dans sa main.

— Nous qui n'avons d'autre propriété que nos bras, nous subissons tous les jours les conditions légitimes et arbitraires du capital… Dans un pays où nous avons le droit de nommer nos députés, nous n'avons toujours pas les moyens d'apprendre à lire. Faute de pouvoir nous réunir, nous associer librement, nous sommes impuissants pour organiser l'instruction professionnelle et nous voyons ce précieux instrument du progrès industriel devenir le privilège du capital. Nous affirmons que l'égalité écrite dans la loi n'est pas dans les mœurs !… Voilà ! Vous pourrez lire la suite, je vous remercie de m'avoir écouté.

Il avait sauté à terre pas mécontent d'en avoir terminé. Des voix s'élevaient, le ressac, une réaction de poules mouillées, alors Courbet était monté sur une chaise et avait lancé son coup de gueule.

— Les ouvriers sont capables de se réunir et de produire un manifeste… Qu'est-ce qu'ils attendent les artistes ? Ils préfèrent ramasser les miettes et lécher les bottes ? Moi j'applaudis les soixante ! Bravo à ceux qui osent !

Et il s'était mis à applaudir, les mains au-dessus de la tête pour entraîner les autres… très mous les autres ! et pas si nombreux… Mais qu'importe ! C'était là, dans son musée que ça s'était passé.

Le comte n'avait pas attendu son reste, c'était trop pour lui, il était reparti avec sa grappe… bon vent ! Courbet avait pris la moitié des tracts des mains de l'ouvrier.

— Viens, suis-moi.

Il s'était mis à distribuer les feuilles, on n'osait pas trop lui refuser et il avait liquidé son paquet plus vite que l'ouvrier… alors il avait repris une moitié et quand il était arrivé du côté des socialos, ils l'avaient applaudi et la musique était repartie.

Jo était venue se coller à Courbet.

— T'es le plus fort ! elle lui avait dit à l'oreille.

— J'aime cet homme, il ne baisse pas la tête lui ! Il est plus artiste que la plupart ici, il parle ou il crève ! C'est ça un artiste, c'est ça la révolution !

L'irruption de l'ouvrier avait secoué le petit monde, un coup de chaud il leur avait refilé, des hommes tiraient sur leur col de chemise trop étroit tout d'un coup, des femmes gonflaient leur poitrine, le rose aux joues, on sortait les mouchoirs, on s'éventait pour chasser l'air... Cette idée surtout, qu'un ouvrier avait eu le toupet... Ça recommençait ! vingt ans après ! un air de révolte ou un air de fête ? on ne savait pas trop ce qu'on venait de vivre.

La musique avait du mal à se faire entendre. Courbet avait tenu à boire une coupe avec son ouvrier, Marius, il se souvenait !

Sincère ou opportuniste, Courbet ? C'était dans toutes les bouches, ce diable avait l'art de toujours se trouver là où il fallait, à défaut d'être un grand peintre... Un grand rusé ? Même pas, il n'avait rien à faire... Il collectionnait les scandales comme d'autres s'en défendent et son talent s'en trouvait gâché, d'ailleurs il ne s'en était jamais servi que pour heurter.

Le comte ?... Est-ce qu'il pouvait faire autrement ? Pour les uns il s'était débiné, pour les autres il avait été ferme... c'était tout de même un signe. Et ce manifeste des soixante ?... Soixante c'est pas grand-chose ! encore un signe, la misère gagnait.

Dire qu'un pays va mal quand on est à boire une coupe de champagne dans une soirée mondaine, c'est même pas se raconter une histoire triste, on n'a même pas à tourner la page, il n'y en a pas, c'est rien qu'abstrait, on n'y verra jamais personne fondre en larmes… On n'y croit pas, c'est tout ! On jabote, on dindonne, déconne… On boit une gorgée. D'où vient-il ce champagne ?… Il est très bon ! On redevient sérieux, concret, on arrête le serveur pour viser la bouteille, ça ne se fait pas… mais si, tout se fait ! Il y a manière et manière, c'est tout…

Courbet avait repris la parole pour annoncer la suite, qu'on veuille bien s'asseoir pour écouter la musique. Lui ne s'était pas assis, il l'avait écoutée depuis le bar, avec Jo, il avait pris sa main dans la sienne et ils avaient continué à boire du champagne… Trop ? Est-ce qu'on est jamais trop heureux ?… Ils étaient heureux…

Ils rentrèrent tard dans la nuit, Courbet était d'abord passé par l'atelier pour revoir le tableau, *Les Deux Endormies*… Il n'avait plus que quelques touches à donner, c'est toujours un moment émouvant.

Dans la pénombre, de par le seul éclat de la lune, les corps apparaissaient plus clairs, la chair plus laiteuse.

— Magnifique ! magnifique ! il avait pensé.

La quiétude de la nuit forçait à une sorte de recueillement. Il l'avait saisie cette putain de paix d'après l'amour… il pouvait aller dormir tranquille, le tableau la délivrerait à qui le regarderait comme lui maintenant, tout simplement, sans penser à autre chose.

Jo revenait, une bougie à la main... la lumière ne rompait pas le charme. C'était vraiment réussi ! Et il s'était senti soudain d'une tendresse infinie pour ce tableau, cet atelier, Jo... Jo surtout ! la vie, le monde... infinie tendresse !

— Magnifique, magnifique...

— T'es le plus grand ! elle lui avait dit.

— Et puis ?

Il en redemandait ! peu importe ce qu'elle disait, c'était la façon...

Des fois, pour rompre une conversation trop sérieuse ou sans raison dans le creux d'un silence, il s'amusait à lancer très haut ses deux bras en signe de victoire, il se grandissait, prenait le ciel à témoin... « Je suis le plus grand ! le plus fort ! le plus bête ! » il le criait tout haut. La première fois, Jo avait été si surprise qu'elle était partie d'un grand éclat de rire. Alors depuis, Courbet recommençait et toujours elle riait.

— Et puis ? il avait redemandé mais sans conviction.

— Et puis le plus intelligent !

— Et puis ?

Mais ce soir les rôles étaient inversés, ça ne ressemblait pas tout à fait, Courbet n'était pas à rire, il jouait le jeu mais un peu ailleurs tout de même, il n'en sortait pas de son tableau.

— Et puis le plus gros !

— Et puis ?

— Et puis le plus cochon !

— Et puis ?

— Et puis le plus beau !

— Non, je ne suis pas…

— Si, t'es beau ! et t'es pas beau aussi…

— Et puis ?

— Le plus courageux !… le plus drôle !… le plus enfant !… le plus con ! Courbet est con parce qu'il a une Jo qui l'aime et il ne le sait pas !

— Ah bon ?… et puis ?

— Il le sait très bien mais il fait comme si…

— Et puis ?

Elle tournait autour de lui, laissait traîner sa main sur le corps de Courbet. Ce n'était pas des mots en l'air qu'elle disait, tout, elle pensait.

Courbet est le plus triste ! le plus artiste ! le plus gentil… il est méchant… il est insolent… il est le plus artiche, artichaut ! Courbet est un artichaut ! plein de poils ! très très chaud ! chaud brûlant !

Elle s'était collée à lui. Est-ce qu'elle voulait l'exciter parce qu'elle l'était, frémissante, toute chaude ? Il avait fallu ça pour qu'il la regarde enfin… qu'il pose ses mains sur ses hanches. Alors, il avait relevé sa robe, il cherchait la chair.

— Mais t'as pas de culotte !

— Non ! Courbet ne met jamais de culotte !

— Mais Courbet est un homme, il pisse debout !

— Non ! Courbet est le plus femme !

Elle s'était écartée, se trémoussait un peu ivre, la robe dans les mains, elle la tenait relevée sur son ventre.

— Cache-moi ça !

— Non ! je ne cache rien à Courbet !

— Tu veux me rendre fou, c'est ça ?

— Courbet est le plus fou ! et il va me peindre comme ça…

Elle s'était laissée tomber sur le lit, une autre aurait été vulgaire, Jo, quelque position qu'elle prenait, conservait une grâce.

— Allez vas-y !… qu'est-ce que tu attends !… Courbet n'est pas le plus fou !… c'est une poule mouillée !

Elle avait changé de ton et on pouvait se demander si elle n'était pas subitement très sérieuse.

— C'est toi qui es folle !

— Vas-y ! Sois fou ! Peins-moi !…

Il la regardait interdit, était-elle ivre ? La lumière de la bougie semblait s'avancer puis reculer, hésiter… comme Courbet.

— Vas-y ! ça te fait peur ? Je te le donne, je te l'offre… Je te le demande !… Tu dis que tu ne peins que ce que tu aimes… moi je ne me donne qu'à celui que j'aime ! Vas-y, c'est tout à toi… prends…

Il l'écoutait, un peu bêta on aurait dit… tout son corps devait l'entendre mais surtout il voyait ! les jambes écartées, la touffe sombre, le trait des lèvres… plus que ça, il voyait ! Un tableau ! Il le reconnaissait on devrait dire… comme à chaque fois, avec la force d'une évidence. « Il le sentait » serait plus juste, il venait…

— Je ne t'aimerai jamais plus que cette nuit, c'est pas possible… prends ! Après je partirai et tu ne me verras plus.

— Partir où ?

— Chez moi en Irlande… pour essayer d'y voir clair. Ne me fais pas attendre !

— Mais je ne veux pas que tu partes.

— Tais-toi ! prends, peins-moi… peins l'amour, peins ce qu'il y a de plus beau entre nous. Je t'aime tant… Ce sera notre cadeau d'amour. Si tu m'aimes… Fais-moi ce cadeau, peins ! prends tout ! c'est à toi !

Quelle curieuse fille c'était ! Est-ce qu'elle sentait comme lui ? Ça ne pouvait pas être quelque lubie ou l'effet de l'alcool seulement… pour parler comme elle parlait, il fallait que ce soit fort en elle, profond, déjà là aussi peut-être…

Elle allait partir ?… Courbet se repassait ses mots dans la tête tout en choisissant une toile, en rapprochant le petit chevalet.

Elle ne parlait plus, ou n'entendait plus que les bruits de l'installation. Courbet avait pris la bougie, cherché la bonne hauteur…

— Allonge-toi tout à fait.

Il avait remonté sa robe jusqu'à apercevoir un sein, déplacé la cuisse gauche… Jo se laissait manipuler, elle suivait chaque geste, le silence les portait, il n'était pas à rompre, il était ce lien sacré que deux êtres ressentent fort parfois.

Courbet avait allumé une deuxième bougie pour éclairer la toile. Il avait cherché sa couleur, la plus sombre. Et il avait commencé… on n'avait plus entendu que le bruit de la brosse dans la nuit.

Le jour s'était levé, il était toujours à peindre. Jo s'était endormie… plusieurs fois il avait dû se lever pour replacer ses jambes et elle l'avait laissé faire. La

clarté du jour avait fait une lumière étale, elle était
venue au bon moment quand il attaquait ses clairs... Et
puis il y avait eu le soleil, un rayon qui était venu chatouiller le visage de Jo. Elle avait tourné la tête, ouvert
les yeux.

— T'es déjà levé ?... Tu t'es pas couché ?

Elle revenait de loin, un long voyage. Il avait
répondu par un « non », c'est tout. Lui aussi était parti
loin.

— Je peux bouger ?

Elle ne s'était pas levée tout de suite... une épaisse
couche de fumée restait suspendue, immobile dans
l'air. Il avait dû fumer toute la nuit.

— Courbet est le plus travailleur ! elle avait dit.

Alors elle s'était redressée d'un bond... remis la
robe en place parce qu'au-delà du lit, elle redevenait
Jo. Elle était passée derrière Courbet et ce qu'elle avait
vu l'avait saisie à l'empêcher de parler. Courbet attendait !

Le premier regard contient tous les autres, les premiers mots... Elle n'aurait pas su qu'il était en train de
peindre son sexe, elle n'aurait pas été plus surprise.
Elle n'avait jamais vu ça ! On n'avait jamais... vu !

— Je trouve ça très beau, moi ! elle avait fini par
dire.

— Oui, je crois que c'est beau...

Il avait laissé son pinceau pour se reculer et voir avec
elle.

— C'est incroyable ! J'ai jamais rien fait d'aussi
beau !

— C'est toi, ça te ressemble...

— Je ne ferai jamais rien de plus beau !... Je crois que je viens de me couper les couilles !

C'était pas pour rire, même s'il l'avait sorti son rire, sa défense !... Il avait regardé Jo, croisé son regard... « C'est moi qui ai fait ça ? » il semblait lui dire. Il n'en revenait pas ! Alors il avait pris la toile sur le chevalet.

— Tiens, prends mes couilles, c'est pour toi !

Encore son rire...

— Non, c'est cadeau. Si t'en veux pas tu le brûles !

— C'est moi qu'on brûle si je le montre ! Mais quelle beauté... il n'y a rien qui tient devant ça !

Il s'était approché des *Deux Endormies*, le tableau toujours dans les mains, il l'avait présenté pour juger de l'effet.

— Regarde-moi ça comme il le bouffe ! Comme il devient cul-bénit celui-là ! Il n'a plus aucune force, il est tout mou du genou... et pourtant je jurerais que c'est un chef-d'œuvre !... merde il le vide ! il l'aspire...

On ne l'arrêtait plus, le tableau avait ouvert quelque brèche en lui, un mur, un interdit qui le laissait à deux doigts de pleurer. Ça gonflait, poussait... les mots lui venaient en place des larmes, douces les larmes, une jolie pluie d'été.

— Là, je vois un homme qui regarde deux femmes, je vois le peintre... alors que là, personne ! Il n'y a plus de regard ! C'est pour ça que c'est si beau... C'est pur. C'est rien que la femme, la femme sauvage, la femme d'avant le regard... d'avant l'homme ! Avant l'homme, il y a la femme !

Les mots avaient surgi avant l'idée et quand elle avait eu pris forme, il en était resté tout chose.

— Avant l'homme il y a la femme ? il répétait... Ève est là avant Adam ?

Oh ! ils n'allaient pas aimer ça, mais pas du tout, la curetaille, la bondieuserie. Jamais ils ne lui pardonneraient...

— Adam est le fils d'Ève, évidemment ! Pourquoi ne serait-il pas le fils ?... Et la pomme nom de Dieu ! Avec la mère il l'a croquée !... Merde alors ! J'avais jamais pensé qu'il pouvait être le fils et pourtant... les mères sont toujours là avant...

Il en bafouillait, il était remonté jusque-là, son voyage, il était en train d'en prendre conscience. Les images, les tableaux ont cette faculté, on ne sait jamais très bien ce qu'ils contiennent, quelles parts du cerveau ils excitent.

— Tiens, c'est pour toi !

Il recommençait, il n'en voulait pas du tableau... Elle non plus !

— Prends ! il ne peut être qu'à une femme... Il n'y a que les yeux d'une femme qui peuvent le regarder avec innocence. C'est comme ça que je l'ai peint, que je t'ai regardée toute la nuit.

Elle s'était détournée, son visage avait changé d'expression.

— Non il est à toi... Peins autre chose par-dessus s'il te fait peur.

Elle n'était pas allée plus loin, elle allait pleurer.

— Il ne me fait pas peur, je te demande de le garder, c'est tout. Si je le montre, je suis mort !

Elle pleurait… elle s'enfonçait dans l'atelier, là où la lumière était moins cruelle. Courbet avait posé le tableau pour la rejoindre.

— Qu'est-ce qu'il y a ?

— C'est dur… Je vais te laisser et je ne veux pas te laisser.

— Mais je ne veux pas que tu partes !

— Si, il le faut !… On ne peut pas s'aimer comme ça pendant longtemps… On n'est pas fait pour vivre ensemble, rien que pour s'aimer. On s'est aimé… Je t'aime beaucoup !

Elle avait posé ses bras autour des épaules de Courbet, posé la tête sur sa poitrine pour pleurer à l'abri… lui aussi avait pleuré, la brèche tombait en morceaux et plus rien ne pouvait retenir ses larmes ! Jo avait raison, il était le plus femme ! mais aussi il était incapable de discerner s'il pleurait parce qu'il perdait Jo ou pour ce qui venait de s'échapper de lui… Oui, il pleurait le gros Courbet !

IV

Dans la chambre à Genève, les heures passent et Courbet s'étonne toujours de la ressemblance quand il relève la tête et qu'il retrouve le visage de Mona – elle s'appelle Mona ! –, le sourire surtout, aussi les paupières lourdes sur les yeux, la façon de les détourner si quelque chose l'ennuie, les poses qu'elle prend, ses mains trop longues pour travailler. On dit que chacun de nous a son sosie quelque part dans ce monde, que rien n'est unique dans la nature, ce doit être vrai.

Il a tout déballé sans pudeur. Est-ce un effet de l'âge ? Jo aurait été devant lui, il n'aurait pas changé un mot... Si ! Une chose, il n'a pas dit, mais est-ce que c'est si important ?... que ce sont les coupables qui finissent toujours par s'étaler pour qu'enfin on les juge, il a eu cette pensée. Mais de quoi est-il coupable ?... Pense-t-il que cette fille va le châtier, lui révéler la faute commise, celle-là qui résiste toujours à se montrer ? Serait-ce un sombre désir de punition qui l'aurait conduit là ? Il se perd dans les questions...

Mais pourquoi lui ressemble-t-elle à ce point ? Il n'avait pas dit à Jo, il n'avait pas pu, il était trop jeune... trop jeune à quarante-sept ans !... et aujourd'hui qu'il en a cinquante-sept... justement parce que ce n'est pas Jo qui est là en face de lui... Oh ! mais elle est peut-être là la punition, tout simplement, il cherche à se faire souffrir avec un sosie, une pute ! une pute qu'il peut toucher, baiser... et il vient de la baiser ! pour voir jusqu'où cette folie le conduit ?

Son corps se pose moins de questions, lui, il agit comme un bestiau aveugle, ne voit pas le leurre, tout ardent qu'il est. Il y a longtemps qu'une femme ne lui a pas fait cet effet. Intelligent le corps ?...

Qu'est-ce qu'il en a retiré ?... Un plaisir merdouilleux, une sueur ? Il est devenu un client comme les autres... et Jo ne lui est pas davantage apparue... L'amour est intact en lui mais quoi en faire avec une pute ? La frustration n'est que plus cruelle, pire, il reste avec le sentiment de n'avoir pas tout dit, pas vidé son sac, même ça ne l'a pas soulagé.

À cinquante-sept ans quand il regarde derrière lui, ce n'est pas grand-chose Jo, un temps qui se ramasse de plus en plus sur lui-même. Il a bien sûr connu d'autres femmes, Adèle, cette pute qui a ruiné sa vie, il faut l'oublier celle-là !... mais aucune jamais qui ait pris corps en lui comme Jo.

Elle est bien à l'image du tableau, de leur secret, elle était tout ce qu'il aimait et pourtant il ne pouvait pas la garder près de lui.

Le tableau il l'a donné à Khalil Bey... Ça se passait dans son atelier, rue Hautefeuille, il venait prendre possession des *Deux Endormies*, Courbet l'avait conduit devant la toile.

— Ah ! magnifique, sublime, une merveille…

Khalil Bey s'extasiait, commentait, félicitait… Courbet laissait durer, il savourait… il attendait son moment.

— Vous m'aviez demandé « la suite »… mais la vraie suite, la voilà !… Elle n'est pas à mettre entre toutes les mains, prenez-la comme un cadeau, elle n'est pas à vendre… Je vous l'offre, d'ailleurs je ne la signe pas.

Il avait découvert la toile et l'autre n'en croyait pas ses yeux. Le même silence que celui de Jo, la même force qui agissait. Cette toile était incroyable, immontrable mais incroyable, il en avait la preuve maintenant. Et puis les mots étaient venus…

S'il y avait quelqu'un à qui il pouvait l'offrir c'était bien lui, même s'il lui avait commandé autre chose, dans son esprit il restait lié à la toile.

— Qui est-ce ?

Faute de goût, faute d'homme, il n'avait pas résisté ! dommage !

— Disons que c'est Ève… l'origine.

— La genèse ?…

— La première femme, celle qu'on a le plus aimée… Ève.

Et il avait recommencé sa démonstration, Ève qui était là avant Adam… « Oui oui, bien sûr ! c'est tellement évident ! Adam fils d'Ève »… il mordait, mais surtout il avait ajouté :

— Jamais vous ne pourrez aller plus loin !

Lui aussi le pensait !… venant d'un autre ce n'était pas supportable… qu'il l'emporte donc, l'en débarrasse, il n'en voulait plus de ce nougat, ce noyau qu'il avait trop sucé ! il fallait le cracher maintenant, qu'il aille donc au diable !

Khalil Bey voyait-il vraiment le tableau, ou déjà l'effet sur ses invités ? Qu'il aille donc au diable !

Ce tableau est maudit, il porte la marque des amants, celle de Jo et la sienne. Un an et demi après seulement, Khalil Bey avait dû s'en débarrasser pour payer ses dettes… dettes de jeu ! de flambeur… un tableau qu'on ne pourrait pas garder trop longtemps !… Courbet n'en avait plus entendu parler jusqu'à ces derniers jours.

Plus entendu parler de Jo non plus… partie comme elle avait dit, en Irlande et puis silence.

— Et tu ne l'as jamais revue ?

Mona aussi veut savoir. Elle marche dans sa folie ! Ça ne lui déplaît pas qu'il la prenne pour une autre, une fille bien, une autre qu'une pute.

— Non, jamais revue… et c'est pas faute de l'avoir cherchée.

— Et tu t'es mis à boire.

Il est pris d'un hoquet, presque un rire. Non… il a continué à boire, ni plus ni moins… il a toujours eu soif.

— Si tu me vois dans cet état aujourd'hui…

Difficile à dire pourquoi il se met dans ces états, se torche, il tombe voilà, il tombe !… C'est sa chute qu'il vit le grand Courbet… et bien sûr qu'il tombe, les plus grands tombent… il faudrait rester minable, ne s'être jamais élevé, être resté dans sa boue, glaiseux à barboter pour ne pas tomber… Oui, la dégringolade ! on n'attend que ça qu'il tombe ! Eh bien, ils vont encore attendre…

Il vient de croiser le regard de Mona et ça lui fait un bien fou, c'est sa Jo qui se cache derrière elle, c'est Jo encore qui le retient dans sa chute, le repêche… Il faut qu'il lui explique à celle-là, parce que c'est tellement injuste ce qu'il lui arrive.

— Je bois parce que j'ai la France au cul ! parce qu'on me réclame trois cent mille francs pour remonter la colonne Vendôme ! parce qu'on me vole, ma propre sœur me vole…

Qu'est-ce qu'il a bien pu dire ? Elle le regarde d'une drôle de façon.

— Tu sais au moins ce que c'est la colonne Vendôme ?

— C'est toi Courbet ?

Voilà qu'elle le connaît ! une fille de rien, dans un bouge à Genève ! il suffit de parler de la colonne et son nom fuse à la bouche, dix ans après… ça n'en finira donc jamais !

— Je l'ai vue tomber ta colonne ! j'y étais avec mon père… je l'ai surtout vu lui qui s'est mis à pleurer… moi c'est plus tard que j'ai pleuré quand c'est lui qui est tombé ! mort ! vous l'avez tué… les monstres dans ton genre… ta Commune à la manque… parce qu'ils vous ont écoutés, mes deux frères aussi, comme lui, comme si un mort ça ne suffisait pas !

Elle le regarde mauvais, ce n'est plus Jo, ou alors une Jo qu'il n'aurait pas connue, et ce regard le blesse, pas les morts, le père, les frères, il ne les connaît pas… le regard qui le perce ! s'enfonce en lui !

Il est sur le point de lui dire qu'il n'y est pour rien lui, mais ça serait bien ridicule devant un regard pareil.

— C'est pas la Commune qui les a tués…

— Non, ils voulaient mourir !…

Elle termine sa phrase par un rire terrible, un râle, la mort qui se moque.

— Parce qu'ils étaient bien naïfs, parce qu'ils vous ont crus ! parce que vous profitiez… C'est ça qui les a tués… Il faut toujours qu'il y en ait un qui profite de l'autre.

— Et toi tu n'y as pas cru ?

— Non je les connaissais trop bien déjà les hommes… Je l'avais déjà au cul la France, moi !… et le reste !

Ils se taisent… Parce qu'il y a des silences qui viennent comme un coup de balai.

— Moi aussi je pourrais la détester la Commune…

— Non ! t'as rien perdu toi, ni ton père, ni tes frères !

Il n'y a pas à discuter, la souffrance laisse pas sa place, elle prend tout pour elle. Mona sait ce qu'elle sait et ça lui suffit.

— Qu'est-ce qu'elle t'avait fait cette colonne ? Il fallait que tu sois salement imbibé pour avoir l'idée.

Et encore la colonne ! Cent fois il s'est expliqué ! Cent fois… Avant le procès, pendant, après… Il n'a fait que ça depuis dix ans que ça dure. Est-ce qu'il va falloir encore ?… Pour que cesse ce regard, pour qu'il retrouve Jo ?

— Ton père est mort parce que…

Ça il n'aurait pas dû ! Il s'arrête suspendu.

— Te frappe pas va… tu les feras pas revenir. Eux non plus, ils n'étaient pas mieux que les autres… mais ça mérite pas de mourir.

— Passe-moi une bière.

Ils boivent ensemble et elle se met à parler… c'est son tour maintenant et il l'écoute… mais pas vraiment parce qu'un mot d'elle en réveille un autre chez lui et toujours il repart dans ses pensées. Est-ce qu'on est autre chose que ce capharnaüm de mots, bric-à-brac, château de sable, poudre aux yeux ?… Le vrai c'est qu'il est en train de se raconter à une putain de vingt-cinq ans !… à cinquante-sept ans ! à essayer encore une fois de faire tenir debout une anguille de vie, que ses mains savent plus comment la retenir.

Mona peut raconter ce qu'elle veut, toujours il revient à Jo. Pourquoi elle ? Parce qu'elle lui a dit « je t'aime » et qu'il ne l'a pas entendue ? Qu'est-ce qu'on entend de l'autre ?… On picore ici, là, selon l'appétit et ce qui nous arrange… Mais entendre ! Se laisser gagner comme quand il regarde un tableau ou une belle lumière ! Disparaître pour laisser venir…

Qu'est-ce qu'elle veut lui dire cette Mona ? Elle dévide elle aussi, trop longtemps qu'elle doit se retenir, elle est remontée de la Commune à l'enfance… la petite Mona, il la voit qui court avec ses bras maigres comme des bâtons, il ne voit plus qu'elle devant lui, un petit être qui ne demande qu'à vivre. Tout vieux, tout gros qu'il est, il n'est pas autre chose… on reste jamais que ce petit bout de vie, si fragile ! qui toujours appelle pour qu'on vienne à lui, qui appellera toute sa vie et encore à la dernière seconde avant de tout lâcher en espérant… Espérer quoi ?

Lui est revenu à Jo, elle à l'enfant… Parce que c'est là qu'elle trouve la force d'affronter les hommes ? Ceux qui payent pour la baiser ? Ils sont plus bêtes que méchants, ils oublient, c'est tout ! Ils payent pour se raconter une histoire, pour oublier qu'elle est Mona… Elle aussi oublie, et elle s'en raconte une autre d'histoire pour protéger le petit être… elle le chasse, le repousse toujours un peu plus loin, alors il s'efface et ne revient plus que dans les rêves, un matin on se réveille tout drôle avec des images idiotes dans la tête… on en reste tout chose, penaud, laiteux… on se dépêche de passer à autre chose…

Voilà qu'il la prendrait bien dans ses bras maintenant, parce qu'elle l'émeut… le souvenir de Jo se détend, le laisse aller vers Mona, la vraie. Avec quelle facilité on passe d'un être à un autre ! un mur nous arrête, on fait demi-tour, on revient… plus de mur !

Jo, la vraie, était partie en Irlande comme elle avait dit… Là, Courbet a tout de même un peu menti, la fin a été autrement plus douloureuse que ce qu'il en a dit. Mais il peut bien raconter ce qu'il veut maintenant, après tout il n'y a jamais rien de sûr, rien de nettement tracé entre deux êtres, jamais…

Sait-on seulement ce qu'on fait soi-même ? Et cette version-là l'arrange, il commence à s'y faire, alors… La vérité c'est qu'il a tout fait pour que Jo le plaque et elle l'a plaqué… et il en a souffert. Voilà !… Beaucoup souffert, comme aucune femme ne l'a fait souffrir. Il aurait pu le dire tel quel mais voilà, il a fait un pas de côté, un petit pas de danse, une petite coquetterie, même lui qui s'en défend n'est pas à l'abri... une coquetterie sentimentale, les premiers cheveux blancs qu'on arrache...

La douleur passée, la vie sans Jo avait repris comme la vie avant Jo, d'autres femmes étaient venues dans son lit. En fait, il ne voulait pas autre chose, c'était sa façon à lui de se sentir vivant, son équilibre si on peut dire.

Côté peinture on ne le discutait plus. C'était du beurre ! Le comte prenait *L'Hallali du cerf*, l'exposait dans la salle d'honneur. À l'Exposition de Bruxelles il remportait la médaille à l'unanimité... et à Munich c'était le roi de Bavière, Ludwig le fou, l'ami de Wagner, qui lui remettait « la médaille de chevalier de première classe de l'ordre du mérite de Saint-Michel » ! Du beurre ! Il en tartinait des lettres à son père ! On y prend goût, on en oublie qu'avant on s'en passait... Pourquoi ne viendrait-il pas chez soi quand il va chez les autres ? Quand on a presque cinquante-sept ans et qu'on est le plus grand... On le mérite nom de Dieu !

Voilà comment on devient un classique... le beurre ! Le rebelle maintenant c'était Manet... Courbet l'encaissait toujours pas, ni le peintre, ni l'homme, mais c'est les autres toujours qui décident.

Les petits événements de la vie nous disent assez bien où nous en sommes, mais allez les lire quand vous avez la tête dans le sac ! Monet, pas Manet, avait voulu que Courbet soit son témoin quand il s'était marié à Camille, lui qui faisait une poussée de boutons chaque fois qu'une femme lui parlait de mariage. Monet avait de l'humour. Il l'avait connu à Trouville, à l'époque où il séduisait Jo.

Un fils, ce Monet, un gamin qui avait tout pigé de sa peinture et du reste… Courbet l'avait dépanné plus d'une fois, vingt mille francs à Trouville… ça vaut bien ça un jeune talent qui s'intéresse à vous, les jeunes aimaient se frotter à lui, lui présenter leurs toiles.

Voilà ce qu'il était devenu Courbet, un témoin… témoin de la bande qui entourait Monet ce jour-là, Pissarro, Daubigny, Renoir, Sisley et Manet ! des jeunots, encore à leurs trente ans. Il avait dû le sentir ce jour-là, le monde changeait et il n'en était pas !… il faisait du surplace quand les autres gambadaient. C'est ça vieillir, on voit courir les autres, on pourrait encore mais à quoi bon, ce qu'ils en rapportent nous laisse perplexes, on ne s'y reconnaît pas, on est devenu comme un miroir qui ne reflète plus le monde, le vivant, celui qui s'agite, et on se dit qu'il serait bien étonnant qu'il se révélât différent de l'autre qu'on ne connaît que trop bien hélas, alors à quoi bon ! Courbet avait vieilli.

Pas si vite !… C'est pas tout l'homme qui vieillit en même temps, le corps se rebelle quand l'esprit s'enlise, il se redresse. Voilà où en était Courbet à l'orée de ses cinquante ans…

À son retour de Munich, il était passé par Ornans remettre les médailles à son père, et il avait trouvé Buchon son ami de toujours qui se mourait. L'attendait-il ? Courbet lui tenait la main quand la vie s'en était allée, il l'avait sentie s'échapper… Oh, trois fois rien, pas même une secousse, mais celui qui la reçoit la garde jusqu'à la fin de ses jours et c'est bien plus qu'une mémoire, c'est la certitude que la mort existe, sinon c'est rien de palpable la mort, toujours loin de soi. Elle aussi s'arrimait à son cul maintenant…

Le voilà celui qui remonte à Paris au printemps de 1870. Il vient d'apprendre par le *Journal officiel* qu'on le fait chevalier de la Légion d'honneur. Chevalier de mon cul ! que je t'en veux pas de leur breloque… à Bruxelles, à Munich oui… mais pas de la clique à Poléon, il n'en veut rien de cette canaille, qu'ils aillent donc se faire…

Et évidemment il allait en faire grand bruit de cet honneur venu trop tard, toujours trop tard… Daumier l'avait refusée lui aussi, la même, la médiocre, mais sans tambour lui, alors que Courbet n'en finissait pas d'éternuer, s'ébrouer, et vas-y que j'écris au ministre, Castagnary lui réécrit ça grand style, et vas-y qu'on publie la lettre dans le journal… Qu'on se le dise ! Merde à tous ! Tous pourris ! Je vous emmerde !… Ça le faisait bien rire, on ne parlait plus que de la dernière de Courbet… Courbet restait Courbet ! Qui avait dit qu'il vieillissait ?

Alors, il feuilletonne à son père, ses amis, tous les détails, des pages et des pages… c'est si doux le beurre. Il fallait qu'il reste une trace, peinture ou mots… une trace ! un merde au vide, au rien, à l'absence…

Un mois après c'était la guerre, ce corniaud de Napoléon, le trois, pas l'as, était allé provoquer le Bismarck. Cinq semaines plus tard l'autre le faisait prisonnier avec trente-neuf de ses généraux… *wunderbar !* il envahissait la France, encerclait Paris… mais *achtung !*

109

achtung ! Paris résistait !... le grand chambardement, on y était et personne qui l'avait vu venir !

Fini l'Empire... Gambetta proclamait la République. Le même jour, Jules Simon devenait ministre du gouvernement de la Défense nationale, il faisait demander à Courbet de présider une commission des artistes pour veiller à la protection des monuments et œuvres d'art... Du beurre !!!

Plus question de peindre quand un président vous appelle ! Les jeunots avaient déjà filé à Londres, Monet, Sisley, Pissarro. Ils s'en tapaient de la République, la révolution c'était eux, leur peinture... La sociale ? Monet n'avait que huit ans en 48, alors il avait pressé Courbet de venir en Angleterre avec eux... Non, non, non ! C'était le méconnaître. Sa révolution à lui, c'était le réalisme, l'art au service du peuple... et le réalisme aujourd'hui, c'était faire la République, une qui allait changer le monde.

Au fond, tout ça l'arrangeait bigrement, venait à point, on ne le sortait pas de sa peinture, il y était déjà sur le pas de la porte... ou plutôt il s'agaçait à tourner en rond.

À Munich il s'était amusé à faire des copies de Frans Hals, Vélasquez, Rembrandt. C'était à s'y méprendre mais c'est à vingt ans qu'on copie, pas à cinquante ! Il avait peint une servante aussi, dans une taverne, il l'avait fait se déshabiller devant tout le monde et il avait attaqué la toile. À vingt ans !... La bière, c'était elle, de plus en plus, qui le poussait en avant, mais toujours à provoquer, il n'en sortait pas ! Il n'avançait plus, il broutait. Il n'en parlait à personne mais le con de Jo,

Ève… commençait à le hanter, « il n'irait jamais plus loin » ! Khalil Bey avait raison, il avait tout donné.

C'était bien ça la raison pour laquelle il cherchait Jo, pour renouer ! retrouver ce jus qui fait pousser les œuvres, il passe par la femme c'est pas une découverte, le désir, l'inspiration, la créativité c'est du même, les branches d'un même tronc. Depuis que Jo était partie il ne courait plus qu'après des fantômes, alors il la cherchait, Jo ou une autre, un peu chien fou, un peu partout…

C'était là qu'Adèle était arrivée… cette salope !

Là il s'arrête… il ouvre une bouteille de bière… et Mona doit insister pour qu'il continue. Elle lui reste en travers l'ordure !… elle le blesse encore… mais c'est plus fort, il la revoit, il sortait d'une réunion, c'était son quotidien maintenant. À l'École de médecine près de chez lui, là que les artistes se réunissaient. Il avait aperçu Émile dans le hall qui le cherchait. Émile Joute, il le connaissait de Besançon, un pays monté à Paris, comme lui, qui n'avait rien perdu de son accent comme lui, directeur du dépôt parisien des Forges de Franche-Comté, pas artiste pour deux sous, ni ivrogne, un homme droit qui force le respect qu'on dirait à Besançon.

La guerre l'avait fait commandant du 45e bataillon de Grenelle et il avait eu une idée, oh ! pas la grande… celle qui allait mettre les Prussiens à genoux. Non, une idée qui le poursuivait, et plus il en parlait autour de lui plus il y croyait à son idée. Des hommes il en avait tant et plus, à pas savoir comment les occuper, c'est un canon qui lui manquait. C'était ça son idée, un canon !

Si on voulait contenir les Prussiens, il fallait des canons. Et un canon c'est de l'argent... et l'argent il s'en trouve, faut rien qu'avoir l'idée assez forte pour le faire venir à soi. Une loterie !... Ça lui était venu dans la nuit, même que ça l'avait réveillé ! une loterie qu'il allait organiser pour collecter des fonds pour son canon. Le reste allait de soi... une loterie c'est des lots, des lots il s'en trouve... faut rien qu'aller les chercher là où ils sont. C'est là qu'il s'était souvenu de son ami Courbet, un nom, une valeur sûre. Il ne pourrait pas lui refuser une toile, pour la victoire, pour la paix, pour la Franche-Comté... il le connaissait son Courbet le petit père Joute !

— Si j'ai une toile de toi, le canon, tu comprends, je l'ai dans les quinze jours, et puis dix, vingt lots qui viennent d'un coup, rien qu'en prononçant ton nom, Courbet, le maître d'Ornans !...

Il lui versait son sirop mais Courbet c'était un autre qu'il buvait, Joute n'était pas venu seul, un autre de canon l'accompagnait, un sacré pétard celui-là, tout en chair et en os, en chair surtout ! Joute savait qu'avec Adèle à ses côtés, Courbet ne saurait plus dire non, Courbet et les autres...

Il n'y avait rien à redire, il voulait son canon c'est tout ! Et Courbet son pétard ! L'accord avait été conclu dans la seconde... pas un mot, un regard avait suffi, maintenant il fallait y mettre les formes.

C'était allé si vite que Courbet en était abruti, même qu'il avait dû se reprendre pour leur proposer de rester à déjeuner avec lui. Et tout le temps du repas, il s'était demandé comment ce Joute qui ne payait pas de mine

112

avait pu dégoter une chaudière pareille ! C'était la guerre ça... Joute qui se révélait, il lui venait des idées... C'était de commander des hommes, de les avoir à sa main, au lieu de farfouiller derrière un bureau. Il était devenu un autre, il arrivait bien tard cet autre, poussé comme un bouton, une acné, mais il n'en était pas moins vigoureux, exigeant, tonitruant, tout marié qu'il était, enfants, famille... et là, soudain une maîtresse, une bombe ! De là qu'elle venait son idée de canon, Courbet s'était dit comme ça...

Ils étaient passés à table, ils avaient ri aux plaisanteries de Courbet, à ses façons, à peine ouvrait-il la bouche, Adèle se fendait et elle ne retirait pas sa jambe quand Courbet avançait la sienne.

Il y avait aussi Castagnary, petite souris qui n'avait rien perdu, pas une miette et quand le couple les avait laissés, il avait mis Courbet en garde.

— Méfie-toi de celle-là.

— Me méfier de quoi ?

— T'as des yeux pour voir ou tu veux les miens ?

Voir quoi ? Qu'elle était chaude brûlante Adèle ! Que pour le coup c'était lui qui avait dindonné, il en avait encore les yeux humides, tout brillants, elle avait ce pouvoir Adèle ! Qu'est-ce qu'il avait bien pu voir d'autre ?

— Rien ! c'est une garce, c'est tout !

— Une garce... Et alors ? T'es jaloux Castagnette ?

Il n'avait pas les yeux brillants lui, rien senti, pas touché par le fluide... fallait-il donc qu'il soit fermé à se mordre la queue, parce qu'elle ruisselait Adèle ! Ce devait être trop pour lui, alors une garce, il avait dit.

Courbet avait pris son petit air supérieur, son contentement, il fallait toujours qu'il soit plus… et il l'était, donc rien à dire, tout était en ordre. Une garce ? Et alors ?… Et même c'était tant mieux ! C'est la morale qui rend les draps rêches, les culs-bénits qui les salopent ! Serait-elle plus garce que les autres ? Il en avait tâté d'autres… plus garce, elle ne serait que plus vibrante. Castagnette pensait étriqué, trou du cul comme d'habitude.

De quelques remarques échappées ou volontairement glissées, Courbet avait compris que ce n'était pas Joute qui se servait d'Adèle pour appâter le client, mais bien elle qui avait insisté pour lui être présentée « parce qu'elle aimait tellement la peinture ! » mais oui… « et si elle n'avait pas été une femme elle aurait été peintre ». Elle avait adoré son musée, là elle ne mentait pas, elle avait même très bien parlé de *La Femme au perroquet*, de *Vénus*…

Courbet fondait. Il n'avait jamais tant aimé une femme que celle d'un autre ! Jo était avec Whistler quand il l'avait rencontrée… Est-ce que ça allait recommencer ?

Adèle n'avait rien de Jo… brune, la peau mate, plus ronde, sans grâce, le ventre qui pointe en avant, déjà un peu épais, comme lui elle était d'une nature à déborder qu'il s'était dit. Mais il y avait son rire ! ça, pareil à Jo ! un peu vulgaire peut-être mais il n'y résistait pas. Mais oui ça recommençait ! le plat repassait, Joute le lui apportait tout fumant…

On dit pourtant que ceux-là ne repassent pas ! mais si, chez lui il repassait !… Il n'allait quand même pas tourner la tête, le laisser à un né de l'année, il en était encore tout affamé lui, tout en creux !

C'était la guerre… Courbet en avait eu un avant-goût en 48, la guerre échauffe, l'esprit devient diablement volatil. Est-ce la proximité de la mort, un vent, une mémoire ancestrale, jamais hommes et femmes n'ont autant calcé, bourriné, ne se sont jamais autant astiqués, mélangés, foutriqués, sabrés, biscuités, fourbis, saillis, embrochés, foudroyés, trouducutés, on n'en finirait plus… les instincts sont poussés au rouge, de mort, de vie, ils révèlent aux hommes leur tréfonds et leurs inégalités remontent à la surface, se pavanent au grand jour, foutue poussée de boutons, varicelles, rougeoles, furoncles, pustules en tout genre, déman-geaisons de partout à se gratter, à se faire saigner, c'est la guerre…

Un tableau pour un canon ! Il allait l'avoir son tableau, le Joute ! Est-ce qu'il se rendait compte qu'il lui demandait de faire le grand écart ? Ou bien le des-tin se moquait-il ? Comment il nous pétrit celui-là, malaxe, hache menu ! S'il y avait une garce c'était bien lui, la belle saloperie qui avait pris les traits d'Adèle, Zeus faisait tout pareil quand il voulait tromper Héra, abuser quelque vierge, en cygne ou taureau ou ce qu'il voulait il pouvait se présenter. Ils n'étaient pas si fous les Grecs, ils l'avaient débusquée la saloperie !

On ne pouvait pas trouver plus pacifiste que Cour-bet et depuis toujours et ce n'était pas une pose, son grand-père lui avait insufflé, le vigneron, celui-là qui l'avait élevé… peut-être même qu'il fallait remonter plus haut encore.

Trois semaines plus tôt à l'Athénée, au cours d'une réunion, Courbet lisait une lettre à l'armée allemande, une autre aux artistes allemands, pas le Courbet fanfaron ou quoi ou merde, il y croyait à l'intelligence, il la voulait la paix, tout homme sensé ne peut que vouloir la paix, non ?... Supprimons les frontières il n'y aura plus de guerre, de sang versé, de veuves, d'orphelins. Vous voulez l'Alsace, prenez-la ! la Lorraine... prenez ! « et dans ces provinces mutilées, crucifiées, oublieux des plaies qui saignent notre flanc, nous nous serrerons encore la main et nous boirons aux États-Unis d'Europe ». Il se souvenait encore des mots...

« Passez votre chemin ! Livrez-vous à votre nature car il est difficile d'empêcher le mal, vous ne nous détruirez pas et c'est vous qui porterez le châtiment de vos actes en face de l'espèce humaine... Passez votre chemin ! Vous faites fausse route... J'avoue que vous m'étiez sympathiques et que j'ai rarement ri comme en Allemagne... retournez chez vous, j'irai vous voir... et en rentrant criez : Vive la République ! À bas les frontières ! »

Cinq feuillets, il en avait tartiné, avec Casta qui retouchait. Il les connaissait bien les Teutons, il avait bu assez de bière avec eux pour savoir ce qu'ils trimballaient... des hommes, rien que des hommes ! qui l'avaient médaillé, avaient reconnu sa valeur. Mieux, il les avait battus chez eux à Munich, oui battus ! il avait remporté le concours du plus gros buveur de bière ! pas de quoi se vanter ! mais Courbet si ! il le claironnait, partait d'un bon rire... Alors, il n'y avait pas à avoir peur, leurs paysans ressemblaient aux nôtres, leurs femmes se déshabillaient tout pareil… Alors ?

En fait, c'est avec cette lettre que tout avait commencé, il avait entrouvert une porte et le malheur s'y était enfourné… une idée qui lui avait été soufflée par le diable probablement, en tout cas un qui ne lui voulait pas de bien.

Il proposait aux Allemands de fondre leurs canons avec les leurs pour n'en plus faire qu'une colonne qui remplacerait la Vendôme. Une colonne de la paix qui chasserait celle qui exaltait la guerre. Une colonne des peuples, de l'Allemagne et de la France à jamais fédérées… sonnez clairons résonnez… Castagnette s'était fendu d'un texte comme il les aimait, « la déesse de notre liberté », etc.

L'idée de remplacer la colonne n'était qu'une parmi d'autres, on aurait pu l'oublier puisque ni les Allemands ni les Français n'avaient apporté leurs canons pour les fondre. L'idée de la paix s'était perdue, elle ne pouvait pas tenir en ces temps… par contre chacun avait dû la voir tomber dans sa tête la colonne, parce qu'il ne se passait pas un jour sans que quelqu'un vienne lui en parler. Ça ne pouvait être que la force de l'image, on ne s'en méfie jamais assez…

Foutre en l'air la Vendôme c'était tout de même s'attaquer à l'Empire, l'ennemi, le vrai, l'intérieur… une putain d'idée ! Il la tournicotait dans tous les sens, le peintre était là, l'artiste ! Plus fort que le con de Jo ! plus loin… Ah fichtre, il pouvait encore y aller, plus loin ! on peut toujours… à l'Empire il s'attaquait, à la racine, à l'origine, pour ça il n'y avait que Courbet, il fallait l'avoir chevillé au corps le besoin de provoquer pour penser l'impossible.

Il avait vite senti qu'elle était dangereuse son idée, parce qu'il lui en était venu une autre. On la déboulonnerait la Vendôme, la déshabillerait, la rangerait avec ses canons aux Invalides et on en ferait un musée ou peu importe... mais la déboulonner ! pas la foutre en l'air ! et même on pourrait peut-être garder le socle...

Mais c'était pour plus tard, là, il en était encore à son canon. *Le Courbet* il s'appellerait, le canon ! Joute avait eu l'idée, une de plus on ne l'arrêtait plus... et le comble, c'est que Courbet n'en était pas peu fier... Une jolie lettre à son père évidemment ! « j'ai offert un canon », etc., et si les Allemands te cherchent des noises, montre-leur la médaille, ils sont respectueux de l'ordre... la médaille de Ludwig, l'ordre de Saint-Michel. Tu parles ! Il ne connaissait que les buveurs de bière... La guerre prenait des allures de carnaval, dans les rues on aurait pu se croire un dimanche ou un jour de fête, elle s'avançait sournoise, en tapinois, pour endormir son monde, elle prenait le même chemin que la mort, on finissait par l'oublier... et c'est alors qu'elle vous tombe dessus. Crac ! fini de jouer... elle se montre, elle n'est plus qu'horreur et saignement... encore une belle saloperie !

Adèle lui donnait des ailes à son Joute, il allait de partout avec elle. Maintenant c'était une soirée de gala qu'il voulait pour le tirage de sa loterie, avec chanteurs de l'Opéra, acteurs de l'Athénée... et tous lui disaient oui, tout lui souriait depuis qu'il avait glissé sa main entre les cuisses d'Adèle.

Courbet s'arrangeait pour les rencontrer de plus en plus souvent, il n'attendait que son moment lui aussi... et il n'en finissait pas de s'étonner du pouvoir de cette femme, ce qu'elle en avait fait de ce petit bonhomme. L'opéra de Grenelle il avait obtenu pour sa soirée de gala, rien que ça ! alors qu'est-ce qu'il n'obtiendrait pas, lui, quand il l'aurait dans son lit, à quelle température monterait son sang ! le beurre en fondrait... la diablesse !... des idées folles, il n'aurait plus que ça, il s'en barbouillerait ! il ne peindrait plus des toiles, trop petites ! il lui faudrait des murs, la ville... il peindrait les murs des musées comme autrefois les cathédrales. Ah ! la salope, elle avait ce pouvoir.

Et le grand soir était arrivé, Émile Joute ne causait plus, il flottait, les chanteurs allaient défiler sur la scène, c'était la fête, pour un peu on se serait laissé aller à gueuler : « Vive la guerre ! »

On avait chanté la *Marseillaise* bien sûr et les grandes voix s'étaient fait entendre, Mozart, Haendel, Gluck, Verdi... Qu'est-ce qu'on pouvait craindre quand on avait ceux-là avec nous ?... Wagner ?... bah ! bah ! bah ! Les acteurs en appelaient au passé, réveillaient les poètes... les comiques avaient conclu pour détendre, Joute avait pensé à tout. Il allait sur la scène comme s'il n'avait fait que ça toute sa vie, il était au firmament... Et de là-haut il avait vu !... Sa fin ! Fini que c'en était pour lui ! Il en avait blêmi... Il ne voyait plus que ça, la main d'Adèle dans celle de Courbet ! et il ne pouvait rien faire, rien dire, il les avait devant les yeux, à ses pieds, assis au premier rang, lui était sur la scène, sa femme assise à la droite de Courbet, ses enfants… C'était fini ! Sa bouche en était tombée d'un coup et ça lui faisait une si sale mine que tous venaient lui demander : « Ça va ? T'es sûr ? »… Oh ! oui qu'il était sûr, il les avait vus ! Qu'on lui foute la paix maintenant… la paix ? non, la guerre ! non !… Il ne savait plus ce qu'il disait, ce qu'il faisait, il cherchait ses notes dans sa poche… Il avait vu l'horreur avant tout le monde ! elle lui était tombée dessus, pas encore la grande, mais la salope elle le faisait bien saigner son petit cœur…

Courbet le savait, lui, ce qu'il cherchait dans ses poches, pourquoi sa bouche semblait tirer son visage dans le menton, pourquoi ses yeux las de chien battu… son tour viendrait à lui aussi, mais ça il ne voulait pas le savoir, la main d'Adèle lui disait le contraire, le remplissait de ce jus délicieux, la suffisance…

Joute l'avait appelé sur la scène, mais le malheureux n'avait plus le cœur, sa femme avait beau lui faire des signes, des grimaces, elle en toussait, mais qu'il se reprenne nom de Dieu ! C'en était trop, il en devenait pathétique. Courbet avait remis son tableau au gagnant, on l'avait applaudi, la salle debout… rien que pour lui ! plus fort que Mozart, Haendel… Wagner ! même Joute qui l'applaudissait derrière son masque. Alors Courbet lui avait pris la main, l'avait levée avec la sienne et il avait désigné Joute pour qu'on l'applaudisse lui aussi, que sa fin soit belle. Il avait retrouvé un peu de son sourire, il s'était penché vers Courbet.

— Je te remercie… Je ne t'en veux pas, il avait dit.

— Je te la rendrai va.

Il n'en pensait pas un mot, Joute avait secoué la tête, et Courbet avait regretté de lui avoir menti. Ça se passait sur la scène, sous les applaudissements, Adèle était la seule à savoir... par sa faute l'un était malheureux, l'autre aux anges, fallait-il qu'elle choisisse le malheureux ? Elle courait après son bonheur comme tout le monde, rien de plus. Après tout, ne venait-elle pas de rendre Joute à sa femme ? Et Courbet ?... Elle ne pensait pas à mal à cet instant, elle ne lui voulait que du bien. Pourquoi diable aurait-elle pensé autrement ? Elle aimait qu'il soit applaudi, porté si haut, être aimée de lui c'était s'élever avec lui, il suffisait de croiser son regard, il la prenait avec lui, il l'entraînait dans son tourbillon, elle ne demandait que ça... trop simple ?

Bah ! Bah !... C'était la guerre aussi, on n'avait pas de temps à perdre, vivre c'était tout de suite et pas demain... demain on verrait bien...

Le lendemain matin, Courbet s'était réveillé avec Adèle dans ses bras et c'était bon. Ils étaient restés à traîner dans le lit, on était au mois de décembre, la chambre n'était pas chauffée, ni l'atelier parce que le bois manquait, la nourriture aussi, tout !... et plus il manquait, plus on en prenait des libertés, il n'y avait qu'à se baisser pour les ramasser.

Courbet s'était réveillé avec un sentiment très net de puissance, Adèle, il s'était dit... Chaque femme agit différemment sur l'homme, vient toucher quelques centres nerveux bien particuliers, Jo l'avait inspiré,

Adèle le rendait puissant. Ramené à un mot ça peut paraître simpliste mais qu'on regarde les grands hommes, toujours derrière eux on trouvera une ou plusieurs femmes, d'instinct ils savent celles qui toucheront les bons nerfs... et Courbet s'était dit qu'il ne s'était pas trompé.

Adèle n'était pas la seule responsable de ce changement. Jules Simon bien sûr, le ministre... Un ministre qui vous appelle, vous confie une mission ! On peut se penser guéri de toutes les vanités quand on a reçu une médaille du roi de Bavière, refusé la Légion d'honneur, il était sincère Courbet... Celui qui vient de boire est sincère quand il dit qu'il n'a plus soif, mais ça ne tient pas, la soif revient... Surtout il ne pouvait pas savoir ce que l'autre lui avait mis entre les mains, c'était nouveau pour lui le pouvoir et il avait pris son rôle très au sérieux, la soif déjà !... Il courait dans tout Paris, fendait l'air, jusqu'à Sèvres, même ! pour protéger les céramiques... la soif ! Il rédigeait des notes, obtenait des entrevues avec les ministres, on l'écoutait... Quelle toile aurait pu lui procurer ce sentiment d'être en contact soudain avec les hommes, le monde, l'air même qu'il respirait !... Il existait ! Il n'avait jamais autant existé. C'est ça le pouvoir et on en perd vite le sens de la mesure... la soif d'exister est si grande ! c'est quatre-vingts pour cent d'eau un homme, c'est rien que de la soif ! soif d'être aimé, d'aimer... de détruire, d'être ! Peu importe l'alcool pourvu qu'on ait l'ivresse et à l'ivresse rien ne résiste... là, la boucle était bouclée.

En cinquante ans il avait eu le temps d'accumuler un bon paquet de comptes à régler. Le premier sur la liste c'était l'Empereur bien sûr, il y avait un bas-relief en bronze accroché au Carrousel, debout il menait ses hommes… vingt ans qu'il les emmerdait ! et chaque fois que Courbet passait devant et que son regard tombait dessus, il se prenait un coup de triste, une fatigue, une saleté… Alors du vent ! de l'air ! il avait viré le Poléon et l'avait remplacé par Voltaire.

Il y en avait une autre à Courbevoie qui le chagrinait depuis longtemps, l'enflure en redingote !… À la Seine ! Oui, oui !… Il l'avait foutue à l'eau, au pont de Courbevoie. Ça avait fait grand bruit évidemment… Ça commence comme ça, on se marre, une gaminerie, on ne fait pas autrement à cinq ans avec des soldats de plomb, on imite les grands, ou bien ce sont les grands qui n'en finissent pas d'être petits… Non ! c'est déjà la soif !

— Et ta colonne quand est-ce que tu t'y attaques ?… Tu te dégonfles ?

Ah ! que non, il ne se dégonflait pas nom de Dieu !… le contraire ! « ça viendra, ça viendra »…

C'était ça le Courbet qui avait voulu Adèle, déjà tout gonflé de pouvoir, la langue pendante, il avait soif de tout à présent… Adieu le réalisme, c'était une autre poésie.

Le réaliste qui voulait peindre le monde tel qu'il se présentait, voilà maintenant qu'il voulait le changer ! C'était pas nouveau, en 48 déjà, il avait voulu avec Proudhon mais la chose ne s'était pas faite, pas le moment… Alors il s'était contenté de changer la peinture… peindre le monde tel qu'il était pour en finir avec le romantisme, en finir avec l'ancien… pour le changer en somme ! Il n'allait pas cracher dessus, c'est tout de même cette idée qui l'avait conduit à son chef-d'œuvre, au con de Jo.

Oui, ils allaient le changer le monde… Je te remplace un empereur par un philosophe ! et pas n'importe qui… le meilleur des mondes ! l'intelligence en place de la médiocrité, de la force brutale…

Il pouvait lui dire à Mona, il y voyait un peu plus loin maintenant, mais dans le lit avec Adèle qu'est-ce qu'il pouvait voir d'autre que la baiser… pareil avec le pouvoir quand on l'a dans les mains ! on baise les autres et puis c'est tout ! Bien sûr qu'il méritait pas mieux le Ducon III… Mais il n'y avait pas que l'euphorie qui empêchait de voir, les hommes tombaient… soixante-dix mille en six mois ! Alors une statue qu'on fout à l'eau, y a pas de quoi pleurer !

Adèle découvrait l'atelier, déjà là, il aurait pu se douter, à la façon dont elle s'intéressait. Il y avait une jolie fortune là-dedans, de quoi faire chavirer plus d'une tête… Elle s'était arrêtée devant le portrait de Jo, Courbet l'avait toujours gardé près de lui, encore maintenant à Genève.

— Qui est-ce ?

— Une Irlandaise.

— T'as couché avec elle ?

Il avait dit non sans réfléchir.

— Et ça ?… « Ne fais pas ce que je fais… Ne fais pas ce que les autres font… »

Elle lisait à voix haute un texte peint sur le mur, le credo de Courbet.

— « Si tu faisais ce que faisait Raphaël, tu n'aurais plus d'existence – Suicide – Peins ce que tu ressens, fais ce que tu veux ! »... Est-ce que tu fais toujours ce que tu veux ? elle lui avait demandé.

Malicieuse, elle le provoquait... Il lui avait souri, passé les bras autour de la taille, c'était bon de sentir son corps brûlant. Oui, il avait toujours fait ce qu'il avait voulu... en peinture en tout cas. Et elle ?

— Qu'est-ce que tu veux le plus aujourd'hui ?

— Je ne sais pas... être une femme, t'aider à vivre. Je sais que tu ne vas pas me peindre, je ne suis pas assez jolie...

— Mais si !

— Mais non ! Être une femme c'est déjà bien non ? Si je sais te rendre heureux, j'y serai toujours un peu dans ta peinture... Je n'ai aucune ambition moi...

Elle baissait les yeux, il succombait. C'était tout faux ! archi !... son poids d'ambition qu'elle se traînait, mais il ne le voyait pas.

Les premiers obus avaient commencé à tomber début janvier, et de plus en plus. Tous les bas-reliefs de la ville avaient été caparaçonnés. Deux ou trois fois par semaine Courbet passait au Louvre, il n'avait plus rien à y faire sinon constater que les ouvriers mettaient en caisses les pièces les plus précieuses, pendant que d'autres bouchaient les fenêtres... Il passait prendre le directeur, deux ou trois autres le suivaient.

Il redevenait le peintre, son œil s'allumait, un jour ses toiles seraient ici et un autre peut-être, comme lui, les protégerait. Dans le silence des salles vides, il revoyait des tableaux vus des dizaines de fois, il les redécouvrait comme on revient à un souvenir, une histoire dont on est fait. Il était chez lui, il était le résultat de tous ceux-là qui avaient peint avant lui... même il se réconciliait avec les romantiques, il n'allait pas le nier maintenant il était bien leur fils, et chaque fois il en sortait tout tourneboulé à se demander s'il n'y aurait pas quelque vérité dans la peinture qui lui aurait échappé... ce secret besoin qui l'aurait fait peindre toute sa vie ! Il était à deux doigts de le toucher lui semblait-il, et peut-être que s'il rentrait chez lui et posait son gros cul devant son chevalet... Non ! dehors il retrouverait le monde, le canon tonnait, on ne pouvait y échapper. Elle était là la vérité du monde et celle-là, il avait de plus en plus le sale pressentiment qu'il allait foutrement la toucher, devoir la regarder œil à œil, qu'elle ne lui échapperait pas cette fois... ou le contraire ! qu'elle le rattraperait ! toujours le contraire nous attend quelque part.

Il avait voulu partager ce moment avec Adèle.

— Je vous présente ma cousine...

Personne n'était dupe mais lui ça l'amusait de voir naître ces petits sourires niais, un peu gênés, vite effacés pour ne pas leur laisser le temps de susurrer : « Celle qui rit quand on la pine ? »

Ils avaient traversé la grande cour, les ambulances maintenant venaient là planter leur tente, échouées comme dix petits cirques et partout on voyait des blessés se traîner comme des animaux malades.

La plupart des salles étaient plongées dans l'obscurité, on n'y entrait plus qu'avec des torches et au fur et à mesure qu'on avançait on avait l'impression d'arracher des chefs-d'œuvre à une grande nuit, juste le temps de les apercevoir et puis on les laissait derrière soi. On aimerait plonger comme ça dans notre propre nuit, il doit bien s'y trouver des trésors, souvent Courbet avait eu le curieux sentiment que la toile qu'il peignait était déjà en lui.

Parfois un visage l'arrêtait qui n'attendait qu'un mot ou quelque chose, on aurait dit, pour sortir tout à fait de cette terrible solitude et jamais le musée ne lui était apparu aussi vivant, à faire peur même, Adèle, la nuit suivante, en avait fait un cauchemar.

— Ça là, il faut le mettre en caisse hein !… et ça aussi !

Deux toiles oubliées, posées à même le plancher… deux Rembrandt ! dont son autoportrait vers la fin de sa vie. Que pouvait-on lui dire à celui-là sinon : « Quelle beauté, nom de Dieu ! »… mais la beauté c'est du silence, c'est quand on est devant à ne plus pouvoir dire, alors Courbet n'avait rien dit, il avait regardé le vieil homme pendant quelques secondes et il l'avait laissé dans sa nuit, mais dans sa tête il continuait à le voir, il repartait avec ce regard qui avait dû pénétrer tant de vies pour être inoubliable.

Ils avaient déjà traversé un bon nombre de salles pour arriver à l'entrée de la grande galerie, là un homme s'était levé qui attendait assis sur une chaise, seul dans l'obscurité, la nuit la plus noire… C'était comme une hallucination, un qui serait sorti pour de bon de sa toile, il était grand, les cheveux blancs, mal rasé, plus blanc encore dans le creux de ses joues, un vieillard sans âge…

— Qu'est-ce que tu fous là toi ?

— C'est ma salle, personne y touchera !

Il avait grogné ça, rauque, des mots qui se détachaient à peine de la nuit.

— Qu'est-ce qu'il y a là-dedans ?

On sentait qu'il hésitait.

— L'Empereur ! la voix grave, en confidence, en secret il avait dit.

Courbet s'était avancé et l'Empereur lui était apparu, le vrai, celui d'Eylau, à cheval au milieu de ses hommes. Le vieux l'avait rejoint, il claudiquait et sa canne faisait comme un pas de trop.

— Je le protège mon bonhomme !… ma fierté ! je lui ai juré… jusqu'à mon dernier souffle, je le garderai.

Courbet s'était retourné et pour la première fois de sa vie l'Empereur l'avait ému, Adèle aussi devait l'être parce qu'elle lui avait pris la main. La toile était immense, il fallait bien les quatre torches pour la voir dans son entier.

— Tu verrais ça comme il nous les étendrait ces cochons de Prustocs ! et nous… comment il nous remettrait dans les rangs en pas deux jours !

Il y avait d'autres toiles mais toujours l'Empereur, Courbet passait de l'une à l'autre, le vieux suivait comme il pouvait à coups de canne. Il était trop jeune, il n'avait rien connu de cet empire-là, Courbet. Comment cet homme avait-il pu entrer dans le cœur de tant d'autres pour les entraîner dans l'aventure la plus folle… Combien avaient voulu mourir pour lui, rien que pour lui, pour sa gloire… Une folie ! Il avait dû leur donner quelque chose en échange, le sentiment d'exister peut-être… La vie devenait autre chose avec lui, elle n'était plus cette succession de jours qui fatigue à la longue, lasse, tue… de l'amour peut-être il leur avait soufflé. L'autre mâchonnait toujours derrière lui.

— Il se dit maintenant qu'ils veulent toucher à sa colonne… la Vendôme ! ses canons !… Il savait quoi en faire lui de ses canons ! Je te leur en foutrais moi, mon pied au cul ! et ils le sentiraient ! même qu'elle est folle ma patte. Elle l'était pas à Waterloo !… marche pas si vite, attends-moi…

— Alors arrête de grognasser.

Parce qu'il en avait soupé de ce vieux, il avait eu sa dose, il en regrettait presque de s'être laissé aller… le tyran l'avait ému, le salaud ! Il en restait boiteux à l'intérieur, malcogné… Qu'est-ce qu'il laissait derrière lui ? Qu'on y regarde… Il pleurait toujours misère le monde, les pauvres étaient toujours pauvres à se pisser dessus et les riches opulaient en pissant eux aussi… sur les pauvres toujours.

Il en avait assez de ce vieux, il n'aurait pas dû lui parler de la colonne, tout le monde voulait l'abattre maintenant et si ça continuait il allait être tout seul à vouloir la conserver… Qu'on la déboulonne il répétait ! Qu'on la foute aux Invalides !

Il avait un mauvais pressentiment avec cette colonne, il pressait le pas pour sortir… l'autre poussait la voix pour se faire entendre.

— Faut les tenir les hommes sinon ils perdent la tête… C'est pas bien solide une tête, c'est pas à faire confiance.

La nuit l'avait recouvert et on n'avait plus entendu que le bruit de la canne qui cherchait le plancher. Courbet était bien d'accord, faut les tenir les hommes, mais ça l'emmerdait que ce soit celui-là qui le dise. Il ne pensait plus qu'à la colonne maintenant, à ce con de vieux ! de là où il était qu'est-ce qu'il pouvait voir ? Quelque chose était en train de changer dehors... Oui, oui, ça bougeait !... des hommes qui se prenaient en charge... besoin de personne, surtout pas d'un autre tyran ou d'un gouvernement ! Qu'est-ce qu'il avait besoin d'un gouvernement lui ?... Pour lui dire quoi peindre et comment ?

Non, il ne pouvait pas être d'accord avec ce vieux ! le vieux parlait vieux, les hommes allaient se tenir tout seuls, se prendre par la main... ils étaient ensemble.

Il ne fallait plus qu'il vienne là, il fallait regarder devant... avancer, marcher droit... Le mauvais pressentiment virait colère et maintenant il n'avait plus qu'une hâte, retrouver la sortie, voir le jour, foutre le camp de ce musée, c'est peut-être bien pour ses toiles un musée, mais pas pour lui, pas pour l'homme... dehors ! dehors ! là où qu'elle est la vie !

V

Un boxeur qui commence à prendre des coups se protège, il tente bien une sortie, une autre, mais c'est pire... alors il se protège de plus en plus et l'autre cogne et lui ne pense plus qu'à résister. Il y met toute sa fierté, là où il la puise sa force, il se protège de mieux en mieux, incapable de penser à autre chose, à en devenir bête. Mais il ne peut pas écarter tous les coups et il commence à avoir mal, de plus en plus, et des pensées lui viennent qui l'emportent, l'éloignent pour combattre la douleur, il n'a plus besoin de penser à se protéger, c'est devenu un réflexe, alors il prend des coups et il rêve en attendant que l'autre cesse, mais l'autre ne cessera pas tant qu'il restera debout, il rêve quand même... et puis soudain, son corps le trahit, prend peur de l'autre et aussi du rêveur, du rêveur surtout et il s'écroule, demande grâce, c'est plus facile pour lui, semble-t-il, d'en finir avec l'autre que d'aller contre ses propres rêves. Je ne parle même pas d'aller avec eux, où diable n'iraient-ils pas ceux-là ? Il en a une peur panique et il préfère arrêter le combat... Mais il arrive que les rêves soient plus forts que le corps et sa peur, qu'ils prennent le pouvoir… Ce sera la Commune !

Parce que la République va trahir, Thiers préférera signer avec la Prusse, s'enfuir à Versailles… et ce sera le chaos, KO le boxeur, dans le coma ! l'esprit dans les limbes qui ne veut plus revenir dans le corps, cette saleté qui lui a trop fait mal, il est bien là où il est, il n'a jamais été aussi bien, alors ça va durer, il va prendre son temps… mais ça peut pas toujours, et c'est bien dommage, ou bien il abandonne ses rêves, ou bien il en meurt ! et Paris ne peut pas mourir, alors il lui faudra abandonner ses rêves, c'était tous les rêves de 89, 93, 48 qui avaient rappliqué, étaient remontés et beaucoup d'autres encore plus menus, feux follets, poétiques… les rêves des hommes qui ont mal, qui ont faim… la vie comme on aimerait qu'elle soit.

À y regarder comme ça, on comprend un peu mieux ce qui est advenu, cet embrouillamini, ces enchaînements insensés…

En janvier 1871 on apprenait à vivre avec les obus… vivre ou mourir ! On savait maintenant que la République ne serait pas sociale et Courbet démissionnait, il avait fait son travail, il s'écartait, il les laissait les trois Jules, Simon, Ferry, Grévy et Thiers et Cie… il n'y avait plus rien à faire de ce côté-là, sinon se compromettre…

Quand Mona crevait de faim, lui maigrissait et ça lui faisait le plus grand bien, il disait. Trente kilos ! Il retrouvait son poids de jeune homme, tout l'y ramenait au jeune homme de 48 et Adèle pas qu'un peu ! Mieux qu'un coup de jeune, à trente ans il ne savait pas encore la vraie valeur des choses. Adèle avait quinze ans de moins que lui, elle était donc entre le jeune homme de trente ans et celui de cinquante, donc elle touchait les deux ! donc il l'aimait doublement !

Il aimait lui faire découvrir le Paris de la nuit, on y sentait moins la guerre, il y retrouvait ses amis et autres, des soiffards surtout, aussi des journalistes... Il se créait un journal chaque semaine qui ne survivrait peut-être pas bien longtemps mais le jus, la force créatrice passait par les journaux. C'est rien que du rêve un journal, on le lit on le jette, le lendemain il en vient un autre, comme les rêves, c'est tout proche, chaque matin un autre. Le jus était donc dans les mots et d'instinct Courbet s'y frottait, s'en mêlait, et rarement le couple rentrait avant la fin de la nuit.

Un visage lui revient maintenant, petit Jo ! son petit Jo... il ne faudrait pas que Mona aille croire qu'ils bambochaient toutes les nuits pendant que les ventres creux dansaient une autre danse devant des placards vides pour apaiser la faim, leur jus à eux avait déjà tourné vinaigre, le sang s'épaissit quand on jeûne trop longtemps, le dos fait souffrir, les bouches exhalent des odeurs terribles et l'esprit s'assombrit.

Elle ne dit plus rien Mona, parfois elle le regarde pendant que ses mains jouent avec le drap... elle le juge c'est sûr, tout le monde le juge ! toute sa vie on l'aura jugé à travers sa peinture ou sans peinture... son père, Jo, Adèle, la France !... Ce ne serait donc rien que ça une vie, ce regard, un regard qui vous tue ou vous... il ne sait plus trop ce qu'il lui fait ce regard de Mona, il n'aurait pas dû lui parler de ministres, c'est sûr, de rêves de je ne sais quoi… elle a vraiment eu faim, elle, les joues creuses, les yeux qui commencent à manger le visage…

— Ne me regarde pas comme ça.

Elle ne dit rien… elle le regarde et puis c'est tout, elle ne sait pas comment… elle ne le juge pas, non, il lui raconte une histoire qu'elle a vécue avec d'autres hommes, d'autres femmes et elle ne la reconnaît pas, c'est même à se demander si elle l'a vécue ou si elle ne s'est pas trompée parce que celle de Courbet lui paraît soudain plus vraie, sans raison, peut-être parce qu'elle a voulu oublier la sienne, si lointaine, déjà un peu floue, si moche, rien qui s'explique comme l'autre… mais de toute façon, la sienne ou l'autre aujourd'hui, tout ça n'est plus rien qu'on puisse prendre dans ses bras… c'est ça son regard mais lui pense toujours qu'elle le juge…

Alors petit Jo !… il va lui raconter ça aussi. Le jour allait se lever, ils rentraient rue Hautefeuille, à pied depuis le Châtelet, les rues étaient vides, le froid traversait les vêtements, Adèle se serrait contre lui. Ils avaient d'abord entendu une galopade et tout de suite un gamin déboulait par la droite, heurtait Courbet, un mur Courbet ! il ne l'avait pas vu venir, tout entier il s'était jeté sur lui… il tenait serré dans ses bras quelque chose de vivant, plus de bras donc pour l'aider à rester sur ses jambes et il s'était retrouvé le nez par terre aux pieds de Courbet.

Ce furent alors quatre cinq ou plus, d'autres… plus âgés surtout, plus forts, qui vinrent se cogner à Courbet. Petit Jo n'avait pas eu le temps de se relever,

Courbet de l'aider, déjà ils lui sautaient dessus à coups de pied, de poing, de cris, ils voulaient son paquet, des sauvages que rien n'arrêtait plus. C'était un chat qu'il tenait dans ses bras et il finit par le lâcher et la bête se mit à cracher plus sauvage encore que les autres, elle griffait, mordait, dans des contorsions insensées, Courbet eut juste le temps d'apercevoir sa tête, rien que des yeux exorbités, brillants d'effroi, une furie qui repoussait les mains qui cherchaient à la prendre, l'empêchaient de fuir… ses griffes mordaient autant que ses crocs, les mains se retiraient comme si elles avaient touché le feu, mais d'autres revenaient encore plus folles jusqu'à ce qu'un des garçons eût empoigné la tête, alors on vit le chat tournoyer au bout d'un bras, avant d'aller s'écraser contre un mur. La bête rebondit, poussa un cri atroce et ce fut tout, tomba au sol, morte sans doute, une autre main la saisit et l'emporta et tous de courir derrière le vainqueur, peut-être pour essayer encore de lui chiper sa proie, la galopade était repartie en sens inverse. Un seul restait au sol, petit Jo, il devait avoir dans les douze ans, il essayait bien de se relever, rampait, se traînait, une bête encore, comme s'il lui fallait rattraper les autres, il lançait vers Courbet des regards épouvantés, c'était fini pour lui aussi…

De quoi avait-il peur ? On l'avait battu, il saignait, le chat l'avait griffé, mordu, ses mains n'étaient plus qu'une plaie, le visage aussi était marqué, le front ouvert par deux grands coups de griffe… par un réflexe idiot il voulait se sauver quand il n'avait plus aucune raison d'avoir peur. Courbet n'avait pas eu le temps de le protéger, ni même l'idée… c'est toujours comme ça, on n'est jamais prêt pour ce qui se présente, alors il se sentait perdu, un peu coupable, il fallait aider ce gamin, même si c'était trop tard, il le fallait... C'était pour le manger qu'il le voulait ce chat, il avait faim, c'est tout !... alors Courbet allait lui donner à manger, il avait de quoi, tout ça très vite dans sa tête...

Il avait réussi à prendre petit Jo par les épaules, il l'avait relevé, remis sur ses pieds et on l'entendait encore haleter mais il ne résistait plus, ne cherchait plus à fuir, toutes ses forces s'étaient repliées dans son regard et c'était comme des cris que ses yeux lançaient, de grands gestes à faire peur. Maintenant il découvrait ses mains, elles devaient le faire souffrir et son ventre, il relevait son tricot... les griffes du chat avaient traversé les vêtements et la chair là aussi avait été meurtrie, plusieurs sillons profonds d'où le sang s'échappait.

— N'aie pas peur, n'aie pas peur, lui répétait Courbet.

L'enfant découvrait les plaies sans un mot, il avait dû ignorer la douleur jusque-là, mais était-ce de voir ou de ne plus avoir à se battre, maintenant il grimaçait, il se tordait pour se ramasser, ne plus faire qu'une boule, enfermer le mal, disparaître peut-être... Courbet l'avait pris comme ça, une boule dans ses bras, et il l'avait emmené chez lui, dans l'atelier tout proche.

Quand l'enfant eut compris qu'on ne lui ferait pas de mal, il avait laissé Adèle prendre ses mains, elle avait nettoyé chaque plaie, une à une, avec un linge humide, ce devait être douloureux parce que les mains ne restaient pas tranquilles, toujours en alerte, sur le point de se retirer.

— Comment tu t'appelles ?

— Jo... Joseph...

Courbet avait souri. Voilà comment elle lui revenait sa Jo ! Était-ce un clin d'œil, quelque signe ? Il avait beau chercher, rien d'autre que le nom lui ramenait sa Jo... l'enfant ? la faim ? le chat ?... On en devient idiot à vouloir que tout ait un sens. Alors le hasard ?

Il continuait à penser à Jo, à la chercher dans Paris, à espérer... elle savait très bien où il avait ses habitudes, alors peut-être qu'il la trouverait un soir assise à une table, elle l'attendrait... c'était idiot ! On en devient idiot !

— Où est-ce que tu habites ?

Nulle part qu'il habitait ! plus de parents, tout seul il se débrouillait depuis... il ne savait plus depuis combien de temps ! Comment compter les jours quand ils se ressemblent tous, qu'on ne sait plus où dormir, que toute l'affaire d'une journée c'est de se trouver à manger...

Courbet avait sorti un morceau de pain et de la saucisse sèche. Il lui avait aussi versé un verre de vin.

— Bois ça, ça te refera du sang, petit Jo !

C'était sorti comme ça « petit Jo », ça sonnait bien.

— Si tu veux, tu pourras dormir ici.

Petit Jo mordait dans le pain, il avait eu bien de la chance de tomber sur ces deux-là, c'était bien mieux qu'un chat...

Un premier obus avait pété tout près... et puis un autre qui avait fait voler les vitres en éclats. Les trois en étaient restés en suspens, arrêtés saisis… Courbet regardait ses toiles, il en avait fait mettre des centaines en caisses et pas les siennes ! il n'avait rien fait ! il avait oublié !… Pensait-il que rien ne pouvait lui arriver, qu'il était à l'abri, hors d'atteinte ?… Le grand Courbet !

Petit Jo mangeait de plus en plus vite de peur qu'un autre obus ne vienne l'interrompre. Adèle tirait Courbet par le bras… un autre obus venait de tomber !

— Il ne faut pas rester ici.

— Où veux-tu aller ?

— Je ne sais pas, j'ai peur… chez moi ! Je ne veux pas mourir…

Courbet avait vidé deux verres coup sur coup, il avait tendu le troisième à Adèle. Il allait dans l'atelier comme s'il pouvait repousser le danger en écartant les bras par exemple ou en gueulant très fort… après chaque explosion c'était le grand silence, l'attente elle-même semblait produire du silence… ils n'osaient plus parler, à peine bouger… tout l'être était debout, les poils, les oreilles, les yeux, ils attendaient… et rien qui venait ! Il se croyait à l'abri chez lui et voilà qu'on leur tirait dessus, c'était bien plus que quelques carreaux cassés, il venait de perdre sa confiance, nulle part maintenant il serait en sécurité, le pire pouvait se présenter à tout moment. C'était nouveau pour lui, pour Adèle, un cauchemar, elle ne voulait plus que partir.

— Mais pour aller où ? Je ne peux pas laisser mes toiles !

— Je m'en fous des toiles ! Je ne veux pas mourir, je veux rentrer chez moi.

— On va attendre un peu.

— Ils vont recommencer, il faut partir !… j'ai peur, j'ai peur…

Elle s'était mise à trembler, ses nerfs lui jouaient un sale tour, elle partait se jeter dans la rue, criait, geignait, battait l'air… Courbet l'avait prise dans ses bras, ça ne l'arrêtait pas, même elle aurait pu le mordre.

— Arrête, Adèle !!

Un obus avait explosé, un autre… ça pétait de partout maintenant et Adèle hurlait. Courbet avait beau la serrer contre lui, comme petit Jo le chat, elle se débattait en poussant des cris si stridents qu'ils vous inoculaient sa peur.

Alors Courbet l'avait giflée et elle l'avait regardé comme jamais… Jamais il n'aurait dû faire ça ! Il avait cassé son rêve ou quelque chose comme, lui aussi pouvait faire mal ! il était passé du côté des obus…

C'est alors qu'un dernier avait explosé, celui-là avait soufflé les fenêtres, était entré en force et Adèle s'était retrouvée au sol. Courbet n'avait eu que le temps de se jeter sur elle pour la protéger… elle ne criait plus. Petit Jo, lui, s'était traîné sous le lit et ils avaient attendu… Mais c'était fini… La mort ne voulait pas d'eux ce jour-là, elle s'était contentée de leur voler un morceau d'innocence, c'est précieux l'innocence, il en faut quelques bons kilos pour oublier toutes les vacheries qui nous attendent.

Adèle n'avait plus voulu dormir rue Hautefeuille. Une ruse pour amener Courbet chez elle ?… Non, il ne pouvait pas le croire, sa panique avait été bien réelle, tout son corps en avait été affecté.

Alors il avait traversé la Seine pour aller vivre rue du Saumon, au-dessus de la rue Montorgueil. Mais les obus pouvaient tomber là aussi ! Oui, partout... Alors, là ou ailleurs ! D'abord il ne voulait pas perdre Adèle, sa jeunesse... ensuite, ça ne lui déplaisait pas de déménager, toujours le coup de jeune, l'idée d'une autre vie... et puis ses toiles ! maintenant il allait penser à lui, il fallait les mettre à l'abri et tout de suite.

Alors les jours suivants, il avait tout laissé pour organiser le déménagement. Il y en avait tout de même plus de deux cents ! sa propre production et... Oh ! c'est pas à raconter ! pas à son avantage... Allez ! à cette heure de la vie on peut tout dire, non ?

Allez !... Une fois de plus, il avait cru qu'il allait faire fortune... une fortune, il en avait déjà une petite, il était assez riche mais... bref ! il n'allait tout de même pas cracher sur une affaire ? des Vélasquez, des Corot, des Rubens, etc., le tout pour une bouchée de pain. Il était allé voir, c'était à tomber, à se demander... Oh ! il avait demandé un peu, mais pas trop ! c'était tellement beau... et il y pensait tellement fort à son affaire qu'il en dissolvait tous ses doutes...

On lui avait enveloppé la chose dans une histoire à la noix, à dormir debout ! à tomber aussi !... et lui avait marché, le con fini ! Il pouvait s'en vouloir aujourd'hui, c'était à pleurer... Que des faux bien sûr, un aveugle avec un peu de jugeote l'aurait vu !... pas lui ! Avec son argent tout liquide, il était arrivé et il était reparti avec ses faux, tout content le con ! et il y avait cru pendant longtemps, chaque nuit il aimait s'endormir à côté de son trésor, ça lui faisait des rêves

douillets, tout chauds, il allait pouvoir arrêter de peindre toutes ces toiles... on se demande toujours pourquoi un peintre peint, mais pour vivre ! pour croûter
nom de Dieu !

— Mais puisque t'étais déjà riche ?

Elle ne peut pas comprendre Mona, il n'aurait pas
dû lui parler de ça... Il avait toujours eu peur de manquer. Une seule de ses toiles, c'était déjà une fortune
pour un ouvrier, mais ça ne changeait rien, rien ne la
repoussait cette peur... elle le travaillait et plus il était
riche plus il se sentait pauvre, c'est difficile à croire
mais c'est comme ça... Quand on n'a rien à perdre, eh
bien... on n'a rien à perdre !... et lui avait à perdre ! et,
s'il y pensait trop, ça lui embrouillait la tête. Au fond
c'était très simple, il avait peur de perdre, c'est tout...
et là, dans l'explosion, il avait failli tout perdre, Adèle
et son trésor.

— Y a de la place chez moi si tu veux, si ça ne te
dérange pas.

Il lui en avait déjà parlé de son trésor, il n'avait pas
résisté le têtard, les draps arrachent tous les soupirs.

— Oui c'est gentil. Il me faut une cave saine, il n'y a
que là que les toiles seront à l'abri.

À Sèvres déjà, ils avaient pensé aux champignon-
nières pour planquer les porcelaines. Une belle cave,
Adèle en avait une... et une pièce qu'il pourrait trans-
former en atelier. Elle semblait comprendre, elle... elle
ne lui paraissait pas ridicule du tout cette peur de perdre... elle ne se moquait pas. Parce qu'il ne vendait
plus rien avec la guerre et qu'on pouvait du jour au
lendemain ne plus aimer ses toiles, alors elles ne

vaudraient plus un clou… et qu'est-ce qu'il y pourrait ? Il se racontait ce genre d'histoires, et il finissait par y croire.

Donc, ils étaient descendus dans la cave de la rue du Saumon, une bougie à la main, l'air y circulait bien, c'était parfait même pour eux, ils pourraient venir s'abriter là.

— Ça te plaît ?

C'est elle qui lui plaisait ! l'excitait… et là tout particulièrement, tous les deux, seuls dans l'obscurité… il l'avait serrée contre lui, il l'avait embrassée… il avait passé la main sur sa joue, là où il l'avait giflée.

— Je ne voulais pas te faire de mal… je te demande pardon.

— Je devenais folle. Je ne veux pas mourir. Je me fiche de tout perdre, tant que je peux continuer à vivre… Je veux tellement, j'aime tellement ça…

Elle était là sa peur à elle, prête à tout donner pour sauver sa vie… on peut remonter tout ce qu'on veut dans le temps, descendre tout ce qu'on peut à l'intérieur de soi, la peur est là ! et l'espoir de… l'espoir de n'importe quoi !… et dans la cave ils s'en étaient chargés, d'espoir.

— Tu vas être bien ici, tu vas voir, je vais m'occuper de toi, je vais te faire du bien, elle lui avait dit.

— Tu m'en fais déjà beaucoup !… c'est bon d'être avec toi.

Ils étaient sincères, amoureux on peut dire… et excités à remonter fissa pour se trousser, se sentir, se foutre, se boire… ce jus de l'amour qui les inondait.

142

Courbet avait embauché trois ouvriers et avec petit Jo qui ne le quittait plus, ils avaient déménagé les tableaux. Il avait aussi acheté pour le nouvel atelier quarante chaises ! un canapé... Adèle s'occupait des rideaux. Si on y regarde, rien pour peindre ! Une nouvelle vie commençait, les obus les avaient rapprochés... à quelques mètres près, ils y passaient ! Alors au diable tout le reste, guerre ou pas guerre, peinture ou chiure, savoir qu'il aurait pu la perdre la rendait plus excitante encore, et plus précieux ces moments où ils s'abandonnaient l'un à l'autre.

— Tu viendras avec moi à Ornans, tu verras comme c'est beau. Je te montrerai la Suisse, il faut que tu voies la montagne, c'est quelque chose !... c'est la terre qui s'est mise debout. Tu peux faire exploser mille obus en même temps, dix mille, tu ne la feras pas se lever ! et quand tu es devant une force pareille tu en oublies tous tes problèmes, t'en es lavé pour plusieurs jours.

Les obus, il en pleuvait maintenant mille par jour, on n'entendait plus que ça, c'était le silence qui réveillait. C'était le monde à l'envers, ça ne pouvait plus durer. Les bourgeois les plus aisés avaient trouvé le moyen de filer et puis les officiers de la garde nationale. Les rats quittaient le navire, il allait couler... deux cent mille soldats, ils laissaient derrière eux ! C'est vite incontrôlable une armée... des chefs il en poussera toujours comme des champignons, en une nuit, mais beaucoup sont vénéneux, mortels, terriblement dangereux... tous les chefs sont dangereux !

Tout le monde foutait le camp, tous ceux qui le pouvaient, on ne commentait plus... « un tel est parti...

oui, oui, on m'a dit… » et aussi l'Assemblée nationale qui s'était tirée à Bordeaux… pour siéger ! C'est loin Bordeaux.

Ils avaient élu Thiers chef du pouvoir exécutif, lui, par contre, était resté à Paris ! pas fou ! la place était vide, encore chaude, il l'avait prise… pas besoin de grandes qualités pour monter les marches du pouvoir, non, Thiers avait visé juste, il avait eu l'œil, plus chasseur que stratège… carnassier, oui ! Un qui avait faim ! Il était au pouvoir… Qui aurait pu le prédire trois mois plus tôt ?

Courbet l'avait déjà rencontré chez lui, rue Saint-Georges. C'était un homme cultivé qui savait si bien écouter qu'on finissait par croire qu'il adhérait à tout ce qu'on disait. Il l'avait fait venir pour avoir son avis sur quelques pièces rares, il lui avait montré sa collection, des œuvres à pâlir ! de quoi ouvrir un musée… très bon goût le monsieur, très riche… c'est ça aussi l'art. Toujours il finit dans le luxe sinon il disparaît, le temps l'enterre.

Du goût ou de la vanité ? D'où vient-il ce besoin de posséder des œuvres d'art, cette goinfrerie du riche ? Il s'ébaudit devant l'œuvre quand c'est l'artiste qu'il faudrait regarder, c'est lui l'œuvre d'art, pas son crachat, quand il s'est délivré, lui, qui est d'une beauté éblouissante, pur, apaisé, mais ça ne dure pas, quelques secondes tout au plus, ça ne tient pas au temps, ça ne s'achète pas.

Il l'avait donc rencontré l'homme de goût, donc il savait… charmant, charmant ! un porc friqué, parfumé tout joli ! qui l'avait très bien reçu, avec goût, beaucoup de goût ! rien que du goût dans cette maison et chez Courbet du dégoût et de la jalousie, les deux mêlés, parce que le luxe est tellement insolent sous ses airs de velours, il est là à essayer de vous faire croire le contraire mais c'est un crime toujours le luxe, et aucune révolution n'y pourra rien, c'est comme ça… Trop simple ?

Courbet était-il en train de cracher sur l'art parce qu'il s'en écartait, parce qu'il ne pouvait plus peindre ? Adèle était devenue plus importante que la plus sublime des toiles ? C'était elle qui le vidait… propre et figuré, vulgaire et sublime… Elle et tous ces gens qui se retrouvaient dans les rues… bien sûr qu'ils étaient plus importants que n'importe quelle toile ! Et si Thiers avait eu un brin de goût il s'y serait mêlé à cette vie, s'il avait été un artiste il aurait senti combien tous ces êtres avaient à cracher, leur ventre avait beau être vide, ils avaient à vomir tant et tant parce qu'on leur volait leur vie, on les trompait et aussi parce qu'un vent les poussait. Oui, un vent, une exaspération, personne, aucune figure, aucun chef encore ne les avait empoignés, donc c'était bien l'air du temps, une vague, rien d'autre qui les emportait.

Il y avait eu des élections pour élire les députés qui iraient siéger à Bordeaux. Courbet avait obtenu 56 660 voix, en rien faisant, rien que son nom… Il n'y serait jamais allé à Bordeaux avec ces crabes ! C'était à rire, n'importe quoi… ça donnait le ton de ces journées.

Vallès avait sorti son *Cri* ! *Le Cri du peuple*... cinquante mille exemplaires d'un coup ! en voilà une œuvre d'art ! un autre qui avait à vomir. Il était plus jeune que Courbet, une quinzaine d'années, ami de Castagnary, Rochefort, ils se croisaient depuis longtemps. Vallès s'était fait connaître comme journaliste, aussi par deux romans parus en feuilletons. Comme Courbet, il était pacifiste, socialiste, révolutionnaire... avec un mignon penchant pour la provocation qui lui avait valu de tâter de la prison. Il avait donc sorti son *Cri*, ça se fêtait ! le soir même, tous les amis avaient rappliqué.

À peine sortis, cinquante mille *Cri* s'étaient envolés en un clin d'œil, on se les arrachait. Il touchait juste le Vallès, il était dans le vent, il parlait aux tripes et ce soir-là il flottait à quelques centimètres au-dessus du sol. C'est un curieux effet d'être tout à coup la voix de tant de gens, le lendemain ils achèteraient le numéro 2, ils l'attendaient déjà... Dans ces cas-là, on oublie le vent et on se dit qu'on a compris un peu plus loin que les autres, on calcule, on mijote, on s'attribue tout le mérite, ou on joue les modestes parce que les autres n'en finissent pas de vous féliciter. Il était roi, Vallès, ce soir-là... rien de tout ça bien sûr, seulement le vent qui le portait et qui le laisserait choir un peu plus tard.

Courbet aimait sa compagnie parce qu'il y avait une vraie gaieté chez cet homme, rien que le choix du nom de son journal, *Le Cri du peuple* !... ça résonnait dans l'esprit de Courbet comme le « Marche droit et parle fort » de son grand-père.

Il ne pouvait être que joyeux ce *Cri*, pas de détresse au contraire, un magnifique gigantesque espoir. C'est ce qu'il aimait chez cet homme, peut-être parce qu'il était plus jeune que lui il pouvait encore le crier cet espoir. Courbet, lui, avait le sentiment d'avoir crié toute sa vie et celui-là et les autres qui l'entouraient ce soir-là, ils étaient tous un peu ses fils... fils de 48 ! fils de Proudhon, fils de toutes ces années à provoquer les hommes de goût !... et leur joie ce soir-là l'allumait lui aussi.

Il expliquait à Adèle qui était qui, ce qu'il fallait penser de l'un, de l'autre, elle était curieuse de tout, contente d'être au bras d'une célébrité et lui d'être accompagné par une fille qui aurait fait tourner la tête de plus d'un, il les voyait les regards comment ils s'arrêtaient sur eux... « Il s'emmerde pas le Courbet ! » Voilà ce qui se disait et lui de leur répondre par le même canal : « Oui, elle est à moi ! vous vous astiquerez tout seuls ! »

Castagnary était là, transporté comme les autres et lorsque Courbet l'aperçut en grande conversation avec Adèle... à rire, parce que ce soir-là on riait de tout, il avait souri, rien ne pouvait lui faire plus plaisir, Castagnary vaincu, sous le charme de la garce ! Ce soir-là il avait été vraiment heureux, ça valait encore le coup de vivre.

La révolution on en parlait mais c'était pour plus tard... peut-être quand on serait débarrassé des Allemands. Maintenant l'affaire, c'était les canons ! Où qu'il était passé, le sien ?... et Joute ? Il n'avait sûrement pas fui celui-là. Les officiers partis, les hommes restaient avec leurs canons et le premier qui mettrait la main sur les canons aurait le pouvoir. Thiers n'était pas le seul à cogiter, tous les yeux lorgnaient les canons.

C'était ça le fond de l'histoire, qui allait prendre le commandement des canons ? Il y avait déjà des élus de quartier qui se disaient être d'un Comité central, personne les connaissait, alors ils débarquaient dans un régiment, ils prenaient le commandement... ça marchait ou ça marchait pas !... si ça ne marchait pas, ils recommençaient ailleurs avec un autre régiment.

Deux jours après le lancement du *Cri*, tout Paris affluait, emplissait la place de la Bastille, des grappes humaines s'accrochaient à la colonne. Tout le monde voulait en être, pour fêter l'anniversaire de 48. Il y a des rassemblements qui ne trompent pas, de par le nombre mais aussi par la ferveur, la qualité du vent.

— J'y étais ! s'écria Mona... Mes frères m'avaient donné un drapeau rouge, moi je voulais un noir rien que pour emmerder.

Courbet se souvenait très bien... la place était rouge et noir, un champ de drapeaux. Ce n'était plus des hommes désœuvrés, c'était une foule qui prenait conscience de sa force et on en voyait qui pleuraient parce que ça prend aux tripes ça aussi, la conscience qu'on n'est plus seul. C'était beau, on avait chanté la *Marseillaise*, plusieurs fois... un sacré cri celle-là ! Quel tableau pouvait atteindre ces sommets ?

Petit Jo en était, lui aussi, plusieurs fois Courbet l'avait hissé sur ses épaules.

— C'est le tien ? qu'on lui demandait.

— Oui... c'est petit Jo !

Il avait fini par dire oui… Il était heureux, là encore. Comment se fait-il qu'on puisse être aussi bien ensemble et plus tard l'oublier et se foutre sur la gueule rien que parce qu'un regard ou un mot a déplu ? On peut le dire que ces moments sont rares, un accident peut-être… Oui, ce doit être un accident. Ça reste tout de même incompréhensible.

Son propre fils, il n'avait pas su l'aimer ou pas pu… Il devait être à Dieppe avec sa mère, il ne l'avait pas vu depuis plusieurs années, il allait avoir vingt-cinq ans… sa mère lui avait écrit qu'il faisait de la sculpture sur ivoire et que si Courbet pouvait l'aider… l'aider oui, mais comment ? avait-il un peu de talent ? Il n'aimait pas trop y penser à celui-là parce qu'il en avait chaque fois pour quelques heures à se traîner, bras et jambes coupés, c'était comme s'il lui fallait se battre contre cet enfant ou contre lui-même, il ne l'avait pas voulu, c'était sa mère… oh ! il valait mieux qu'il soit loin, il ne pouvait rien pour lui, seulement veiller à ce qu'il ne manque de rien.

Petit Jo l'avait ému lui et c'était bon de le voir sourire, rien que pour son sourire Courbet le voulait toujours près de lui… son fils n'avait jamais souri comme ça, il n'y pouvait rien le mignonnet. Alors c'était bien comme ça, on ne force pas l'amour.

Ce jour-là, plus d'un soldat avait brandi son fusil crosse en l'air. Ils ne savaient pas que Thiers négociait déjà avec les Allemands. La situation à l'intérieur lui échappait, il fallait aller vite avant de tout perdre. La nouvelle avait éclaté deux jours plus tard et un matin on n'avait plus entendu le canon, plus un bruit dans la ville, ça en était presque terrifiant. On aurait dû se réjouir et c'était le contraire, on craignait... le pire ! L'ennemi, on l'avait dans le dos maintenant, le poignard et la grimace.

Pour avoir la paix, Thiers avait tout cédé, l'Alsace et la Lorraine, plus la dette ! une montagne ! il laissait le chaos ! ils étaient sonnés les Parigots ! Était-ce pour en arriver là qu'ils s'étaient battus, avaient crevé la dalle pendant cinq mois ?... plus les soixante-dix mille morts ? Il y a des matins difficiles... Non, ce n'était pas la paix, c'était un sabordage, un assassinat, une trahison. Le vent faisait courir le bruit, Thiers avait trahi.

Et on avait vu entrer dans la ville l'armée des vainqueurs, des saucisses bien ventrues qui ondulaient sur des chevaux aux flancs arrondis... merde ! ils n'avaient pas manqué ceux-là, ils s'en étaient gorgés de bière et de boustiffe... à en chier du beurre, ils en rotaient encore et ils vous regardaient du haut de leur victoire avec des yeux satisfaits, repus qu'ils étaient, cramoisis, boursouflés, pansus, pleins... une armée de cochons à cheval !

La faim vous fait voir le monde tout autrement. Dans la nuit, Courbet avait rêvé qu'on lui décalottait le crâne, bien proprement pour en dégager le cerveau. Une femme ou un homme, il ne savait plus très bien, s'apprêtait à déguster sa cervelle avec une petite cuillère. Lui, ne sentait absolument rien, mais il pouvait voir la cuillère détacher délicatement un morceau, puis un autre – il adorait la cervelle d'agneau sur un morceau de pain grillé, avec par-dessus un filet de citron ! – et il voyait la bouche qui s'ouvrait pour enfourner... ce qui le chagrinait le plus c'était de ne pas pouvoir goûter lui aussi. Le rêve n'était pas désagréable, saisissant mais pas cauchemar du tout. C'est au réveil, quand il lui était revenu à l'esprit, qu'il avait été pris d'un malaise, à devoir chercher une chaise pour s'asseoir. Et tout le jour il avait dû supporter cette image, rien qui pouvait la chasser. Qui donc était en train de lui bouffer le cerveau ?... Il avait d'abord pensé aux vainqueurs, aux saucisses, mais cette idée le laissait perplexe, non, c'était autre chose, mais quoi ? C'était vraiment une impression très désagréable, le genre qui vous pourrit la vie et il ne pouvait pas s'empêcher d'y voir quelque prémonition... une sale histoire à venir.

Voilà comment il la voyait cette paix, ces hommes qui se baladaient dans la ville. Trois jours ! ils avaient visité, les bismarcks, et ils étaient repartis... des vainqueurs qui ne pillaient pas, violaient pas, ratissaient pas, vous fichaient la paix... ça ne trompait personne, c'était pas eux ! ils se planquaient les vrais, ils préparaient leur sale coup. Ce n'était qu'une pause avant le plat de résistance.

Ce coup-ci, Thiers n'avait pas été assez rapide. La garde nationale et ses canons étaient passés sous les ordres d'un Comité central constitué de délégués, d'élus de quartier... qui vote pour moi ? des mains se lèvent... vas-y c'est fait ! Quand le temps presse on va de l'avant, de toute façon, derrière c'était tout pourri. En moins de deux jours, les canons étaient aux ordres du Comité central. Vallès en était... des champignons il avait dit !

Pareil, il y avait eu une poussée d'affiches rouges, tout Paris en était placardé, des mots simples : « Place au peuple, place à la Commune »... il n'y avait plus à douter, on y était ! On ne l'avait pas encore pris qu'on l'avait déjà le pouvoir, là, dans les mots, il suffisait de lire.

Thiers réagissait mais toujours à contretemps... ça puait l'impuissance. Il pouvait interdire *Le Cri*, *Le Père Duchêne*, *Le Rappel* et d'autres, le navire prenait l'eau de partout. Alors, Vallès sortait *Le Drapeau*, interdit lui aussi... Vallès obligé de se cacher... Il pouvait faire arrêter les meneurs, rien n'y faisait... Place au peuple ! Place à la Commune ! on n'attendait plus que l'accident, l'étincelle, le coup de tonnerre, le Comité central retenait les hommes, on ne tirerait pas les premiers ! surtout pas ! ça en devenait une obsession, un autre mot qui prenait du poids : « On ne tire pas !!! »

Et Thiers s'était découvert, il avait envoyé la troupe, il lui fallait les canons à tout prix. Montmartre n'avait pas résisté, Belleville non plus et plusieurs portes autour de Paris. Un instant, il a pu croire que c'était gagné, mais le ressac ne ressemblait pas à la vague, c'était des hommes et des femmes sans armes qui marchaient vers les canons... Place au peuple ! Place à la Commune ! ils criaient. Mona en était, c'est elle qui raconte maintenant.

Une porte de Paris, c'est rien que la campagne, de vrais champs, de la vraie boue, la route, rien qu'un chemin un peu plus large que les autres, et puis un fort et quelques baraques tout autour. Ils étaient partis en fin d'après-midi, ils marchaient en chantant pour se donner du cœur, le soleil commençait à peser sur la terre, les soldats étaient tout au bout, on avait fini par les deviner, un trait un peu épais à l'horizon, aux ordres, ils les avaient vus se mettre en place derrière les canons… Ils avaient continué à marcher en scandant de plus en plus fort : « Soldats avec nous ! » L'un avait pris la main de l'autre, ils en oubliaient le danger. Ils avançaient, les soldats ne bronchaient pas.

Pourtant l'ordre avait été donné de tirer. Un général ! et quand ils avaient été assez près, ils l'avaient même entendu l'ordre… « Feu, Feu ! »… des voix qui gueulaient depuis derrière les soldats, mais eux ne semblaient pas entendre. Alors, ils avaient vu un homme à cheval débouler devant ses hommes.

— Feu ! Feu ! Feu !

C'était le général, le premier qu'elle voyait Mona.

— Tirez nom de Dieu ! Tirez ! C'est un ordre !… Feu ! Feu !

Rien qui bougeait. Il allait, venait, cravachait la bête, il avait beau… rien ! hors de lui, debout sur les étriers.

— C'est un ordre ! Feu ! Feu ! Feu ! Feu !…

Il s'épuisait, sa voix s'esquintait, tout qui se cassait chez cet homme et les autres avançaient, Mona et les siens, « Soldats avec nous ! »

Ils s'étaient arrêtés à pas cinq mètres des soldats. C'était foutu pour les fusils ! ils pouvaient plus tirer, certains regards sont plus forts qu'un fusil. Mais Dieu qu'ils étaient jeunes, ces soldats !

Ce qu'elle avait ressenti place de la Bastille, la conscience de ne plus être seule, elle la retrouvait ici, la même avec les soldats et leurs fusils, il n'y avait plus que des hommes et des femmes, des êtres qui au fond n'en étaient qu'un seul, pareil à une montagne, au soleil, aux forces qui les dépassaient tous. On aurait dit que seul le général en était exclu, qu'il n'en voulait pas de cet être-là.

Alors Mona avait vu une femme se détacher et marcher jusqu'à un soldat en face d'elle, elle avait pris son fusil et elle le lui avait rendu la crosse en l'air... et puis à un autre soldat... Le général tout de suite avait été sur elle, mais trop tard ! les crosses semblaient se retourner d'elles-mêmes. Il gueulait toujours, lui, à s'arracher les tripes, mais ce n'était plus qu'un filet de voix qu'il parvenait à extraire, même son corps le trahissait, il ne lui restait plus que sa cravache et il s'était mis à cingler la fille.

Au premier coup, un soldat avait saisi le cheval au mors, un autre le pied du général et on l'avait vu tomber, le général ! mal ! comme un sac, merde molle sur une terre rendue dure à force d'être piétinée par combien d'armées...

Là, tout était allé très vite, on l'avait tiré par les pieds, déjà comme un mort, plus général du tout ! les rangs s'étaient défaits, on voulait le voir agoniser le tyran, une furie, une folie meurtrière était née de rien, seulement de l'avoir vu chuter et maintenant traîner... il allait crever, il le fallait, la charogne !

— Tirez pas ! tirez pas ! gueulaient ceux qui se souvenaient, le mot d'ordre nom de Dieu ! le peuple ne tirerait pas le premier ! pas de sang ! pas de mort ! ils n'étaient pas rendus moins sauvages que les autres, ils pensaient aux représailles, un général mort ça se paierait très cher ! les morts pèsent pas pareil sur la balance.

Mais c'est pas arrêtable certains mouvements. Un fusil s'était levé, deux, trois… tous ! en cercle tout autour du général à terre. Il les avait vus le pointer mais il n'avait plus la force, plus de voix le général, sa main seule pouvait encore, gantée de blanc, une main de général salie qui ne comprenait pas, implorait, un enfant quoi…

— Tirez pas ! tirez pas ! ils criaient derrière.

Ils essayaient d'approcher pour retenir les fusils, mais le cercle était trop compact, ils ne pouvaient même pas voir… Un coup était parti, un autre et puis la pétarade… et Mona avait pu voir le corps tressaillir, sauter comme sur une poêle à frire, la terre qui devenait brûlante… et les fusils s'étaient arrêtés de cracher leur feu. C'était fini… mort le général ! On regardait le corps, tout ébahi… on l'avait fait, l'impensable. C'est rien du tout un général, on en fait tout un monde, il gisait l'imbécile, il pouvait toujours continuer à le gueuler son « Feu ! Feu ! » dans l'autre monde… en enfer ! il méritait pas mieux ! puisqu'il le voulait son feu… feu le général ! ça l'avait fait bien rire de le voir finir crêpe celui-là !

Ils avaient ramené le corps à Paris, à Belleville pour que tout le monde vienne le mirer. Un autre de général était tombé tout pareil, d'autres soldats qui avaient eu l'oreille dure, on l'avait exposé avec l'autre.

Et les représailles ? Non… c'était déjà du passé, on avançait à pas de géant. Thiers la terreur ! Bah !… C'était plus rien que du beurre au cul ! une belle

155

chiasse il s'était chopée le tocard, parti en courant à Versailles, lui et sa confiture. Il n'avait pas pris le temps d'empaqueter son musée, ça pressait, il l'avait la courante… On aimerait bien les voir dans ces moments les hommes de goût, on aurait beaucoup à apprendre, c'est sûr… ils en savent tellement ces dégoûtants ! À rire !… Sûr qu'il en avait fait rire plus d'un cette nuit-là, le Thiers, le quart, le cinquième, le rien du tout maintenant.

La nouvelle n'avait couru qu'au matin, mais toute la nuit on avait vu se lever des barricades, il en poussait de partout. Était-ce nécessaire ? Qu'importe… On savait maintenant que la garde nationale avait repris Belleville et Montmartre… mais ailleurs, ça ne fraternisait pas des masses ! La peur était des deux côtés, ça hésitait plutôt, on se méfiait, il suffisait d'un rien, un coup de feu qui partait, un con dont le doigt aurait tremblé un peu trop.

On avait évité le pire à l'Hôtel de Ville, la troupe s'était retirée sans trop de casse et maintenant l'Hôtel était bourré à la gueule, dans les escaliers, aux fenêtres, sur les toits, partout la garde nationale avec ses nouveaux chefs qui ne connaissaient pas la défaite.

— Mais on ne tire pas ! C'est compris ! Ce ne sera pas nous les premiers…

Dehors aussi, tout autour, dans la rue, sur une barricade qui servait de premier rideau, on se répétait le mot… et la peur et l'attente… en face, à vue, les autres. Une nouvelle guerre commençait, fratricide celle-là, la vraie, un des deux devra mourir, il n'y a pas d'autre issue.

Mais ce n'était pas ça qui s'était dit, toute la nuit ils s'étaient regardés, c'est long une nuit on a le temps de s'en raconter des histoires, on boit un verre, un autre, ça aide pour les histoires.

Au fond qu'est-ce qu'on voulait ?… D'abord en finir avec cette connerie de guerre, peu importe l'autre qui était en face… en finir ! place au peuple ! Mais le peuple ?… C'est un peu comme être heureux, c'est pas bien facile à cerner. C'est tout le monde le peuple… quand on est à la Bastille, on peut dire que c'est là, maintenant, le peuple… Là, c'est facile on l'a sous la main, à toucher, tout le monde en est… mais après c'est plus que des morceaux, on voudrait qu'ils tiennent ensemble… C'est ça le peuple, des morceaux qui tiennent pas bien ensemble, on essaye par tous les bouts et parfois ça marche, alors on se dit que c'est possible… pas trop longtemps, mais possible quand même…

On se dit que c'est tout le contraire de Thiers et de tous les jean-foutre, les napoltrons ! ça peut pas être leurs saloperies, c'est propre le peuple… C'est pas toujours le même qui brille, c'est des élections, c'est être tous égaux, heureux, égalité, fraternité… C'est rien que vouloir le bien pour l'autre… non ! ça c'est les curés ! ils en ont plein la bouche et on l'a déjà bouffée cette soupe… l'autre aussi d'ailleurs, l'égalité ! ça donne pas du propre à l'arrivée…

— Non, le peuple c'est pas ça… le peuple c'est… inventer… Oui voilà, il faut inventer maintenant, une autre vie, un autre monde.

— Ça s'invente pas la vie.

— Comment ça ? Et pourquoi pas !

— Ça ne change pas les hommes.

— Que si ! Serait-ce que tu ne veux pas que je change ?

— Je veux, mais…

— Alors, ne commence pas par dire que ça peut pas !

— On n'est pas les premiers à vouloir.

— Et pourquoi on ne serait pas les premiers à réussir ? Y en a bien des premières fois ! des inventions ! non ?

— …

— T'es rien qu'un pessimiste, un mange-merde…

— Oui peut-être.

— Pas peut-être, c'est sûr ! L'homme a l'esprit pour inventer… C'est rien que ça un homme, sinon c'est une bête.

— On est peut-être des bêtes.

— Que non ! Est-ce qu'on serait là à parler comme ça ? On va leur montrer tout ce qu'on peut inventer. Place à l'Homme ! Place à la Commune, à l'Invention…

Là on ne peut plus rien dire, les inventeurs ont toujours le dernier mot… tant qu'ils n'ont rien inventé.

On en était là dans la nuit du 17 au 18 mars, on allait inventer et ça allait être beau, la nuit était belle et personne n'avait tiré parce que de l'autre côté il s'en racontait aussi des histoires, ça gambergeait, ça voulait que du bien… on appelle ça l'espoir.

VI

Le 18 au matin, Paris était au peuple... et le peuple ne le savait pas. Castagnary était passé prendre Courbet pour filer à l'Hôtel de Ville, c'était là désormais le centre, le cœur, le palpitant, le Comité central, d'où partiraient toutes les décisions qui donneraient vie au peuple ou le tueraient. Ils marchaient dans des rues vides, trop calmes, c'était la révolution nom de Dieu ! C'était à peine croyable ! Est-ce que Paris n'en voulait plus maintenant ? N'étaient-ils que quelques-uns à l'avoir rêvée ? Peut-être qu'il fallait le gueuler ? Quand on est amoureux, on a comme ça des envies de le crier très fort... Courbet faisait des bonds en l'air.

Pas un coup de feu de la nuit ! la révolution était venue en douceur presque, un régiment de ligne était passé de leur côté... Place à la Commune ! Ils y étaient ! Ils l'avaient dans les mains, c'était trop beau pour y croire, alors Courbet se mettait à douter et il redemandait à Castagnary.

— T'es sûr ?

Mais oui qu'il l'était ! Avant de passer prendre Courbet, il avait couru prévenir Vallès dans sa cache, depuis que *Le Cri* était interdit il se cachait, ils n'étaient que trois à savoir où. « Tu peux sortir… » Il savait déjà ! Il n'avait pas douté lui, il était du Comité central, d'autres l'avaient prévenu, tout de suite il avait couru à l'Hôtel de Ville.

— Redis-moi un peu le Comité, avait demandé Courbet.

— Vingt-cinq ouvriers, trente-cinq petits-bourgeois et le reste…

— Combien de jacobins ?

— La majorité !… Cinquante-sept !

La messe était dite.

— Ça recommence quoi !

Il poussait des grognements. Petit Jo avait demandé : « C'est quoi les jacobins ? »

— Des dangereux, des qui s'en foutent du peuple.

Il avait fallu lui expliquer, Casta s'en était chargé parce que Courbet, lui, barrait dans ses pensées, maintenant il allait y avoir des élections, des vraies et on verrait bien ce qu'il voulait le peuple… Et les autres, Versailles ? Va falloir ouvrir l'œil, les salopards, ils ne vont pas rester sans réagir… Va falloir aller très vite, pas perdre son temps à des discussions à la con… qu'on leur montre nom de Dieu ! on peut très bien se passer d'eux ! Parce que Courbet les connaît trop bien, il l'a approché le pouvoir et son arrogance, il sait… Ça allait vite dans sa tête, trop, il ne pensait plus, ça pensait pour lui, tout seul, en courant, au galop…

— Merde ! Merde ! C'est la révolution Castagnette ! J'y croyais plus depuis le temps, que je la verrais un jour dans cette putain de vie. On va se marrer dis donc ! On va déclarer l'amour obligatoire… on supprime le mariage, toutes les hypocrisies, on fait travailler les cons, les autres bulleront au plumard jusqu'à midi… Ça va être bien petit Jo, tu vas voir, t'auras plus jamais faim.

— C'est quoi une hypocrisie ? avait demandé petit Jo.

— C'est une saloperie… c'est quand on te ment avec le sourire.

Il n'avait pas dit plus parce que c'était un jour à rire, pas à regarder derrière, il tapait dans tout ce qui se présentait à ses pieds, il envoyait tout balader, une boîte, un fer à cheval, un clou, qui sonnaient joliment sur le pavé, oui joliment ! tout chantait ce matin-là.

— T'as de la chance petit Jo !

Il l'aurait bien envoyé en l'air lui aussi rien que pour se marrer…

À l'approche de l'Hôtel de Ville, il y avait déjà tout de même un peu de monde, des curieux vite échauffés par des bouillants, excités comme lui, c'était dans les yeux que ça se voyait, ce doit être élastique les yeux pour devenir tout bille. Il y avait surtout des barricades, il fallait contourner ou passer par-dessus, avec derrière des hommes armés, petits yeux ceux-là après une nuit blanche. On entendait des voix plus fortes que les autres et puis des rires nerveux, ceux-là qui viennent quand on a besoin de se faire remarquer.

Mais sur la place, encore personne !… C'était à se demander…

— T'es sûr ?

À l'intérieur par contre, bourré à la gueule, la garde nationale, armés, petits yeux encore, mais noirs, mauvais.

— On n'entre pas… personne… non, non, non.

Pourtant Courbet ne manquait pas de bagout, mais c'était non ! rien à faire. C'était trop con quand Vallès était sûrement à l'intérieur.

— C'est qui Vallès ?… *Le Cri* ?… C'est toi Vallès ?

Alors c'était non ! rien à faire. Ils avaient dû avoir peur dans la nuit et il leur en restait cette façon de dire non à tout, à l'abri derrière ce petit pouvoir. C'est là qu'il commence le pouvoir, dans ces petits « non »… Courbet avait failli s'énerver, mais c'était pas le jour, pas aujourd'hui !… alors il s'était souvenu qu'il avait dans sa poche le laissez-passer de président de la commission des Arts. Et ça avait fait son effet ! trois soldats l'avaient lu, savaient-ils lire ? Ils l'avaient regardé, lui… il aurait pu être leur père à tous et l'un avait dit : « C'est bon qu'il entre ! » C'était pas fini, il y avait encore Casta et petit Jo…

À l'intérieur c'était une autre histoire, les canons étaient pointés sur les portes mais personne derrière, ça pionçait de partout, dans les cours, les escaliers, partout où on pouvait poser sa tête. Il n'y avait plus que la place d'un chemin tout tracé entre les corps, il n'y avait qu'à le prendre.

Chacun gardait son fusil près de lui, c'était bien une armée, il n'y avait pas de doute, mais quand elle se relâchait comme là, ce n'était plus que des corps sans défense, ils pourraient être morts ce serait tout pareil, demain peut-être ou dans quelques semaines ils le seraient... Qui sait ? Il lui en revenait un vieux sale relent... plus d'armée nom de Dieu ! plus de soldats ! Ce n'était pas le moment bien sûr, mais c'était ce cri-là que tout son être poussait.

Arrivé en haut du grand escalier, il avait demandé à un qui ne dormait pas.

— C'est où le Comité central ?

Ou bien il dormait les yeux ouverts, ou bien il était abruti de fatigue. Ils avaient entendu des voix et ils s'étaient laissé guider... C'était derrière une porte entrouverte, Courbet avait lorgné avant de la pousser, ce devait être le bureau d'un homme important, ils étaient quatre, un était assis sur le bureau, les jambes pendantes, un autre écrivait à côté de lui, un troisième nettoyait son pistolet près de la fenêtre, le quatrième arpentait, les mains dans les poches, c'était lui qui racontait, Courbet attendait pour ne pas déranger... mais c'était rien que du graveleux pour soldats en manque d'amour, alors il avait poussé la porte.

— Il est où le Comité ?

Ça l'avait pas arrêté l'autre.

— Je suis Courbet.

— Et moi je suis droit ! qu'il lui avait envoyé.

Courbet n'avait pas attendu davantage, cent fois on la lui avait servie celle-là. Il était déjà venu à une des réceptions qui se donnaient dans la salle Empire, et il croyait reconnaître... un joli pied de nez, le Comité central dans la salle Empire !

C'est pas pour rire celle-là ! majestueuse, du faste, en veux-tu je t'en gave, plus grande encore que la galerie des Glaces, de l'or sur les murs, des peintures au plafond… C'est ça aussi la peinture, un manteau pour les riches.

Ils y arrivaient, c'était bien là… et tout de suite il avait aperçu Vallès, à cinquante mètres… Ils n'étaient qu'une poignée, une dizaine, pas plus. C'était ça le Comité… trois fois rien dans une salle cent fois trop grande, ceux-là qui allaient diriger Paris, ces nouveaux visages qui ne ressemblaient à rien d'autre qu'à des gens ordinaires, au-dessous des lustres qui pesaient sur leurs têtes, rendus lourds parce qu'on les avait emmaillotés dans de grands sacs de toile pour les protéger des obus, à leurs pieds des éclats de verre, les restes des fenêtres qui avaient été soufflées et aussi des fusils en faisceaux, pas les leurs, il y en avait trop… C'était la révolution ! il n'y avait pas à douter maintenant, toute la journée il se le répéterait… et puis des bribes de la conversation leur étaient venues au fur et à mesure qu'ils avançaient, et puis des bouts de phrases, et puis assez pour comprendre.

— Ce sera la paix ou ce sera la guerre, ça ne dépend que de vous ! Si vous n'êtes pas des entêtés orgueilleux.

— Et si les représentants du peuple acceptent qu'on en appelle au peuple.

— Alors barguignez pas, biaisez pas… trahissez pas surtout !

— Où tu vois que je biaise toi ? Regarde, je fouille dans mes poches, dix francs !… C'est tout ce que j'ai, tu crois que je vais biaiser avec ça, quand il faut trouver un million ? On a trois cent mille bouches ! et ça bouffe, un soldat, et pas que de l'air ! Un million il faut, sinon c'est leurs bourgeoises qu'on se met contre nous… et là, la révolution, tu peux te la biaiser tout seul et lui courir au cul…

— Alors défonçons les caisses ! elles demandent que ça.

— Pour qu'on nous accuse de vol !

— Alors moi je vais te dire, ce soir et pas demain, tu vas en voir débouler quatre ou cinq cents qui vont aller se servir, leur pain ils le prendront là où ils le trouveront, du vin plus qu'il n'en faut, ils vont pas se gêner ! et on dira : Les Communards, c'est rien pire que de la vermine !

Courbet restait à distance. Vallès lui avait fait un petit signe, il allait les rejoindre… il était plus journaliste que politique, le virus l'avait pris, c'est-à-dire qu'il ne marchait pas comme tout le monde, les deux pieds sur la terre, il flottait, dérivait sur un monde en perpétuel mouvement, parce qu'il n'en finit pas de bouger le monde des hommes. Alors Vallès notait chaque hoquet, soubresaut, clin d'œil, il lui fallait être dans le secret des dieux… c'est qu'il en retirait un sentiment très fort d'être plus vivant, plus au cœur, il savait ce que les autres ne savaient pas encore… comme Courbet, c'est au centre qu'il se voulait. Un point cependant les séparait, Courbet se méfiait du pouvoir, il n'en voulait pas pour lui, il était trop artiste… À le voir s'agiter, on aurait pu penser le contraire, mais non, il ne faisait que remplir un vide et le brouhaha du monde s'y prête assez bien, donne l'illusion…

Vallès les avait rejoints, embrassés et il était allé droit au but.

— On est en minorité, je t'ai inscrit sur les listes, tu te présentes chez toi dans le 6ᵉ.

Il ne lui laissait pas le temps de répondre.

— Il faut aller très vite, on veut des élections au plus tard dans huit jours, t'as juste le temps de te montrer aux réunions, avec Casta vous me rédigez une belle profession de foi, moi je la publie dans *Le Cri*... j'ai peur que ton nom ne suffise pas. Je viens de lire ta lettre aux artistes, dans *Le Rappel*, c'est très bien mais trop général. Maintenant, il faut entrer dans le vif, il faut que tu nous les travailles les artistes, parce que si on reste minoritaires, on y a droit au délire jacobin, ça c'est couru...

Il ne parlait pas, il mitraillait, il avait trop à dire, il venait de sortir de son trou et il avait déjà lu tous les journaux du matin, il les avait encore sous le bras, il avait rencontré chaque membre de chaque tendance, il naviguait, il était dans son élément.

Courbet avait tout de même réussi à en placer une.

— Si je suis élu j'y vais, mais je ne ferai rien pour.

— Ton orgueil, tu le mets dans ta poche ! t'y vas parce qu'on a besoin de toi, t'as rien à discuter.

— Non, je ne suis pas un politique moi.

— Ah ! le grand Courbet ne s'abaisse pas ! pas de courbettes ! Mais c'est plus pour rire là, qu'est-ce que ça te coûte de dire : « Votez pour moi, je suis le meilleur », t'arrêtes pas de le dire...

— C'est pas la même chose une toile et une vie. Je ne joue pas avec la vie des autres.

— Tatata ! qu'est-ce que tu me racontes là ?

Il touchait au profond, le vrai Courbet, l'artiste… prêt à tout expérimenter mais sur lui-même, au risque de se perdre, il en avait le besoin impératif, peut-être même sacré, mais de là à entraîner les autres, non… « Ne fais pas ce que je fais ! » il l'avait écrit sur son mur. La seule chose qu'il attendait des autres, c'était qu'ils l'adoptent, qu'ils l'aiment… alors que l'homme de pouvoir n'aime rien d'autre que lui-même, les autres ne sont là que pour le servir, pour qu'il s'aime davantage encore.

Mais rien n'est jamais tout noir ou tout blanc et Courbet était resté sur sa position, « j'irai mais je ne ferai rien pour »… même s'il était d'accord avec Vallès, toujours un morceau de lui se crispait, pas l'orgueil, la chair, l'écorché, la blessure. Oh ! il la masquait bien, il ne laissait voir que le bouffon, le poseur et sa superbe… ce qu'il était aussi, le masque fait partie de la personne.

— Fais voir !

Il n'avait pas résisté le masque ! il avait voulu voir sa lettre, quelle gueule elle avait dans *Le Rappel*… et son nom ! Est-ce qu'il était assez gros pour que chacun dès le premier coup d'œil, avant même de lire, se dise : « Pas mort le Courbet, toujours grande gueule !… » Ça vaut bien quelques litres de bière, ça grise fort ça aussi, de se voir imprimé, savoir qu'on est toujours là…

Ça lui était venu la veille, il avait lâché un brouillon, Casta l'avait repris et ils étaient partis à pinces, au galop, jusqu'au *Rappel* et à *L'Ami du peuple*… C'était moins une, il était tard, ils voulaient bien le lui sortir son texte mais pas le lendemain et lui, c'était demain qu'il voulait, allez savoir pourquoi ! Il ne savait pas que demain serait le grand jour ! le pif, toujours le pif ! toujours là au bon moment Courbet, il l'avait reniflé, il avait insisté et ils avaient dit oui.

Vallès lui avait tendu *Le Rappel* ouvert à la bonne page et à la seule vue du titre et des premiers mots, il avait eu son content, ses muscles soudain se détendaient... De la vanité ?... Oui, mais pas seulement, aussi ce sentiment d'être après lequel il courait. Des mots qui chez lui, quand il les écrivait, n'avaient aucune importance, aucune force, avaient là le pouvoir de rassembler les hommes, de les amener à lui et il avait repensé à la Bastille, ce moment où il les avait sentis si forts les autres.

Il n'avait lu que quelques lignes au hasard, ça suffisait, Vallès avait raison, il fallait aller plus loin maintenant. Il s'en était pris au gouvernement comme d'habitude, les gouvernements qui n'ont rien à faire avec l'art, ils ne peuvent que le tuer, au mieux le rendre stérile, il n'y avait qu'à voir ces pauvres Beaux-Arts qui ne donnaient plus que dans l'art pour l'art, pas baisant, de la farine, on souffle dessus, rien qui reste.

C'était sûrement trop général mais Vallès avait-il bien lu ? Parce qu'il était là son dilemme, bien posé, pas discutable, le pouvoir tue l'artiste !... toujours ! n'importe quel pouvoir !... Que non ! Cette fois, ils allaient inventer... Tatatata ! pas à lui, pas à cinquante piges ! Il aurait bien voulu y croire, il ne demandait qu'à... Oui, Charybde en Scylla ! il l'avait déjà vécue en 48, l'Invention ! alors la vieille bourrique qu'il était s'arrêtait au beau milieu du chemin et on ne le ferait pas aller plus loin, parce qu'il reniflait des fumets qui ne lui plaisaient pas.

— Tu ne veux pas me faire un texte ?

— Non !

— Ils vont nous sortir un petit Napoléon du chapeau et toi, tu vas regarder ?

C'était ça leur crainte, chaque révolution avait accouché d'un tyran, génie ou tocard, ils n'en sortaient pas de la misère. Pourquoi diable y échapperaient-ils cette fois-ci ? Ils étaient trop lucides pour ne pas le voir, le danger.

— Comment tu veux faire la révolution si tu ne prends pas le pouvoir ?

Il avait hésité, replié le journal.

— Je veux voir sourire petit Jo, c'est tout ce que je veux.

— Vallès !

On l'appelait, il s'était retourné.

— T'es pour qu'on ouvre les coffres ?

Il avait levé la main, il était pour.

— Venez que je vous présente.

Ils l'avaient suivi. Vallès avait fait les présentations.

— Courbet, le canon !

On l'avait regardé pour lui mettre enfin une tête à celui-là, mais c'était déjà vieux le canon et ils étaient partis vers la salle des coffres.

Ce qui frappait chez ces hommes, c'était une sorte d'énergie bien particulière que chacun devait avoir, la force de la conviction peut-être, mais qui, mise au contact avec d'autres semblables, se multipliait là par dix, vingt, cinquante et à demeurer près d'eux on pouvait la goûter, la sentir et même s'en remplir un peu, on pouvait aussi prendre peur parce qu'il est très difficile de résister à une force pareille.

Pas étonnant que d'autres les aient élus, s'en soient remis à eux, ce n'était plus une question de classe ou d'éducation, quelque apprentissage, ils venaient tous du même tronc, ils n'étaient que des branches qui avaient poussé avec plus de vigueur, ils ne faisaient que se détacher, se grandir pour entraîner les autres… le pouvoir et ses dérives, c'est plus tard qu'il viendrait. Courbet dans sa vie s'en était souvent remis à d'autres, à Baudelaire à ses débuts, à Proudhon plus tard. C'est toujours bon d'être tiré, en avant en arrière, peu importe, ça ne vire mauvais que quand on ne peut plus s'en détacher… c'est pas si facile de vivre détaché, c'est même très dur, même peut-être impossible. On se détache de l'un pour aller à l'autre, toujours on va de l'un à l'autre… Et puis pourquoi vivre détaché ? Pour quoi faire ? Il n'y a que les monstres… et les sages.

Le sage serait-il un monstre en puissance qui attire les faibles, se les attache, en fait ses esclaves, ils aimeraient bien être comme lui mais… mon cul sur la commode ! regarde-toi dans la glace minus ! des esclaves ils fabriquent les sages ! les monstres… La sagesse n'est qu'un des masques du monstre et du tyran. Il y revenait à ses tyrans…

Il fallait avoir l'œil, il les regardait ces hommes un à un, lequel pourrait faire un tyran ?… Mais tous nom de Dieu ! Tous ! Si on leur lâche la bride, certains plus vite que d'autres, c'est tout.

Mais on n'avance pas à se méfier sans cesse... Heureusement, ils n'avaient pas le temps ! Il fallait planter, décider, agir pour que dans un an, dix ans ou cinquante... Non ! c'était tout de suite qu'il fallait, pas attendre dix ans pour voir sourire les petits Jo !

Il aurait bien aimé qu'Adèle soit là, elle aussi, qu'elle voie par ses yeux, c'était sacrément beau de les voir tous ensemble se pencher d'un même mouvement, à la même seconde quand la porte du premier coffre s'était ouverte. Vide qu'il était ! Et ils s'étaient tous redressés comme piqués par un invisible moustique... Invisible l'argent, tous vides les coffres !

— Eh bien voilà, c'est réglé ! la Commune volera rien du tout parce que les voleurs sont déjà passés.

Oui, il fallait revenir à du simple, se serrer les coudes parce qu'ils étaient tous de la même famille, avaient vécu les mêmes humiliations, s'étaient réveillés tous les matins devant le même mur, alors maintenant ils allaient avancer ensemble... ils voulaient y croire, ils avaient besoin d'y croire et même s'il n'y avait que ce besoin qui les rassemblait ! oui, il fallait y aller.

L'un avait lancé l'idée d'ouvrir un crédit à la Banque de France.

— Oui, c'est ça ! on va le prendre là où il est l'argent... on se sert mais en toute légalité.

— Légalité mon cul !... C'est rien que les pauvres qu'ont des scrupules... Y a plus de pauvres nom de Dieu !...

Voilà, la Commune était née ! Courbet était ressorti transformé, il avait bu à la source, pareil à un prêtre qui perd la foi et s'en va se ressourcer hors du monde, dans quelque monastère où pendant quelques jours il ne côtoiera plus que des frères qui la portent, la vivent ou seulement l'affichent, ça suffit... Il en était ressorti tout gonflé, habité comme aux premiers jours. Courbet avait retrouvé sa foi... dans le socialisme, dans le prolétariat, dans l'homme même et la foi, ça ne se discute pas, on l'a ou on ne l'a pas... et quand on l'a, on plaint les autres qui ne l'ont pas, on vit dans sa bulle où toutes les pensées, les faits et les gestes n'ont plus d'autre raison que de la faire connaître, de la consacrer, hors d'elle la vie n'a plus de sens. Une sacrée ogresse quoi ! version femelle du tyran. Les tyrans ont souvent la foi...

Tout Paris affluait maintenant, les rues se remplissaient... et comment ! plus de Thiers, plus d'obus ! les portes de la prison s'ouvraient, on découvrait qu'on avait vécu dans une prison ! une prison dont on nous aurait caché les murs... même la lumière du jour semblait plus claire, plus transparente, plus douce. Il faut l'avoir vécue pour la saisir cette joie... on n'invente pas la liberté ! tout qui s'ouvrait devant soi, à commencer par les visages qui renvoyaient un peu de cette lumière toute nouvelle, on en était presque timide à la retenir cette joie, une vie nouvelle qui vous tombait dessus... non ! le contraire, rien de lourd... une vieille peau dont on se défaisait, la preuve, on se sentait si léger maintenant.

Courbet avait couru retrouver Adèle, il lui avait raconté et ils étaient ressortis parce qu'il fallait être dehors pour voir et respirer l'impensable, c'était là dans les rues, on sortait dans la rue et on était encore chez soi… Ça peut aussi être d'une gentillesse exquise, un homme… les rues en étaient remplies de gentillesses qui gonflaient les poitrines, arrachaient des sourires… Ça ne pouvait pas durer ! Eh bien si !… des jours et des jours… des orchestres se mettaient à jouer dans les jardins, on s'arrêtait, on prenait le temps, on allait le soir à Rivoli entendre Mozart et là, c'était deux mille ou trois mille personnes assises sous les arbres qui fermaient les yeux pour mieux l'entendre, le divin. Les enfants, eux, préféraient la Bastille pour se faire un manège.

— T'as plus de monnaie ? Tant mieux, monte quand même, on l'emmerde le métal !

Petit Jo disparaissait, il se prenait des libertés lui aussi, et on ne le voyait plus que le lendemain ou le surlendemain, pas affamé du tout, des images plein la tête.

Mona, elle, aimait mieux les Grands Boulevards, elle veut raconter elle aussi comment elle les a vécues ces journées… les Grands Boulevards, il fallait les voir ! et le cirque Napoléon et la Comédie-Française… elle y était entrée pour la première fois de sa vie, évidemment qu'on se met à penser quand on entre dans des endroits pareils, partout ça barytonnait, donnait de la voix, toute la ville bourdonnait et quand une grosse voix pour finir poumonnait la *Marseillaise*, alors toute l'assemblée s'élançait avec, impossible d'y résister. Mona y avait tout de même cru un peu.

Dès le 18, le premier soir après une journée immense, le ton avait été donné. Ils auraient dû être fourbus à traverser Paris dans tous les sens, Courbet et Adèle avaient d'abord poussé jusqu'à Montmartre, on voyait loin depuis là-haut, tout le monde y venait pour vérifier que les Prussiens encerclaient toujours Paris… alors, ils étaient redescendus par la rue Saint-Georges pour voir la maison de Thiers, puis la Concorde et puis le Panthéon en haut de Sainte-Geneviève, là, ils avaient pris une voiture pour Charenton, Adèle avait voulu revoir son père mais ils avaient dû faire demi-tour, on ne passait toujours pas la Seine… alors, ils avaient filé à Vincennes, les drapeaux rouges et noirs flottaient fiers, deux frères sur le fort… et puis retour à la Nation et enfin place Voltaire où s'imprimait *Le Cri*.

Courbet en avait les jambes enflées, le feu aux pieds, tant pis, c'était pas le jour, Adèle était plus jeune, elle trottait facile et il aimait la regarder aller devant lui, ses chaussures à la main, les hanches souples… elles le ramenaient à son cul, à son ventre charnu, pas de doute cette fille était faite pour l'amour et elle était venue à lui… Oui, c'était un jour immense.

La nuit était tombée, la place Voltaire regorgeait de monde, il y en avait jusque dans les arbres, perchés, pour entendre les orateurs qui se succédaient au balcon de la mairie et quand une branche cédait, c'était des cris et puis des rires, et puis des applaudissements qui recouvraient le tribun pendant quelques secondes. À l'arrière, là où on ne les entendait plus, des groupes se formaient autour d'autres montés sur des bancs ou sur des épaules assez solides… il y avait tant à dire.

Courbet avait voulu s'asseoir pour souffler un peu, le temps d'une bière, mais les places étaient chères aux terrasses des cafés et ils avaient dû se résoudre à prendre les bières au comptoir et à aller les boire dehors,

174

assis sur le marchepied d'une carriole, Adèle était venue s'asseoir sur les genoux de Courbet... une des meilleures bières qu'il ait bues de sa vie.

C'est alors qu'ils avaient entendu monter des cuivres, une fanfare qui repoussait les hommes devant elle, en tirait d'autres, de ces vieux cuivres, gros comme des marmites, lourds à porter, les énormes enroulés autour du corps, il faut des hommes, des vrais, pour leur souffler au cul à ceux-là, avec des joues qu'on croirait qu'elles vont exploser... le cortège approchait, jamais cuivres n'avaient sonné si fier ! et un à un les orateurs s'arrêtaient de parler, à peine s'ils prenaient le temps de terminer leur phrase. C'est qu'elle ne venait pas seule la fanfare, elle avait ses raisons... elle processionnait Madame ! son dernier voyage, la tranchante ! la rouscagne, le monstre ! plus jamais guillotine ne couperait une tête ! Ils allaient la brûler sur la place, c'était tout un symbole... l'envoyer au diable !

Le cortège avançait imperturbable, on se taisait au passage parce qu'elle impressionnait tout de même, toute droite dans la nuit, elle vous refilait son dernier frisson et on sentait courir le froid sur soi. Qu'elle crève ! Qu'elle brûle ! Qu'on en finisse !

On avait commencé par lui lancer des seaux d'huile, un était monté dessus pour asperger les montants... un autre avait craqué une allumette et une grande flamme avait jailli très haut, enveloppé la bête... et on avait entendu comme un cri sous les cuivres furieux, et puis de vrais cris, des hou ! toute une huée, des poings brandis, rageurs, les drapeaux rouges et noirs qu'on agitait, certains avaient voulu applaudir, on les avait fait taire… elle méritait pas ! même pas ça ! Les flammes prenaient de la force, mordaient dans le bois et la fanfare soufflait, soufflait… mais brutalement les cuivres s'étaient tus parce qu'un trompette était arrivé, tout rouge, il avait couru… c'était prévu, c'était lui maintenant qui soufflait tout seul et pas n'importe quoi, la sonnerie aux morts qu'ils avaient voulue. Elle émeut cette sonnerie, elle va direct au ventre et tous avaient fait silence. On aurait dit que les flammes l'attendaient pour montrer leur furie, elle n'y résistait pas l'autre, c'était son tour maintenant. Oh ! oui, c'était beau, c'était à voir… On n'entendait plus que le vent des flammes et la trompette humaine.

Courbet était monté sur la carriole pour mieux voir, Adèle l'avait rejoint, il la tenait serrée contre lui, ému à pleurer mais ses mains ne pouvaient pas s'empêcher de la tripoter, chatouiller… c'était trop de sérieux, il fallait en rire… merde, c'était la mort de la mort ! la victoire des hommes ! Et la fanfare avait repris ! Oui, ils n'en voulaient plus de celle-là, ils en avaient assez ! Qu'elle flambe ! On allait vite l'oublier, on n'allait pas la pleurer, non, non, non…

Alors la fanfare avait entamé une danse, un air qui vous donne envie de bouger, secouer la tête pour en faire tomber les scories, toutes les tristesses et comme une traînée de poudre, on en avait vu deux, puis dix, puis toute la place se mettre à danser. Adèle avait voulu danser, elle avait entraîné Courbet… Oui, un jour immense ! Une nuit qui les entraînait toujours un peu plus loin dans la conscience de l'événement, plus rien ne serait comme avant !

Ce serait une folie, impensable de revenir en arrière, on savait maintenant que le luxe ce n'était pas l'or ni l'argent, ni les belles manières, c'était être là, heureux ensemble, à danser et à boire, boire si on pouvait parce que c'était toute une affaire pour s'enfoncer dans un troquet, atteindre un comptoir… on se retrouvait vite dans une masse remuante et tortillante, on entrait dans des intimités, on savait tout de la fesse de celui de devant ou de celle de derrière, les poitrines s'écrasaient les unes sur les autres, on se retrouvait à deux doigts d'une bouche ou bien dans des cheveux, on ne savait plus quoi faire de ses mains, des odeurs fortes venaient vous lécher le nez… « Putain ça cogne ! Y en a un qui a lâché par ici ! » criait l'un, on en riait, on en rajoutait, ça braillait ferme là-dedans… « On a soif ! On a soif ! » gueulaient ceux du fond, ils étaient déjà ivres depuis belle, et toujours des verres partaient du comptoir, passaient de main en main au-dessus des têtes, mais il se trouvait toujours quelque soif pour les vider en chemin et ils repartaient vides dans l'autre sens, alors on sentait une poussée plus forte que d'habitude, ceux du fond qui s'agaçaient et on se retrouvait quelques centimètres plus loin… et aussi on chantait et pas des comptines ! on était dans le paillard des pieds à la tête et la tête voulait que ça se sache, du gras, pas de l'eau de rose, du vrai, y avait plus rien à se cacher, à se mentir, du plaisir les têtes ne voulaient plus que ça ! et les visages en devenaient tout roses et rouges et la température montait… toute la nuit, jusqu'au matin comme ça… immense nuit !

177

Huit jours plus tard, il y avait bien eu des élections, pour désigner les nouveaux membres de la Commune. Courbet n'avait pas été élu, Vallès avait raison, son nom n'avait pas suffi, et c'était bien comme ça. Il avait récolté suffisamment de voix pour ne pas être blessé, il se levait toujours aussi tard, se couchait pareil… par contre, il recevait de plus en plus souvent dans son nouvel atelier où Adèle redevenait sa cousine ou sa dame de compagnie, c'était selon.

La politique, elle ne mordait pas, Adèle… c'était l'affaire des hommes et s'il se trouvait là des peintres ou des écrivains, elle allait vers eux, les plus jeunes de préférence, Degas, Renoir en étaient, Astruc, Bazille, Daumier, lui, était plus âgé, plus réservé mais avec un humour pince-sans-rire, un couteau qui charcutait les chairs avachies, pointait la pourriture, les enflures et rougeurs de tous ordres, un délice cet homme… Maintenant qu'elle côtoyait tous ces peintres, elle se voyait bien ouvrir une galerie, c'était le moment, la place était libre, le plus fameux, Durand-Ruel, avait fichu le camp à Londres, escampette, après moi le déluge… Courbet qui avait cru mettre un lot de toiles à l'abri en les lui confiant l'avait gros sur l'estomac, il lui fallait maintenant faire des pieds et des mains pour les rapatrier chez Adèle.

Il y avait à inventer là aussi. Pourquoi s'en remettre à des goujats couilles molles, fripouilles bourgeoises qui se moquent de vous comme de leur première maîtresse, s'engraissent crânement sur votre dos et vous lâchent à la première occasion, là c'était la guerre, mais il y en a tant d'occasions dans la vie pour se montrer tel qu'on est… et pour finir, il fallait venir leur dire merci parce qu'un nougat était entré dans leur boutique et avait voulu se payer une de vos toiles ? Eh bien non ! Il fallait que ça change aussi…

— Ma cousine va ouvrir une galerie, elle a des idées là-dessus.

— Oui, je pense que l'artiste doit avoir un droit de regard permanent sur son travail, pas moins que le prolétariat…

Elle avait vite appris l'Abelle, Courbet l'appelait comme ça… il se bidonnait tout seul à l'entendre répéter ce qu'elle lui avait entendu dire des dizaines de fois. Le drôle, c'est qu'elle en devenait plus acharnée que n'importe lequel d'entre eux. Sûr qu'elle les protégerait ses chéris !… Qui pouvait dire non à une proposition pareille ? Non à Adèle tout court ? à son rire ? Courbet craquait toujours, merde, quand il voyait se soulever sa poitrine… c'étaient de ces petits cris qui vous réveillent les sens.

Le drame des idées, c'est qu'on finit toujours par croire à l'une ou à l'autre et alors on se croit en charge, investi… faut jamais trop croire ! on devient si lourd, épais, si sérieux… et dangereux ! Ils y étaient en plein et chacun agitait sa lanterne, Courbet le premier.

— Pourquoi n'organiserait-on pas des coopératives, l'artiste apporterait ses œuvres, la coopérative se chargerait du reste… expositions, ventes, tout ce qui n'a rien d'artistique… et elle répartirait les gains à égalité.

— À égalité ! et puis quoi ! on ne signe plus ! on ne sait plus qui fait quoi ! on s'appelle tous Duran,

Ducon ! on marche en rangs ! on va tous manger à la cantine !

Ça le mettait dans des rages terribles, Courbet, qu'on veuille le ramener au rang d'un jean-foutre, d'un trou du cul de salon, un étriqué, un blaireau... toute sa vie, il avait travaillé à être Courbet ! alors merde !

— C'est la négation de la peinture, parce que la peinture c'est l'homme ! le socialisme ça veut pas dire qu'on fait plus la différence entre un étron et un chef-d'œuvre !

— Et puis qui va décider de la valeur d'un tableau ? Un médiocre ? Un navet ?

— Le médiocre comme tu dis, il a autant le droit de vivre que toi, non ?

— De vivre oui mais pas de décider pour moi.

— Alors une commission d'artistes ?

— C'est pire... on en revient aux Beaux-Arts ! Moi je suis pour que les artistes s'organisent, c'est une nécessité absolue, une fédération, des commissions tout ce que tu voudras, mais... je ne veux pas d'une commission qui vienne me dire : « Ça c'est cinq cents francs, ça c'est mille. »

— Alors c'est quoi le socialisme ?

— Lis Proudhon...

Ils y avaient passé des nuits et des nuits, absorbé des litres de blanc et de cognac... c'est Adèle qui voyait clair, elle la voyait elle, la place à prendre, le reste n'était que babillages... et chaque nuit, ils refaisaient la liste des courageux qui avaient fui.

On peut se déchirer dans une famille, rien que là autour de la table, ils ne manquaient pas de s'étriper, chaque soir c'était couru… mais les autres en partant les avaient reniés, ne voulaient plus en être, ils avaient bien des raisons les foireux, mais surtout la colique ! Et si Courbet et les autres s'amusaient à dresser des listes, c'était rien que pour en rire.

Vallès qui était un habitué, un pilier de la famille, arrivait sur le coup d'une heure du matin. Il en avait un bien merdeux lui, qu'il ramenait toujours sur le tapis, le Zola… le délicat ! Les communards buvaient trop à son goût ! des pochetrons, des arsouilles ! mais lui avait pris peur, le sobre, quand les gardes l'avaient arrêté… et puis relâché aussitôt. Vallès aimait raconter comment Zola était parti par la porte Saint-Denis, avec un laissez-passer juste au poil pour que les Prussiens lui ouvrent les bras. Où qu'il l'avait dégoté celui-là ? Depuis le début il l'avait dans le pif la Commune.

— On ne va pas écrire dans *Le Globe* quand on veut faire la révolution. Il n'en voulait pas, pardi !

Encore un qui aimait le prolétariat mais après une bonne douche, propre, sans odeur… à l'eau qu'il le voulait ! Eh bien, c'est pas comme ça qu'il marche le prolo, à la gnôle, à l'eau-de-vie ! là qu'elles lui viennent ses idées… quand il peut dire merde à tout et à tous, merde à lui-même, quand il s'envole, quand il s'échappe de sa prison, n'en déplaise à Zozo, il est comme ça le populo… et c'est celui-là qu'il faut aider à sortir de sa cage, celui-là qui boit jusqu'à tomber par terre, qui bat sa femme, qui se cogne aux murs, qui voit marcher les arbres, pas l'autre celui qui n'existe que dans sa tête…

Vallès était intarissable… Courbet tirait sur sa pipe, s'enfumait, il le savait tout ça… Il avait sa propre cage et il le rencontrait lui, le prolo, dans des bouges, de ces recoins où personne pouvait imaginer qu'il allait traîner, finir sa nuit quand il n'avait pas une femme à ramener chez lui.

Zola avait tout juste trente ans, Vallès aussi, des gamins… Qu'est-ce qu'on sait à trente ans ? On s'excite vite fait, même Vallès n'avait pas lu Proudhon ! trop fauché pour se payer des livres, il avait dit… Zola avait écrit quelques bonnes choses sur Courbet, c'est vrai qu'il aimait la peinture, la vraie, puisqu'il aimait Cézanne, il était son intime, mais Cézanne n'avait pas plus de trente ans lui aussi… Où allaient-ils tous ceux-là ? Ils avançaient eux… Comme elle se répète l'histoire ! Mais cette fois-ci, ils allaient le passer le Rubicon à la con ! alors qu'il y regarde à deux fois le Zola, parce que la seule œuvre d'art qui vaille, celle qui resterait dans l'histoire, celle qui allait ouvrir le monde, ils y étaient en plein dedans… et il ne pouvait en sortir que du sublime, du jamais vu, non ? Il était bien dans son credo, fidèle à lui-même… « Ne fais pas ce que je fais, ne fais pas ce que l'autre fait… » Sûr qu'il marchait droit !

Aimait-il les hommes ce Zola ? Il faut venir les chercher dans le ruisseau, dans la merde, là qu'il faut les aimer, Vallès avait raison… à quatre heures du matin, quand on cherche une bouteille et qu'on ne trébuche plus que sur des vides, les pensées peuvent avoir de ces fulgurances inouïes… ou bien se vautrer lamentablement et plomber le zèbre dans sa connerie. Zola ?... Qu'il aille donc chier à Versailles !

Mona ne le connaît pas mais ça n'a aucune importance. Qu'est-ce qu'il pourrait lui apprendre ? Que son père et ses frères buvaient trop ? Qu'elle se prostituait parce que... Il n'en saurait jamais trifoutre rien pourquoi elle en était arrivée là... Avec les versaillais qu'il était quand ils ont commencé à fusiller... Et ça, ça ne l'a pas gêné... Pas au point de revenir avec les communards, rien que pour leur dire : « Gaffe les gars ! »

Parce qu'il s'était mis à fusiller à tour de bras le bon Thiers, c'était sa réponse, « Je vais vous la faire sanglante moi ! Les Prussiens n'ont pas réussi à vous affamer, vous allez voir comment je vais vous saigner ! »... Une bête ! La soif du sang ! On peut le retourner dans tous les sens l'homme de goût... Feu ! Feu !... Comment les passait-il ses nuits ? Chaque matin, on devait lui apporter le nombre des fusillés de la veille... Feu ! Feu ! C'était lui, pas un autre, qui avait donné l'ordre de fusiller tous les prisonniers, tous les blessés, toute cette engeance. Ce n'étaient pourtant pas des assassins, ni des voleurs, ni des ennemis ! Ennemis de qui ?... De la France ? Ils étaient tous français !!!... Les seuls Français qui avaient résisté aux Prussiens, qui avaient préféré crever de faim plutôt que de se rendre ! Un matin, deux cents femmes et enfants étaient partis pour parler à ces Français qui fusillaient leurs frères... Une dizaine ils étaient revenus ! Une boucherie ! La honte ! Deux cents crimes ! Bonne nuit monsieur Thiers... Petit Jo lui avait raconté, il était un de ces dix.

— Promets-moi que tu n'iras plus... Alors ?
J'attends... Promets-moi petit Jo ! Y a rien de plus
important que ta vie sur cette terre, tu m'entends ?

Il était devenu vieux tout d'un coup petit Jo ! Il
n'avait peut-être pas tout dit... Il devait avoir vu ce
qu'on ne devrait jamais voir, ses yeux ne brillaient plus,
sa bouche ne pouvait plus sourire, un autre crime ça
aussi.

— Promets-moi !

Il avait dit un petit oui avec la tête, les yeux dans ses
chaussures, et Courbet avait mal dormi cette nuit-là.
Mais la nuit d'après, il s'était rattrapé... Eh oui ! c'est
comme ça, le lendemain le jour se lève, il a tout enterré
de la nuit, les oiseaux chantent, le soleil égaie l'œil, l'air
se fait doux, câlin, on ouvre les yeux, on fait un pas,
deux, comme si c'était la première fois... ça, c'est un
vrai miracle, le plus grand des mystères, rien n'y résiste.

Alors Courbet s'était réveillé avec une idée fixe, il ne
pouvait plus rester à l'écart, témoin muet devant la bar-
barie. Il fallait y répondre, mais pas œil pour œil, ça ne
règle jamais rien, non, juste lui couper l'herbe sous le
pied, s'organiser, mettre en place un système si solide,
si juste, si audacieux qu'il serait désormais impossible
de revenir en arrière. Mais il fallait aller vite, si vite... à
peine levé, il était allé trouver Casta.

— On va lancer un appel aux artistes. Il faut arriver très vite à une fédération, il faut prendre la direc-
tion des musées, il faut... un bureau élu au suffrage
universel pour pouvoir dire merde à tout le monde, y
compris à la Commune... il faut supprimer les Beaux-
Arts, les croix d'honneur, les médailles, toute cette

batterie de cuisine. Je propose une réunion vendredi, dans une semaine, que chacun y vienne avec ses propositions. Les nôtres sont claires, il n'y aura qu'à reprendre ce qui s'est dit chez moi, autour de la table…

Casta s'était fendu d'un premier texte, « L'Appel aux artistes ». Courbet était allé le soumettre à Dieu, il vaut mieux lui que ses saints, pour que *Le journal de la Commune* le publie. Vallès, lui, l'avait repris dans *Le Cri* le lendemain, et aussi *Le Rappel* et *Le Soir*. Le surlendemain, il apportait la liste des propositions… Voilà, c'était fait ! il n'y avait plus qu'à attendre, on était lundi… quatre jours à attendre, quatre éternités… Alors Courbet s'était souvenu… il avait tracé jusqu'à l'Hôtel de Ville trouver Rigault, le chef du Comité de sécurité générale, il le connaissait, il était venu dîner rue du Saumon.

— Je voudrais faire plaisir à ma dame de compagnie, son père habite Charenton, tu peux m'avoir un laissez-passer ?

Il ne l'avait dit à Adèle qu'au dernier moment, quand la voiture s'était mise à longer la Seine, le rose lui était monté aux joues, elle était toute décontenancée, gênée comme s'il allait la trousser là, dans la voiture.

Le père, c'était un de ces propriétaires, petit rentier qui amassait des biens, après que son propre père l'avait fait et un autre avant lui… Il aurait pu ne pas travailler mais son père avait travaillé et l'autre aussi… Il avait fini par se retirer à Charenton, dans la ferme où il était né, pour y finir ses jours.

La vérité, c'est qu'il y avait encore à acheter tout autour et il n'en finissait pas de loucher sur des terres nouvelles… Son système de pensée était assez simple, il y avait ceux qui pouvaient acheter et les autres… les autres qui comptaient pour du beurre ! méritaient que son mépris. Et quand son regard se posait sur un bout de terre, il ne le lâchait plus, ne pensait à rien d'autre, restait comme ces chiens en arrêt devant quelque perdreau ou faisan, à le fixer immobile, à peine s'ils respirent jusqu'à ce que le maître arrive, et son maître lui… il ne disait pas plus, comprenne qui pourra !

Ses deux fils n'amasseraient pas grand-chose, il suffisait de les voir trimer avec les ouvriers, il en avait fait des ouvriers, à table même, il était bien difficile de faire la différence, ils mangeaient avec les ouvriers, comme eux, jamais avec le père… lui mangeait seul après tout le monde, même sa femme n'avait pas droit, des abrutis ses fils et il ne se gênait pas pour le dire… Mais Adèle !… Adèle, il s'en usait les yeux à la regarder ! sa fierté… il lui laisserait tout. Celle-là ne leur ressemblait pas, ni aux corniauds, ni à la mère, à personne… à croire qu'il pourrait ne pas être le père. Mais si qu'il l'était ! il n'était qu'à la regarder…

Et ce monsieur Courbet ? En serait-il lui de son monde, un acheteur, un vrai, un homme de biens ?

— Et ça va chercher dans les combien si on veut acheter un de vos tableaux ?

Il lui jetait de ces petits coups d'œil qui ne trompent pas, il le testait le vieux grigou, il voulait être sûr que sa fille n'était pas dans les mains d'un de ces faux culs, profiteurs comme il s'en rencontre tant. Mais elle ne s'était pas trompée, non, elle était bien sa fille et comme pour conclure, il les avait amenés faire le tour de ses propriétés, il ne disait pas grand-chose, seulement : « Ça ! Et ça ! »... Il tendait son bras et puis c'est tout.

Si les Prussiens l'avaient épargné ?... Mais évidemment ! Parce qu'il avait su les recevoir, lui, il pouvait les montrer toutes les barriques qu'ils avaient vidées ces cochons. Il les avait achetés pardi ! Un colonel et puis le général, il les avait eus à sa table ! Courbet l'écoutait, un brin triste, parce qu'il en avait connu des dizaines comme celui-là, pingreleux, tout secs dedans, du bois mort, ça ne l'étonnait pas qu'Adèle vienne de là... Il n'aurait pas su le dire avant mais il avait dû le sentir ça aussi, ils avaient en commun de s'être échappés d'un monde trop étroit pour eux, un malicieux hasard, une curieuse suite de rencontres, d'erreurs ou une fantaisie de la nature les avait poussés ailleurs.

Mais surtout, pendant les deux jours passés à Charenton, Courbet avait retrouvé la terre, son odeur, l'œil qui peut aller, pas d'obstacle, pas de mur, partout il trouvera des formes, une harmonie qui échappe à l'homme, là bien avant lui, qui n'a pas besoin de lui... la terre n'a pas besoin de l'homme et c'est peut-être pour ça qu'il fait si bon s'y reposer et qu'il faut toujours y revenir. Il avait voulu faire une surprise à Adèle et c'était lui qui s'étonnait maintenant d'être venu là pour lui-même, pour faire le point sans doute comme s'il devait encore se convaincre qu'il était toujours sur le bon chemin.

Ils étaient rentrés à Paris sur le soir, au passage gare de Lyon il avait acheté les journaux… la colonne ! Il l'avait presque oubliée celle-là… Ça devait arriver, ça lui pendait au nez… Pas au nez, au cul ! il n'avait pas fermé l'œil de la nuit, son corps devait le sentir, ses hémorroïdes s'étaient réveillées gorgées de sang, enragées, en feu, à hurler. Il y avait longtemps que ça ne lui était pas arrivé… pas de doute c'était la colonne ! trois fois il avait relu… la Commune venait de voter « la démolition de la colonne parce qu'elle était une insulte à la paix, aux hommes » et patata, la suite il connaissait… démolie, pas déboulonnée ! comme il avait proposé.

— Qu'est-ce que tu as ? lui avait demandé Adèle.

Il en restait tout mou, la voiture cahotait sur le pavé, l'envoyait balader à droite à gauche, il lui avait passé le journal, elle avait lu.

— Ça va me retomber sur la gueule à tous les coups…

— Pourquoi ?

— Parce que c'est moi qui ai eu l'idée.

— Ils viennent de le voter, ils vont pas te le reprocher !

Il n'avait pas répondu mais son silence avait tout dit.

— Tu penses que Thiers va revenir, c'est ça ?

Il l'avait regardée, il avait repris le journal.

— Va savoir…

Il n'y croyait donc plus, tout au fond de lui, ses entrailles, son cul lui criaient : « Attention ! Attention ! » mais au lieu d'entendre, il s'était repris.

— Non, on ne le laissera pas ! C'est très bien comme ça, c'est moi qui suis encore bêtement attaché au passé… y avait peut-être plus urgent à faire mais ça marquera les esprits.

Ça avait dû les marquer puisqu'ils y revenaient à sa proposition, mais l'important était ailleurs, il fallait tout de suite mettre en place un modèle qui pourrait être repris par d'autres villes, plus tard tout le pays. Il ne fallait plus penser qu'à ça. Il avait eu un coup de mou, il fallait qu'il se méfie. Était-ce l'âge ? la peur d'un avenir dont il commençait à voir le bout ? Il n'aurait pas pensé comme ça à trente ans ! Vallès la voulait par terre lui aussi cette bite à cul ! Ils allaient la lui couper, le châtrer l'Empereur ! Ils allaient se marrer… Oui mais voilà, ça ne le faisait plus rire maintenant, et il avait très mal dormi, toujours son cul…

Le lendemain, il présidait la réunion des artistes dans l'amphithéâtre de l'École de médecine. Quatre cents étaient venus, quatre cents vies, fougues, gueules, visions, envies qui voulaient comme lui en finir avec la bêtise et l'injustice… et la Fédération des artistes de Paris était née, sans mal parce qu'elle était à terme, un peu là sans doute dans la tête de chacun… quarante-sept membres élus qui seraient en charge du passé et de l'avenir, qu'il ne soit plus une grimace du passé l'avenir, tous le voulaient et ce n'était pas des ivrognes, ni des cerveaux malades, n'en déplaise à Zola !

Aussi le lendemain, il faisait paraître sa profession de foi dans *Le Rappel*. Il avait résisté jusque-là mais maintenant il n'y avait plus à tortiller, il y avait de nouvelles élections pour pourvoir une trentaine de sièges restés vacants parce que certains étaient déjà morts ou avaient démissionné… Vallès et les autres n'avaient pas eu à le convaincre, il voulait en être maintenant, à terme qu'il était lui aussi.

Et il l'avait fait savoir, publié, rappelé qui il était… « toute sa vie il n'avait eu qu'un idéal, le socialisme, son réalisme c'était l'art au service de l'homme, toujours il s'était battu pour la démocratie, la même tête, la même pensée et aujourd'hui que c'était possible, il fallait abandonner vengeances et représailles, laisser aux autres la violence, que tous regardent l'avenir »…

Et il avait été élu cette fois-ci… délégué du 6ᵉ arrondissement, membre de la Commune. Maintenant il allait siéger, l'artiste avait tout cédé ! « l'autre » avait pris le pouvoir, il en était maintenant, du pouvoir !… Avait-il eu le choix ? Avait-il décidé ?… Il en était et il était heureux comme jamais. Il était entre le ministre et le député, un important quoi ! Au centre pour le coup, dans le secret des dieux ! là où que ça glougloute, mijote, toutes les sauces, salades… il ne pouvait pas être plus au cœur et il peut bien le dire aujourd'hui, c'est pas les chevilles qui enflent mais les roubignoles ! parce qu'elle aimait ça Adèle, le membre. Le pouvoir du membre de la Commune était grand sur les femmes… Il s'était senti plus désiré encore, un peu sa chose aussi, après tout c'était avec elle qu'il était devenu si puissant. C'est pas un jeu de mots, il est bien difficile de séparer les choses du vivant… donc, il était tout en haut, il ne pouvait pas aller plus haut.

À peine arrivé, dès la première séance il avait pris la parole pour crier au scandale parce que Gustave

Chaudey avait été arrêté, mis aux fers ! parce qu'il avait fait tirer sur la foule en février, on l'accusait !... Impossible ! Il en était incapable, c'était un ami de la Commune, son ami... Serait-il tout seul à le défendre, il le défendait encore, parce qu'il le connaissait.

— Moi Courbet, j'en réponds ! Je vous le dis, vous vous trompez d'ennemi !

C'était une honte, c'était si clair déjà, le délire jacobin qui remontait à la surface, les Delescluze, Rigault et la bande qui piaffaient, voulaient des exemples...

Après quelques jours, ils étaient retournés à Charenton, il lui semblait qu'il y voyait plus clair là-bas parce qu'il prenait le temps, il partait marcher seul dans les terres... Il était membre de la Commune nom de Dieu ! Responsable de... Mais de tout ! Ils étaient devant leur toile blanche... Non, une toile il savait comment l'attaquer... Ils étaient encore d'une arrogance folle, ils pensaient pouvoir diriger leur barque... mais personne ne dirige les hommes, aucun César, sinon pourquoi finissent-ils tous si lamentables ? C'est un vent qui les pousse les hommes, une force terrible venue des profondeurs... et il le sentait forcir ce vent, déjà quelques bourrasques lui étaient passées par-dessus. Leur serait-il favorable ? Il semblerait qu'il n'aimât pas beaucoup les hommes, il s'en moque, voilà... Mais ça n'empêcherait pas Courbet de faire de son mieux, comme s'il pouvait encore changer quelque chose. Voilà ce qu'il se racontait dans les terres à Charenton.

VII

Dans le temps c'est moins que rien la Commune,
Courbet n'a siégé que cinq petites semaines au Comité
central. Il y a des histoires d'amour qui ne durent pas
plus et qui marquent à jamais. C'est peut-être une histoire d'amour la Commune, des hommes et des
femmes touchés par la grâce… C'est une grâce
l'amour, un rayon de soleil qui vient vous réveiller en
pleine nuit, personne ne le voit que vous… là, c'était
une ville qui s'était réveillée et qui en oubliait presque
ses morts. Jamais Paris n'avait autant baisé et gaie-
ment s'il vous plaît, des couples qui se formaient dans
les rues, dans les réunions, on n'en finissait plus de se
réunir… tu me regardes, je te regarde ! c'est pas
compliqué l'amour quand ça veut bien… et ça voulait
rien d'autre ! Jusqu'au Comité central qui avait voté en
faveur de l'union libre… pour qu'il n'y ait plus de
bâtards qu'on disait. Tu parles ! C'était dans l'air
qu'on s'envoyait, union libre ou pas ! et ça urgeait, on
n'avait pas attendu le vote… voté aussi que les objets
gagés seraient rendus, les petits relevaient la tête.

Il n'y avait plus de police dans Paris, plus de cette sottise et tout allait bien comme ça, la ville allait toute seule, il faisait bon marcher dans les rues, les visages irradiaient comme au premier jour. Ce n'était peut-être que l'effet de la victoire, les vainqueurs ont toujours le pied léger, mais alors, pas seulement une victoire sur les salopards, une victoire sur soi-même, le salaud que chacun portait en lui qui aurait dérouillé. Voilà qu'on pouvait se passer d'eux... eux par contre pouvaient pas se passer de cracher leurs obus en tout cas, de mordre, les chiens ! Le peuple avait pourtant voté, mais la République ne le goûtait pas ce vote...

Avec sa Fédération des artistes, Courbet faisait des jaloux, tous les corps d'État s'y mettaient, voulaient s'appartenir eux aussi... S'appartenir ! C'était ça aussi la Commune, c'est vaste, ce sont de ces idées qui ne vous lâchent plus.

Courbet siégeait des douze heures et plus, le soir Adèle le retrouvait pour dîner près de l'Hôtel de Ville avec des membres du Comité et les débats se poursuivaient autour de la table, Vallès les rejoignait après qu'il avait bouclé *Le Cri* et ils ne se quittaient qu'au petit matin, ivres bien sûr, de mots, d'idées, d'être ensemble. Ils partaient dormir trois, quatre heures et rebelote. Ils avaient tant à faire et si peu de temps.

Des hommes tombaient toujours par dizaines chaque jour, alors bien sûr était revenue l'idée d'un Comité de salut public, la hantise de Courbet et des siens... Oh, c'était bien simple, les fédérés ne contenaient plus les versaillais... parce que c'était le bordel ! C'est vrai que c'était le bordel, la Commune avait généré des chefs en veux-tu en voilà, et c'est jamais bon, trop de chefs, et ça ne le dérangeait pas le Comité central parce que tous se méfiaient des militaires, gaffaient qu'il n'y en ait pas un qui vienne leur souffler le pouvoir. D'où l'idée d'un Comité restreint qui aurait tous pouvoirs pour contrôler les troupes… et le reste ! C'était la vieille idée des jacobins, leur rengaine qu'un Comité central finirait par ruiner la révolution comme en 48… et pour les minoritaires comme Courbet, Vallès, Varlin et les autres, c'était le retour des vieux démons, la porte ouverte à la terreur, celle qui avait ruiné 93.

Ce n'était une surprise pour personne, Courbet l'avait piffé dès lors qu'il avait su les jacobins en majorité.

— Qu'est-ce qu'on fait, on fout le camp ?

— Où ça, à Versailles ? lui avait répondu Vallès.

C'était peut-être ce qu'il aimait le plus chez lui, cette santé. Le premier jour où Courbet avait siégé, Vallès était venu s'asseoir près de lui.

— T'es content j'espère !… Tu seras guillotiné ou fusillé au choix ! Avec un peu de chance tu seras fusillé…

C'était sa façon, bien difficile de savoir ce qu'il pensait vraiment. Prévoyait-il déjà le pire pour le tenir à distance ou bien était-ce de la clairvoyance ? Défaitiste, il ne l'était pas, c'était juste une belle ironie, son élégance, comme ça sans doute qu'il s'arrangeait avec ses peurs.

Donc, ils étaient restés et chacun avait pris la parole pour tenter d'éloigner le spectre, chacun avec ses mots et l'artiste à son insu avait parlé en Courbet.

— Ne soyons pas des plagiaires, ne rétablissons pas une terreur qui n'est pas de notre temps et méfions-nous de tous ces mots… Jacobins, montagnards, Comité de salut public, ils nous ramènent en arrière. Ils nous empêchent de voir que nous sommes tous avant tout des communards. Notre force c'est la démocratie… Notre force ce sera le socialisme, même si on ne sait pas encore ce qu'il sera… On a résisté aux Prussiens, on s'est libéré d'une république qui se moquait du peuple… Libérons-nous du passé, ce sera notre plus grande victoire.

Son credo avait rejailli, c'était beaucoup plus qu'une pensée, c'était lui, comme il s'était fait au fil des années… et il fallait être bien naïf, un boudin, il s'en rendait compte aujourd'hui, pour espérer convaincre avec des arguments pareils. Il fallait s'y être frotté au passé, avoir voulu s'en libérer à toute force comme lui, ça ou en crever ! sinon, puisque le pain d'aujourd'hui ressemble si fort à celui d'hier, pourquoi l'appeler autrement ?

Pour la plupart ce n'était que du joli, de l'effet, de l'artistique peut-être, des finesses bien bourgeoises… La terreur… Thiers imposait la sienne, alors y avait pas à finasser, fallait répondre pareil, elle n'entend pas autre chose la terreur, on ne fait pas d'omelette sans casser des œufs.

Ça aussi, c'était pas neuf ! pas venu avec la révolution, ni avec le socialisme… la violence ! Et Courbet

196

était pacifiste, il y avait de ces omelettes qui lui donnaient de furieuses envies de vomir…

Pour le reste ça roulait, l'École des beaux-arts était supprimée ! voté comme un seul homme et puis, les casernes étant vides, pourquoi ne pas y installer des écoles d'art professionnel ? Les idées manquaient pas mais ça ne suffit pas les idées…

Il y avait toujours l'os de la colonne, Courbet avait beau essayer de ne pas y penser, chaque jour il recevait une, deux, jusqu'à dix lettres de menaces, des nostalgiques de l'Empire qui l'avaient en travers eux aussi ! On touchait au sacré et c'était son nom qui récoltait toutes les haines parce qu'il fallait bien qu'elles aillent se coller quelque part ces pauvres mouches… « Tu crèveras Courbet ! On te pistera ! » Ça le travaillait ces menaces, jamais on ne l'avait menacé, les mots ont ce pouvoir, comme l'eau, de saper n'importe quel édifice et il s'était mis à redouter le matin, le moment où la concierge lui tendait son paquet.

— Ce que c'est d'être membre de la Commune, tout de même…

Plus la date approchait et plus on en parlait au Comité, parce qu'on n'allait pas la foutre en l'air en catimini, à la fraîche, ni vu ni connu… Non ! Grand branle-bas, fanfare, cérémonie… Le Comité avait besoin d'une grande fête, une relance, une autre Bastille, pour resserrer les rangs, parce qu'on le sentait bien, même si ça ne se disait pas, on piétinait, on barrait dans tous les sens.

Alors on attendait ce jour… et Courbet se retrouvait seul, pas en minorité, terriblement seul… À chaque exposition, pour l'ouverture de son musée, toujours il s'était retrouvé seul, mais cette fois-ci, il y avait ces menaces, et puis un mauvais pressentiment qui le minait, et puis ces diables d'hémorroïdes, ça ne s'arrangeait pas de ce côté-là, il avait arrêté le vin, il lui semblait qu'avec la bière ça passait mieux... aussi il supportait de plus en plus mal de devoir rester assis tout le jour.

C'est là qu'un après-midi il était parti marcher sans trop savoir où il allait, sans idée... et il s'était retrouvé devant le Louvre, et puis les jardins de Rivoli... un siècle qu'il n'y avait pas remis les pieds ! Le Louvre était toujours plongé dans le noir, les chefs-d'œuvre toujours dans les caisses... Qu'est-ce que ça pouvait bien changer ? La vie continuait sans eux... Pourquoi s'attachait-on à les garder ? Serait-il différent, lui, s'il n'avait jamais croisé le regard de Rembrandt ? Il y avait toujours des guerres et des hommes... Le vieux gardait-il toujours son empereur ?

Il avait repensé à ce vieillard quand, tout au bout de la rue, il avait aperçu la grande barricade de la Concorde, il avait tourné la tête et il l'avait vue, il y était venu sans le savoir... La colonne ! Elle était toujours là, pas pour longtemps, à le narguer, des câbles déjà pendaient sur ses flancs.

Il avait donc voulu la revoir, tout seul, face à face, comme si elle avait quelque chose à lui dire. Mais non, elle était là, idiote, avec l'autre pantin tout en haut, ils allaient disparaître l'un et l'autre... et alors ? « Une insulte à la paix », il avait écrit dans sa lettre aux Allemands... c'était toujours la guerre, des Français qui leur tiraient dessus maintenant... ils pouvaient bien la foutre en l'air, sonnez trompettes, musettes et Cie, ils n'arrêteraient pas la guerre, cette insulte aux hommes... d'où leur vient-il toujours ce besoin, de l'animal ?... c'est un peu vite dit, c'est peut-être trop simple ça aussi...

Il avait marché jusqu'à une barricade en chicane qui interdisait l'accès à la place, une dizaine de charrettes lourdement chargées de fumier, attelées à des bœufs, attendaient là leur tour pour entrer. Courbet les avait dépassées, il s'était présenté au planton.

— Courbet de la commission des Arts.

C'était dit et pas à discuter.

— Il est où ton capitaine ?

— Je vais le chercher.

— Pas la peine... C'est quoi ce fumier ?

— Pour amortir, pour pas casser les égouts... après il y aura des fagots.

Et il était passé de l'autre côté. La place était nue, rien, personne, seulement d'autres charrettes qui déchargeaient leur fumier en traçant un lit étroit où la colonne viendrait s'affaler, la crâne, de l'autre côté de la place, du côté de la rue de la Paix !

Il s'avançait, ému tout de même, c'était pas rien de se retrouver là, rendu minuscule, ridicule fourmi, par le colosse de bronze... et pourtant il allait s'effondrer le Goliath, parce que lui, Courbet, l'avait voulu. Il allait comme à un rendez-vous, poussé par une instance inconnue, le destin sans doute qui avait voulu le voir d'un peu plus près, l'avertir peut-être... « tu te rends compte petit bonhomme ! » Il ne ressentait pourtant aucune vanité, au contraire, il se rapetissait à chaque pas davantage... « tu te rends compte à quoi tu te mesures ? » C'était déjà un procès avant le procès, une mise en garde avant la catastrophe... Qu'y pouvait-il maintenant ? Pourquoi entrevoyait-il une catastrophe ? Ça non plus il n'y pouvait rien... Le boute-en-train, l'animal jamais triste, voilà qu'il était pris d'un mal qu'il ne connaissait pas... Quelle catastrophe nom de Dieu ?... Fusillé ou guillotiné, avait dit Vallès, le ciel était-il à lui dire la même chose ?

Des gamins poussaient des cris, ils avaient réussi à tromper le planton, ils couraient canarder la colonne, et il fallait les voir se pencher sur le côté, le bras tendu, un lance-pierre à la main et de l'autre main tirant de toutes leurs forces sur le caoutchouc... les pierres partaient dans un froissement d'air, montaient dans le ciel, rebondissaient sur le bronze en faisant un bruit mat, mais c'était l'autre, plus haut, qu'ils visaient, trop haut pour eux... trop petits eux aussi ! Ne leur ressemblait-il pas ?... Et ils recommençaient espérant toujours l'impossible. Ils étaient une dizaine de petits moineaux à s'égosiller, piailler, lancer leurs pierres, petit Jo aurait pu en être. Ça faisait plusieurs jours déjà qu'il n'était pas revenu... ça aussi ! Pourquoi il s'inquiétait, c'était un gosse des rues, la catastrophe, il ne connaissait que ça ! Rien n'y faisait, Courbet s'enfonçait, ça pesait trop sur lui, il levait les yeux sur l'Empêcheur quand il avait entendu son nom.

— Courbet, Courbet !

Un type qui traversait la place traçait vers lui au grand galop.

— Courbet ! Courbet !

Il s'était arrêté de justesse, il soufflait comme un bœuf.

— Tu me remets pas ?

Faut dire qu'il avait pas mal changé, tout barbelu, chevelu jusqu'aux épaules.

— Au musée ! le manifeste des soixante ! t'as vu combien on est aujourd'hui ?

Mais bien sûr ! évidemment ! pardon ! il était ailleurs, parti loin… que oui ! Ça lui faisait drôlement plaisir de le revoir celui-là, avec sa tronche d'homme des bois.

— T'en as eu une belle d'idée là ! Ah dis donc quand j'ai ouvert le journal et que j'ai lu ton nom, Courbet !… Merde, j'ai dit, il a osé ! Y en avait qu'un pour oser ! Je savais bien que tu nous réservais quelques surprises… la foutre en l'air, la Vendôme, tudieu !

— J'ai dit la déboulonner hein ! pas la démolir.

— Eh, c'est tout pareil, ça ira plus vite… Tu sens ? Cette odeur de merde, il méritait pas mieux pour finir… comme elle sent bon la révolution ! On la tient nom de Dieu ! par les couilles ! Il faut en avoir pour oser s'y frotter à celui-là !

Marius brandissait son poing vers l'Empereur.

— Et moi figure-toi que je m'occupe des treuils, je vais être aux premières pour la voir se fienter… Ah ! s'ils pouvaient le suivre, tous ceux de son espèce… Ah ! Courbet !

Il continuait à pousser des ah, dansotait d'un pied sur l'autre.

201

— Ah, on va vivre ! On a commencé ! Ce matin, en me levant je me suis dit : Marius t'as trente-cinq ans et c'est maintenant que tu commences à vivre !… Merde ! Va falloir se rattraper, y a du chemin à faire ! Je t'en ai une de ces envies de vivre nom de Dieu ! par toi ?…

— L'emmerdement c'est que moi j'ai cinquante ans !

— Alors faut y aller, faut y aller !… T'es pas encore moisi, on l'a bien raide encore à cinquante ans, un roc comme toi… à soixante-dix ans, t'aurais vu le grand-père chez moi…

Il s'était mis à siffler entre ses dents et son bras allait et venait, le poing bien fermé.

— Nom de Dieu Courbet, le paradis c'est maintenant qu'il nous le faut ! Ici qu'on le veut pour qu'on le laisse à nos petits… qu'ils n'aient plus qu'à faire pousser des fleurs et se rouler dans l'herbe. J'ai toujours aimé ça moi, me rouler dans l'herbe, pas toi ?…

— Oui, mais avec une bergère pour lui sucer les tétons !

— Ah Courbet ! Viens qu'on arrose le cochon, cette fois c'est moi qui régale…

Un bruit de carreau cassé l'avait arrêté… un autre avait suivi, une volée, une suite de bruits secs comme des notes de musique.

— Oh les salopards ! Arrêtez ! Arrêtez !

Les moineaux avaient changé les cibles, ils visaient les fenêtres maintenant et il y en avait sur la place ! de beaux carreaux de riches dans lesquels l'Empereur se mirait à longueur de journée. Marius était reparti comme il était venu, à toutes jambes, il s'était retourné.

— Attends-moi, je reviens.

Courbet l'avait attendu et ils étaient partis boire des canons dans le premier troquet, non un café ! on dit dans le quartier, à l'angle de la rue Saint-Honoré… des canons évidemment ! Ça le poursuivait…

— Et puis après on ira couler un bronze !

Ah ! Ah !… Voilà que celui-là, le Marius, lui redonnait envie de rire, il voyait tout beau, tout rose, il n'en voyait pas, lui, de catastrophe… Courbet buvait sa joie autant que le liquide, il aurait bien tout plaqué pour aller avec lui rouler dans l'herbe. Il était dans le vrai lui, alors que là-bas, ils perdaient le fil avec leur foutu Comité de salut public… le salut, il était là, dans les ah ! de cet homme, dans sa bille toute ronde, ses yeux qui riaient ! Il ne peut pas y avoir de vraie révolution sans rires et sans joie. Et pourtant, ils venaient tous du même monde, de la même vie dure, des mêmes frustrations… de la même envie de se pinter !

C'était donc le pouvoir déjà qui avait terni l'acier, ce ne pouvait être que lui, il n'y avait que ça qui les différenciait. Pourquoi ça ne rigolait plus là-bas ? Pourquoi l'assemblée ne partait pas dans de grands éclats de rire ?… Ils avaient perdu l'envie, pas un qui aurait pu dire, même penser seulement qu'il avait envie de se rouler dans l'herbe. C'était peut-être ça la catastrophe, pas à venir, déjà là… rien à y faire et plus ils descendaient de canons, plus il la réalisait… il fallait tenir bon à ses senteurs intérieures, quand il peignait autrefois, il y a cent ans ! il ne faisait pas autre chose…

Oui, c'était le pouvoir et avec lui qui était revenu, la tentation de la terreur, pire que le pire des alcools, une mauvaise absinthe qui mange l'âme, dénature le bonhomme… il fallait tenir bon, nom de Dieu !

— Allez Courbet encore un ! le dernier !

Oui tenir bon… même si c'était trop tard.

Il n'était retourné au Comité qu'en fin d'après-midi, Vallès n'avait pas compris pourquoi il lui parlait de se rouler dans l'herbe et il l'avait laissé flotter… le lendemain il ne flottait plus, il survolait, il ne s'était pas couché de la nuit, Adèle n'avait pas réussi à le ramener chez elle. Elle avait découvert l'autre, Courbet et sa soif… et le sentiment brutal d'être devenue une étrangère. On n'entrait pas dans son monde, personne, il y était tout seul, pris au piège à tourner en rond comme un rat, absent au monde. On ne l'avait retrouvé que le surlendemain quand le Comité avait voté la destruction de la maison de Thiers, rue Saint-Georges, alors il s'était souvenu et il s'était levé pour dire :

— Attention ! Il y a une fortune là-dedans, des œuvres d'art…

— De l'art bourgeois ! Pourri comme le propriétaire.

— Non, non !… des pièces rares, c'est notre héritage, notre passé.

— On n'en veut plus du passé. C'est rien que du sentiment Courbette, laisse tomber…

— Attendez, vous êtes fous…

Ils s'étaient échauffés là-dessus. Courbet avait tout de même obtenu de faire transporter les œuvres chez un garde-meuble et le lendemain, il s'était rendu rue Saint-Georges en compagnie de Vallès.

Ils n'étaient pas tout seuls, une foule de curieux voulait voir dans quoi il vivait le trou du cul ! son linge, ses meubles. C'était déjà tout en bordel, jeté en colère, par les fenêtres, les portes, pêle-mêle dans le jardin. On essayait les fauteuils, on se mirait dans les miroirs... Il devait pas manger de la merde dans des assiettes pareilles ! peintes en or ! et des verres en cristal si fin qu'ils se fendaient rien qu'à les regarder trop fort. Il y avait de ces trucs et machins qu'on n'avait jamais vus, heureusement qu'une ancienne femme de chambre expliquait... elle racontait les manies de madame, les heures qu'elle restait chaque jour dans sa baignoire qu'il fallait sans arrêt apporter de l'eau chaude... Monsieur, lui, c'était sur ses commodités qu'il aimait bien passer le temps, personne d'autre que lui avait droit à y poser ses fesses... c'était un modèle anglais qu'il avait fait venir tout exprès. Jamais vu ça aussi ! Et on se bousculait pour toucher, les plus hardis s'asseyaient rien que pour la nique... C'est vite ridicule un homme quand on le ramène à son intimité, une ridicule cuvette où il posait son cul ! le même qui faisait tirer les canons...

Courbet allait d'une pièce à l'autre, il ne reconnaissait plus, déjà des masses attaquaient les murs. Il avait rejoint Vallès dans le jardin, elle était là la fortune, les pièces rares, émouvantes elles, par contre, abandonnées... à leur vraie place peut-être... attendant la main ou l'œil qui les sauverait. Courbet se penchait pour ramasser un ange ici, un christ là... Oui, il avait ramassé un christ et Vallès ne l'avait pas loupé.

— Prends-le donc, il te portera bonheur !

Il l'avait aussitôt reposé, il avait même été tenté de le jeter !... Est-ce que ça avait de l'importance ? Y avait-il encore une différence entre ce matelas éventré, cette chaise Louis XIII, une bibliothèque Louis XV, des livres éparpillés, remplis de sagesse, une table Empire, le pied tordu, un Géricault... Si la terre maintenant d'un mouvement de bouche absorbait le tout... la belle affaire ! Qui en souffrirait ?... Mais non ! Ça ne lui allait pas de penser comme ça, on n'y gagnerait rien à tout détruire, y compris ce christ du Moyen Âge... Et pourtant ça avait été son premier élan, les autres avaient dû ressentir la même colère pour tout balancer par les fenêtres. La beauté n'arrête rien du tout, l'art n'a aucune force... Pour un peu ils auraient allumé un grand feu avec et ils auraient dansé joyeux tout autour. Et alors ?

Chez lui à Ornans, les Prussiens aussi avaient pillé, saccagé son atelier, son père le lui avait écrit. Les vainqueurs ont toujours pillé, voulu se débarrasser. Pourquoi ?... Parce qu'ils doutent encore de leur victoire ? Ou bien l'art leur serait-il insupportable, de trop, parce qu'il leur rappelle le passé ? À moins que ce ne soit un éternel retour à un avant, à une origine ?... Il y était bien revenu lui, à l'origine, en peignant le sexe de Jo. Il doit bien y avoir plusieurs chemins pour y retourner... N'avait-il pas brisé lui aussi, enfreint, enfoncé un foutu interdit ? Un autre de chemin !... pas si éloigné au fond... Parce qu'il le connaissait celui-là aussi qui

206

l'avait conduit à proposer la démolition du grand navet ! Oui, il pouvait dire… Peu importent les raisons, il s'en trouve toujours de très bonnes pour justifier n'importe quoi, mais avant, que se passe-t-il dans la tête des hommes ?… Avant !

Il avait parlé aux déménageurs et il avait joué de son nom… qu'ils prennent grand soin de ces babioles, elles avaient de la valeur !… Alors, il avait fait un deuxième tour et il avait failli marcher sur une petite tête, une terre cuite. Il l'avait ramassée, c'était une tête de Mercure, très belle, datant de l'Antiquité, il en avait ramassé une autre, une tête de femme et il les avait enveloppées dans du papier journal et mises dans ses poches… souvenir ! le truc de gosse, ou le chien qui lève la patte pour marquer son territoire. Elles étaient très belles ces deux petites têtes, elles venaient de si loin… N'était-ce pas un retour à l'origine ça aussi, avec Mercure le dieu des voleurs dans sa poche ?… Un retour vers l'horreur… Oui, ils y allaient tout droit.

Le lendemain ou le surlendemain, avant de rompre avec le Comité en tout cas, lui et Vallès encore, ils étaient montés à Belleville. Un photographe ami de Vallès avait tenu à leur montrer.

— Vous voyez rien dans votre trou, il faut sortir… On a rien vu quand on a pas vu ça. Il faut que je fasse des photos parce que plus tard on ne nous croira pas…

Il avait insisté et ils avaient cédé. Ils l'avaient aidé à porter son bastringue, lourd avec ça, une chambre, un pied, une caisse de plaques, une autre de petit matériel.

C'était chez un marchand de bois, une scierie où on débitait les troncs d'arbres en planches de toutes tailles et épaisseurs.

Ils étaient d'abord passés à l'intérieur, toucher un mot au patron, ça sentait bon le bois et la sciure fraîche qui agace le nez. Il ne tenait pas à les accompagner le patron… plusieurs fois il avait remonté son pantalon sur son ventre en indiquant le chemin. Elle était immense cette scierie et ils avaient dû traverser tout le stock de bois, d'énormes troncs vautrés les uns sur les autres, des planches fraîchement taillées judicieusement empilées pour les faire sécher, elles formaient des allées dans lesquelles on pouvait se perdre… Ils avaient marché sans un mot, ils savaient ce qu'ils venaient voir, ils croyaient savoir… On a beau s'y attendre, toujours l'horreur vous blesse.

C'était sous un appentis pour les protéger du soleil et de la pluie, il y avait peut-être deux cents, trois cents, peut-être plus… entassés, empilés proprement pour que la pile ne roule pas, ce devaient être les mêmes qui empilaient les planches… c'étaient des hommes, des femmes, des enfants, des membres, des visages surtout, des yeux encore ouverts et des bouches et des bouches… ils avaient été des hommes et des femmes… ils n'étaient plus que ce tas, cette masse de silence qui vous vidait de toutes pensées… l'origine ou la fin, ils y étaient !

Les trois s'étaient avancés, chacun à sa façon et ils s'étaient séparés parce qu'on ne peut pas aller main dans la main devant l'horreur. Là, les mots n'ont plus de sens, ils tournent fous comme les aiguilles d'une boussole à certains endroits du globe. Ce n'était pas tant la mort qui les saisissait, c'était la monstruosité… pas de la mort ! des hommes !… et ils étaient des hommes !

Heureusement d'autres s'agitaient tout autour… deux qui apportaient un cercueil vide, pas même un cercueil : quelques planches vite clouées, deux autres qui y déposaient un corps… et ils repartaient, les uns les bras ballants chercher un autre corps, les autres les bras chargés, ils allaient déposer le cercueil à quelques pas de là, sur une charrette où d'autres encore finissaient le travail, deux ou trois planches à clouer pour fermer la boîte !… au suivant !

L'horreur ne nous fait grâce de rien sinon de nous dire qu'on est encore vivant, qu'on l'a échappé belle…

Fallait-il qu'ils viennent siéger là ? Tout le Comité… et puis Thiers et tous les autres, tous ensemble… et même ça ! des milliers d'années qu'on la répète cette folie !

Il s'était rapproché de Vallès, il avait voulu lui dire quelque chose mais aucun mot n'était sorti… alors il avait tourné les talons, il en avait assez vu et il s'était mis à marcher dans l'enchevêtrement des tas de bois, il entendait toujours les coups de marteau… et le sourire de petit Jo lui était revenu et il s'était mis à pleurer, de grosses larmes qui allaient se perdre dans sa barbe. Il n'avait pensé qu'à lui, petit Jo, tout le temps qu'il était resté là. Il s'était même approché pour voir de plus près… voir s'il ne l'apercevait pas, son visage ou une main, sa chemise… il avait même fait le tour, parce que s'il avait été là… oh, ça aussi c'était insupportable ! impensable qu'il ne revienne pas s'il était encore vivant ! Était-il blessé quelque part, à ne pas pouvoir parler, appeler au secours, lui faire passer un message… viens me chercher ! Pour lui, rien que pour lui, il aurait pu entrer dans une église et réciter n'importe quelle prière, n'importe quoi pour revoir son sourire !

C'était pour se cacher qu'il était reparti le premier, pour pleurer tout seul. Il s'était appuyé, une main sur un tas de bois… ils y étaient dans la catastrophe ! Il n'y avait plus à douter, ça ne pouvait que mal finir, pire que ça… Oh, pourquoi ? Pourquoi ?… Marius ne se roulerait pas dans l'herbe avec ses enfants, ni petit Jo… Oh, pourquoi ?

Il avait retrouvé la rue et il était entré dans le premier zinc, un réduit, trois tables pas plus, occupées par des vieux, des pauvres, les os déformés par les rhumatismes, et une fille tout en rondeurs, fraîche, en chair, en laitance, qui s'était levée pour le suivre jusqu'au comptoir.

— Une fine.

Il avait vidé son verre d'un trait et il l'avait repoussé devant lui pour qu'elle recharge, il n'avait pas eu à dire, elle l'attendait la bouteille à la main. Il avait vidé comme ça un bon nombre de verres, jusqu'à ce que Vallès le rejoigne.

— La même chose.

La fine le calmait, il se sentait moins dur à l'intérieur, il l'aurait bien serrée dans ses bras celle-là, ce moelleux… elle devait être douce sa peau, sa poitrine tremblotait quand elle avançait le bras pour servir... il y venait, il se ramollissait lui aussi.

— Où est-ce qu'on va là ?

Vallès ne buvait pas pour se ramollir lui, mais parce qu'il avait vomi... il sentait encore le vomi... pour chasser ce sale goût il buvait, lui si disert ne soufflait plus un mot, rien que cette haleine puante.

— On va encore foirer, avait dit Courbet.

— C'est possible...

— Il faut tout arrêter. C'est trop cher payé, on n'a pas le droit...

— C'est impossible.

— Pourquoi ?

— Tant que la bête n'aura pas son content, elle nous saignera.

— Quelle bête ?

— Je ne sais pas... Je n'ai pas voulu ça moi, personne, à moins d'être fou.

— On est peut-être fous !

— Non... c'est rien qu'un monstre qui a soif lui aussi... comme nous ! pour oublier peut-être, il nous saigne.

— Y a pas de monstre, y a que nous.

— Peut-être que c'est rien d'autre qu'être ensemble, le monstre...

Courbet avait croisé le regard de la jeune femme.

— Comment tu t'appelles ?

— Émilie.

Il aurait pu lui dire « je t'aime », il lui avait dit « c'est joli »... C'était meilleur maintenant de la regarder, plus que de se torcher. Émilie... S'il l'avait peinte telle qu'il la voyait là, on aurait dit qu'il exagérait. Rien du tout… elle le retenait ! dans ses bras, contre sa poitrine, elle l'empêchait de sombrer. Il fallait oublier ce qu'il venait de voir… qu'il vive maintenant, avec elle devant lui… qu'il fasse confiance à la chair, qu'il marche, qu'il aille… il n'en avait pas fini nom de Dieu !

Ils étaient redescendus vers l'Hôtel de Ville et ils s'étaient assis avec les autres, ça faisait comme un roulement de tonnerre dans leurs oreilles… De quoi donc pouvaient-ils encore parler ?… Mais de leur Salut public ! Ils le voulaient, ils ne voulaient plus que ça. Alors des mains s'étaient levées… Qui pour ? Qui contre ?… C'était fait, ils l'avaient !

— Qu'est-ce qu'on fait, on fout le camp ?

— Oui, foutons le camp ! il avait dit Vallès.

Et cette fois ils étaient partis… ils l'avaient pas voté leur Salut public… Partis ! Même Vallès qui n'avait pas résisté davantage !… Et ils s'étaient fait huer quand ils s'étaient levés pour sortir, comme des malpropres, des traîtres, des foireux, des saligauds qui portaient la faute, la cause de toute la foirade, certains même crachaient, d'autres brandissaient le poing. Il n'y avait plus rien à faire… La bête se marrait !

Ils s'étaient tous retrouvés chez Glaser, en bas de Saint-Michel, de l'autre côté de la Seine. Pour le coup ils y étaient passés de l'autre côté ! C'était pas rien d'avoir quitté le Comité sous les huées. Et pourtant Courbet se sentait soulagé, en paix avec lui-même. Toute sa vie il s'était battu contre un pouvoir, tous les pouvoirs, un jour il fallait bien que ce soit contre les siens, Delescluze, Rigault, Ferré et les autres… ils

212

étaient ces nouvelles têtes, pas des mauvais bougres pris un à un. C'est rien qu'une malédiction le pouvoir.

Ils étaient arrivés encore tout excités, n'en revenant pas de leur coup de force, il faut de la force pour partir et être ensemble donne l'illusion… Mais après quelques verres, il avait bien fallu se rendre à l'évidence, un coup d'épée dans l'eau c'était, leur coup de force ! Ils n'étaient plus rien qu'une vingtaine attablés au fond d'une salle, des clients comme les autres, un peu sonnés… On doit être comme ça quand on vient de sortir en courant de sa propre maison qui brûle, quand les flammes vous ont chassé dehors…

Sauve qui peut ! Ils n'avaient plus rien, les mains vides, tout perdu ce qui leur était cher, ce qui donnait du sens à leur vie… ils se retrouvaient là, ensemble, ahuris, frappés de silence. Quoi faire maintenant ? Chacun se demandait mais personne encore n'osait parler de la catastrophe qui ne manquerait plus de s'abattre.

Ils se croyaient toujours un peu dans la mêlée, qu'ils pouvaient encore faire quelque chose, que leur départ allait peut-être donner à réfléchir, que d'autres les suivraient ou même peut-être qu'on viendrait les rechercher et ils tournaient la tête chaque fois que la porte s'ouvrait… toutes sortes de pensottes idiotes qui papillonnaient dans leurs têtes qui commençaient à s'effrayer de ce vide.

Ils étaient ce suicidé qui espère encore, le fou, que quelque chose ou quelqu'un viendra le sauver. « Tant qu'il y a de la vie, il y a de l'espoir »… « À tout problème il y a une solution »… La connerie l'avait belle, on s'en pommadait ! Autant aller se coucher, fermer les yeux et attendre... C'est ce que Courbet avait fini par faire... trop c'est trop !

Il était parti dîner avec Adèle pour ne plus les entendre, parce que le lendemain, on la foutait en l'air l'autre, la maudite, son cauchemar, rien que prononcer son nom lui filait la chiasse... la colonne ! tout qui arrivait en même temps, c'est toujours comme ça... mais là il avait son paquet.

— Ça te tracasse donc tant que ça ?

Il ne desserrait pas les dents. Elle était gentille Adèle, elle faisait de son mieux, elle croyait comprendre, elle arrondissait, elle allait dans son sens.

— Vous avez eu raison et si ça tourne mal...

Mais ça tournait mal ! ils y étaient jusqu'au cou, il n'y avait plus rien à faire... dormir peut-être ! Adèle lui prenait la main, elle qui l'avait rendu fort, elle l'aimait, il n'en doutait pas, et il en avait tellement besoin qu'on l'aime !... Donc, ils ne le changeraient pas le monde, rien du tout ! Il irait comme toujours, il n'y croyait plus, Thiers ne leur laisserait pas le temps, mais ça il le gardait encore pour lui... Tant qu'il y aurait quelqu'un pour l'aimer, Adèle...

Ils étaient rentrés rue du Saumon et il avait voulu dormir... des prunes ! Il tenait pas en place, se tournait d'un côté, de l'autre, il n'arrivait qu'à somnoler et il y voyait clair nom de Dieu ! en plein jour !... il avait tourné le dos à une bourgeoisie qui ne le lui pardonnerait pas... et maintenant il tournait le dos au Comité central, à ses amis… et aussi à celui qui avait voulu démolir la colonne, lui-même, il se tournait le dos !… à tout ! il ne savait plus que tourner le dos, dire non… sauf à Adèle !… il ne lui restait qu'elle, il ne voulait plus qu'être avec elle, la regarder, l'entendre rire, plusieurs fois il l'avait réveillée dans la nuit, pour rien, même pas pour parler, peut-être parce qu'elle était comme lui, du même monde et que leurs corps se voulaient, s'accordaient étrangement, alors il la caressait… tant qu'il pourrait la caresser !

Ils ne s'étaient vraiment endormis qu'au matin quand le jour était venu. Ils s'étaient dit qu'ils allaient partir à Charenton et de là filer en Angleterre ou en Suisse… plutôt en Suisse, c'était le seul régime qui trouvait grâce à ses yeux, aussi il aimait bien les montagnes qui lui rappelaient son Jura. Déjà il y pensait à la Suisse…

Le lendemain, il faisait beau, un grand soleil moqueur, la fête serait belle. Un déjeuner était prévu au ministère de la Justice, avec pour suprême dessert, servi sur les quinze heures, la Vendôme renversée sur son lit de fascines… en sus, ils pourraient la voir chuter depuis les fenêtres du ministère. Ils y seraient tous et ce serait leur dernière chance pour se rabibocher, se reparler, se retrouver en famille, Delescluze, Rigault, Ferré… non, pas lui ! trop ultra, enferré… et puis Adèle avait voulu voir le ministère, c'était elle qui l'avait décidé !

Rue Montmartre, ils avaient croisé Vuillaume, le créateur du *Père Duchêne*, accompagné de Vermersch.

— Alors tu vas la retenir ?

Courbet l'avait vu venir, le mignon, avec sa bouche en cul-de-poule et son humour de merde.

— Tu fais la gueule ? il lui avait demandé.

— Tiens lis !

Courbet avait tendu le paquet de lettres, tout frais du matin, il en avait plein les poches, elles en transpiraient, de désirs de mort, de baves haineuses, il aurait dû les balancer... par les poches elle le gagnait, la putasse, tout lui était bon !

Et l'autre nigaud avait commencé à lire et il se fendait ! Il ne la voyait pas, lui non plus, la catastrophe... alors Courbet avait repris ses lettres et il avait changé de trottoir.

Ils y allaient tous, ils voulaient la voir se vautrer, dans les rues ce n'était qu'un seul mouvement, il n'y avait qu'à se laisser porter. La rue Castiglione on n'y entrait plus, on restait bloqué rue de Rivoli... de l'autre côté, rue de la Paix, ce devait être pire. Avec sa carte du Comité il aurait tout de même pu passer, mais la faute à Vuillaume, il lui était remonté une humeur de merde, la faute au soleil aussi et à tous ceux-là qui attendaient la lune... C'était trop ! Il avait tourné le dos, là encore...

— On ne va pas y aller, il avait dit.

— Pourquoi ?

— Je ne suis pas bien.

— Fais un effort... tu le regretteras...

Le regretter ! Ça l'avait presque fait rire, elle était donc comme tous les autres, Adèle...

— J'ai pas envie de les voir se marrer. Ils me font chier.

Un obus était tombé du côté des Invalides, on ne les entendait plus, on s'y était habitué.

— Qu'est-ce que tu veux faire ?

— Je ne sais pas. J'ai mal au cul.

Alors, ils étaient entrés dans le jardin de Rivoli, de là ils pourraient encore la voir basculer… ce serait bien assez.

Ils avaient entendu les fanfares, plus tard la *Marseillaise* et puis plus rien, seulement les obus… Quinze heures étaient passées depuis longtemps et elle était toujours debout. Un cabestan avait cassé, il fallait changer les poulies et bien sûr ils n'en avaient pas d'autres sur place, Marius devait être dans tous ses états. Ah !…

Courbet s'était mis à parler de Proudhon, de ses débuts à Paris, de Baudelaire, de Champfleury, de Blanqui. Baudelaire qui l'avait laissé tomber pour aller vers Manet, bien sûr qu'il en avait souffert, mais il était si destructeur !… Il avait fini par se détruire tout seul, par se couper de tous… Est-ce qu'il ne prenait pas le même chemin lui, à force de tourner le dos ? Ça, il ne l'avait pas dit. Jamais il n'avait parlé comme ça, c'était la première fois qu'il se confiait autant à une femme, il s'imaginait qu'elles n'aimaient que les hommes forts… c'est idiot.

Il avait parlé de son père, de ses grands-parents qui l'avaient élevé, son grand-père vigneron, tout le contraire de son père… de lui qu'il la tenait sa fibre socialiste et le non à la guerre, et la soif aussi peut-être… et puis un double regard sur les choses, parce qu'il avait appris comme ça à aimer les uns et les autres, le père et le grand-père, à se donner aux uns et aux autres, à se couper en deux… parce que pour aller vers les uns, il fallait bien tourner le dos aux autres. Il y revenait !

Un cri l'avait arrêté, un cri de bête, comme un grand souffle c'était… le cri d'un géant ! c'était la foule parce que la colonne avait bougé et aussitôt après, ils en avaient entendu un autre, rauque, sinistre, le dernier cri de la colonne au contact avec le sol, un vraoum ! à donner la chair de poule.

À peine avaient-ils eu le temps de se lever, ils n'avaient rien vu, rien du tout… mais de ne plus la voir dans le ciel, là où elle était encore quelques secondes plus tôt, c'était déjà quelque chose, un vide effrayant. Adèle l'avait regardé et elle l'avait embrassé. Pourquoi ?… Ce devait être un merci, un peu de la joie qu'elle récupérait de la foule. Il y en avait tant dans toutes ces poitrines, des rires et des cris, la respiration d'une autre bête, un autre géant.

Voilà ! La colonne était tombée et Thiers continuait à balancer ses obus.

Ils n'avaient pas attendu davantage pour la voir de plus près. Ils ne revinrent que le lendemain… et là le choc ! rien que de la pierre ! tout bidon ! douze cents canons, on avait dit qu'elle était faite, les canons pris à Austerlitz ! rien, que dalle… rien qu'une sale pierre elle était, tout juste un pouce de bronze autour pour faire la farce ! Voilà sur quoi il trônait le tyran, un sale mensonge, une enculerie de plus !

Ils avaient marché tout le long jusqu'à la statue, un bras cassé, plus de tête, elle était tout de même plus grande qu'il n'y paraissait là-haut... Courbet l'avait regardée comme il aurait regardé un mort, elle était par terre et ça ne servirait à rien... Si ! à lui pourrir la vie ! Il ne pouvait pas imaginer la suite, mais il avait eu cette pensée qu'il était allé trop loin.

Il avait pris la main d'Adèle, il aurait bien aimé lui présenter Marius, aller boire quelques canons avec lui, pas bidon ceux-là ! pas même un pouce de bronze !... Et petit Jo ! Il ne voulait plus y penser, mais il suffisait qu'il entende crier un moineau...

— Qu'est-ce qu'il y a ?

— Rien, il répondait.

Mais Adèle savait à son œil triste qu'il pensait à petit Jo, elle ne demandait pas plus. Ils étaient passés de l'autre côté de la colonne... Un mensonge ! Il n'en croyait toujours pas ses yeux. Jamais il ne s'était senti aussi désœuvré, inutile. Au retour ils étaient passés à la mairie du 6ᵉ dont il restait l'élu... Il prenait des nouvelles, il se forçait à s'intéresser. Rien qui s'arrangeait évidemment, ils ne pourraient plus tenir bien longtemps, ça commençait à se dire.

— Mais on se battra jusqu'au bout ! Jusqu'à la mort... Paris sera plus qu'un cimetière !

C'était le nouveau cri, « jusqu'au bout » !... Alors là, sans lui ! Il ne les suivrait pas, d'abord parce qu'il y tenait à sa peau, il n'en ferait cadeau à personne, à Thiers moins qu'à un autre... et puis c'est tout !... Ça suffisait amplement comme argument, même si une fois de plus, c'était tourner le dos à… à la connerie ! comme ça qu'il le voyait leur « jusqu'au bout ».

Les journées devenaient interminables, il ne commençait à vivre qu'avec la nuit… d'abord il se lavait la gorge à la bière, ensuite il s'échauffait au blanc, plus tard au cognac, il ne cherchait plus les cafés où on discutait encore, uniquement ceux où on se contentait de goûter les derniers instants. Adèle le suivait, elle ne riait plus, elle ne lui parlait plus que de partir.

— Plus tard…, il disait.

Il n'avait pas envie de partir.

— Mais ils vont te fusiller. Ils fusillent tout le monde, les prisonniers… tout le monde.

— Non, je connais les trois Jules… et même Thiers, j'ai sauvé sa collection…

Il n'était pas vraiment inquiet, Adèle l'était pour deux, lui ne pensait plus qu'à la nuit, il en redevenait curieux… parce qu'ils étaient de plus en plus nombreux à sentir qu'ils vivaient les derniers jours d'une incroyable aventure, comme ils n'étaient pas près d'en vivre une autre pareille. Et les bistrots ne désemplissaient plus de la nuit… même là où un obus avait troué les murs on continuait à servir… surtout là ! Une certaine jeunesse aimait y venir humer un parfum de fin du monde, au poivre plus fort là qu'ailleurs, ceux-là qui avaient décidé de se battre jusqu'au bout étaient bien résolus maintenant à boire jusqu'à la lie… et la nuit encore plus que le jour on sentait ce désir ultime, cette envie de toucher la vie. Courbet ne se sentait bien, lui, qu'entouré de ceux-là…

Il y en avait une, de ces ruines, en haut de Saint-Michel, face aux jardins du Luxembourg, d'où il aimait voir se lever le jour et entendre les oiseaux chanter parce qu'il n'y avait plus de plafond, rien qu'un trou qui laissait entrer le ciel. Ils avaient dégoté un piano dans les décombres et un pianiste y jouait une musique qui enchantait Courbet... Chopin ! lui avait dit le pianiste. Il ne connaissait pas... qui à l'époque ?

Il sirotait là les derniers cognacs, parfois quelque absinthe... mollo celle-là, dangereuse ! Adèle s'enroulait dans une couverture, il y en avait à disposition, elle se collait à Courbet qui lui susurrait des mots doux, cochons souvent... elle aimait ça, s'allumer... et il suffisait de pas grand-chose, rien qu'il lui caresse les seins... elle passait sa main dans sa braguette, ça ne choquait personne, à cette heure ça se mélangeait bien partout et Chopin poussait à des sentiments alanguis... la langue et puis le reste.

Aux portes de Paris, des hommes mouraient déjà, c'était sûr, chacun y pensait mais le gardait pour lui, dans un coin de sa tête.

Le 20 mai, c'était un samedi, il tomba sur Paris un obus par minute. Ils finissaient par creuser de gigantesques trous dans lesquels des quartiers entiers disparaissaient. La ville avait dû commettre un crime abominable pour recevoir un châtiment pareil, il n'y avait que les dieux de l'Antiquité ou celui de la Bible pour supprimer une ville, la plonger sous terre. On en oubliait qui l'envoyait cette mort, et on se demandait si tout de même le ciel n'avait pas raison, peut-être que oui, il y avait eu crime... peut-être qu'il fallait disparaître...

Et puis on se réveillait encore vivant. Non ! On n'allait pas se laisser enterrer… Oui, on allait se battre ! Même lui Courbet ! Vallès l'avait convaincu… et le 21, le dimanche, ils y étaient revenus au Comité central, pour qu'il ne soit pas dit qu'ils refusaient de se battre. Cette fois-ci on les avait applaudis, sans ferveur mais tout de même… et pour marquer le coup Vallès avait présidé avec Courbet à ses côtés… quand la porte s'était ouverte. Billioraz était entré, il avait demandé la parole… livide, il avait lu le papier qu'il tenait à la main.

— Les versaillais viennent de forcer l'entrée, la porte du Point-du-Jour est à eux.

C'était fini. Il y avait eu un grand silence, on ne se recueille pas mieux dans une église. Et puis Vallès avait repris son monde, il tenait à la terminer sa séance, qu'il ne soit pas dit qu'on se débinait. Mais qui se souciait encore de mots qui sonnaient creux ? On n'entendait plus que le canon et on s'attendait déjà à voir déferler la horde sauvage… Une fois délivrés, on s'était dit au revoir, c'était peut-être la dernière fois qu'on se voyait alors ça faisait des trous ça aussi, comme des obus à l'intérieur.

Jusqu'à la mort on se battrait !… Pas Courbet ! Il le gardait toujours pour lui parce qu'on l'aurait traité de lâche… qui n'avait pas son pistolet sur lui, qui ne le sortait pas pour bien montrer qu'il était décidé, un homme quoi !… la vie ne pesait plus lourd à cet instant, la peur aussi peut rendre léger… ou fou ! le fou de Rigault avait donné l'ordre d'exécuter Chaudey, sans procès, juste parce qu'il l'avait décidé lui, de peur

qu'il en réchappe, la haine qui parlait, le monstre ?...
Ce n'était qu'un homme quand il en tombait dix par
minute, mais c'était un innocent et un ami, Courbet
n'avait pas su le ramener... encore un trou !

Cette nuit-là comme les autres, Courbet l'avait passée dehors, c'était probablement la dernière de la
Commune, les yeux ne brillaient plus pareil, les mots
sortaient plus vite, plus nerveux, plus forts, on entendait des coups de feu, c'étaient des excités qui piaffaient impatients...

Oh oui ! qu'ils le voulaient, se battre ! On se sent
déjà un peu moins victime quand on choisit de se battre, c'était ça toute l'affaire, comment on y basculait
dans la catastrophe. Si les hommes ne voulaient pas se
battre, il y a longtemps qu'il n'y aurait plus de guerre
et qu'on ne vienne pas nous dire que c'est pour une
idée ou un idéal qu'on se bat... c'est rien que de
l'alcool, rien qu'une ivresse une idée, c'est ivre qu'il
veut être le bonhomme ! Trop simple ?...

Adèle n'était plus la même, la peur déformait son
visage, elle ne lâchait plus ses mains, les tenait l'une
dans l'autre, il y a mille façons... elle attrapait un doigt,
ou deux ou trois pour les tordre ou les faire craquer ou
les porter à la bouche, elle pouvait les caresser aussi, ou
elle fermait son poing qu'elle prenait dans l'autre main,
ou au contraire elle ouvrait la main pour en caresser le
creux avec son pouce, elle mordait aussi, ses doigts ou
le dos de la main, et si elle les lâchait, c'était pour aussitôt prendre sa tête dans ses mains ou bien les enfourner
dans ses poches. C'était une agitation continue et dans

le regard une inquiétude ou une colère, bien difficile à dire.

L'autre jouait du Chopin mais le piano sonnait autrement, ce devait être dans les doigts du pianiste la peur aussi... Est-ce qu'un pianiste peut vouloir la guerre ? Tuer avec ses mains quand il sait le miracle dont elles sont capables ?... Bien sûr que oui, comme les autres !

En colère Adèle... Elle aurait dû partir à Charenton, pas écouter Courbet, pas l'attendre ! Elle avait pensé à lui au lieu de penser à elle... et ça elle ne supportait pas, cette faiblesse qui ne lui ressemblait pas ! Et elle commençait à regarder Courbet, l'œil mauvais, comme s'il lui avait menti, l'avait trompée avec... avec une autre femelle ! Il y avait de ça... Courbet avait bien tenté de prendre ses mains, elle les avait retirées.

— C'est de ta faute ! je me demande pourquoi on est resté puisque tu ne veux pas te battre !

— On ne risquerait pas moins à Charenton.

— Mais bien sûr que si !... Ici tout le monde te connaît, t'auras même pas le temps de te retourner que tu seras arrêté.

— Non, ils iront me chercher rue Hautefeuille.

— Mais tout le monde sait que t'es chez moi !

Elle cherchait la bagarre, c'est terriblement difficile d'échapper à la guerre, elle contamine chaque cellule.

— On peut essayer d'y aller si tu veux...

Elle faisait la moue, pas convaincue mais calmée pour quelques minutes... et puis ça revenait par bouffées, une mauvaise peur qui la rendait incohérente, injuste, idiote… qui l'éloignait de lui surtout, c'est ça qui l'attristait…

Et puis comme un couperet c'était tombé, elle ne l'aimait pas, c'est tout ! C'était pas la peine d'aller chercher plus loin… Il avait perdu sa superbe, il n'avait plus aucun pouvoir, aucun avenir, alors elle le rejetait comme elle avait rejeté ce pauvre Joute. Mais lui, Courbet, n'allait pas sombrer dans le même ridicule ! Pas besoin de se regarder dans une glace pour savoir que son visage ne partait pas en chiasse !

Elle ne l'aimait pas et au fond… lui non plus ! Oui, il ne l'aimait pas ! Voilà ce qu'il s'était dit… Il ne l'aimait pas ou bien venait-il de le décider, qu'il ne l'aimait pas, comme les autres qui avaient décidé de se battre pour que ce soit moins douloureux ?

Difficile à dire ça aussi… mais lui n'allait pas se battre, ça c'était sûr. Il se protégeait.

Ils avaient bu, trop !… et ils étaient rentrés se coucher, trop tôt ! Parce que le lendemain, ils allaient tenter une sortie et il fallait d'abord retourner à l'Hôtel de Ville, à la première heure, Rigault ou quelque autre ne pourrait pas lui refuser un laissez-passer.

Au matin dans les rues, ça courait déjà dans tous les sens, comme un vent mauvais qui vous mène nulle part. Delescluze avait fait placarder des affiches où il appelait les Parisiens à prendre les armes. Les hommes ne sortaient plus qu'armés, les femmes même, les enfants… et ça gueulait des mots brefs qui faisaient peur, tout faisait peur.

C'étaient des bandes de quatre, cinq ou dix qui couraient derrière leur chef, une nouvelle flopée, née de la nuit. Courbet et Adèle marchaient le long des murs pour leur laisser la rue et comme ils arrivaient rue des Archives, une main d'une force inouïe avait plaqué Courbet au mur, Adèle s'était mise à crier, une gifle l'avait arrêtée net et elle s'était retrouvée elle aussi, dos au mur, à côté de Courbet.

— Où tu vas toi ? avait braillé l'homme, qui tenait Courbet à bout de bras.

— À l'Hôtel de Ville.

— D'où tu viens ?

— Je suis Courbet du Comité central.

— Mon cul t'es Courbet !

Des badauds s'arrêtaient et gonflaient la petite troupe. Courbet avait réussi à sortir sa carte du Comité et un laissez-passer pour Charenton.

— C'est quoi ça ?

— Un laissez-passer.

— Pourquoi t'as besoin d'un laissez-passer ?

Le ton montait, Courbet s'énervait et la réponse était venue, une gifle aussi… et une autre pour Adèle.

— T'es un mouchard !

— Je suis Courbet, lis ça… lis, c'est écrit !

— Ta gueule ! Je le connais Courbet ! t'es un mouchard !

Il s'était mis à gueuler comme pour y croire davantage à son mouchard et il prenait les autres à témoin. Courbet n'osait plus se tourner vers Adèle, il sentait son corps qui tremblait contre le mur.

— Je te dis que je suis Courbet, viens avec moi à l'Hôtel de Ville, on te le dira.

— Au dépôt ! Emmenez-les au dépôt et fusillez !

— Qui es-tu toi ?

— Qui je suis ? Il me demande qui je suis !

Il était parti d'un grand rire forcé, il en lâchait Courbet qui reprenait du poil.

— À qui tu l'as prise cette veste ?

L'homme portait une veste de colonel de la Garde à même la peau et sur sa tête une casquette de versaillais, un pirate c'était, un pirate des rues, ses hommes riaient gras avec lui.

— Tu veux vraiment le savoir qui je suis ?

Il avait voulu pincer le sein d'Adèle, Courbet l'avait arrêté... résultat, un grand coup de coude dans l'estomac, le bandit roulait des yeux comme un qui ne se possédait plus, ivre déjà de toutes les violences à venir, et il s'était remis à gueuler.

— Emmenez-les ! et abattez-les !

Déjà les mains les tiraient quand une petite voix les avait arrêtés.

— Qu'est-ce que vous faites ?

Ce n'était qu'une petite vieille toute menue, de la main elle avait repoussé l'arme qui la menaçait et le colonel avait cédé.

— C'est un mouchard !

— Non, je suis Courbet.

— Mais oui, c'est lui... Laissez-le, je le connais.

Le garçon avait paru hésiter, la vieille avait posé sa main sur son arme pour qu'il la baisse.

— Laissez-le.

— T'as de la chance ! avait lancé le faux colonel. Allez !

Il avait fait un geste pour les autres et la meute avait détalé, ils étaient repartis dans les rues après d'autres victimes. Les badauds eux aussi avaient fait place nette… Ce n'était que le début !

Adèle avait repris ses mains, elle était encore si choquée qu'elle ne pouvait pas pleurer et Courbet l'avait serrée dans ses bras. Il avait croisé le regard de la vieille.

— Ne restez pas là, elle lui avait dit, et elle était repartie à trotter. Elle venait de lui sauver la vie, il ne lui avait pas dit merci.

Pas question d'aller plus loin… ils s'étaient mis à courir eux aussi, jusqu'à la rue du Saumon, là, Adèle s'était laissée tomber au pied d'un fauteuil et les larmes avaient pu sortir. C'était la première fois que Courbet voyait pleurer comme ça. Il s'était assis tout près d'elle, la main sur son épaule… les bruits de la rue venaient mourir dans la pièce. Ils étaient restés longtemps sans dire un mot… Adèle avait cessé de pleurer, elle passait sa main sur le tapis.

— Je voudrais que tu partes, elle avait dit. Je ne veux pas qu'on te trouve chez moi. J'ai rien à voir avec la Commune moi.

C'était une autre voix, meurtrie mais ferme, à peine si Courbet la reconnaissait. Il s'y attendait si peu qu'il en était resté comme deux ronds de flan.

— Je te demande pardon, j'aurais aimé avoir du courage mais j'en ai pas. C'est mieux que tu partes.

— T'inquiète pas va, je ne te ferai pas d'ennuis. Ça va aller pour toi… et pour moi, je vais m'arranger. Il ne t'arrivera rien, je t'aime trop…

228

Il s'était arrêté, surpris par ce qu'il venait de dire. Il ne mentait pas, dans la rue quand ils couraient ensemble, il lui était déjà venu qu'il allait s'occuper d'elle, la protéger, parce qu'il se sentait bien près d'elle, parce qu'il lui devait… parce que peut-être il l'aimait. Mais va savoir dans des situations pareilles…

Elle s'était laissé prendre dans ses bras, ensuite il était descendu dans son « atelier », les toiles étaient déjà à l'abri dans une cave. Il avait rassemblé ses papiers, brûlé tout ce qui pouvait être compromettant, préparé un sac d'habits… et il s'était rasé la barbe ! des années qu'il n'avait pas vu ce visage glabre et fatigué, il avait vieilli… il en découvrait des choses ! Mais surtout, si sa vie devait s'arrêter là… pourquoi pas !… il était prêt. Elle était faite sa vie, il n'était plus à se dire « j'ai pas fait ci ou ça »… il n'avait aucune envie de mourir mais au milieu de la tempête, il se trouvait presque en paix, un calme qu'il ne connaissait pas. Faut dire qu'il ne s'était jamais trouvé dans une situation pareille.

Il était remonté, Adèle l'avait regardé sans sa barbe, son sac à la main.

— T'es pas obligé de partir maintenant.

Est-ce qu'elle regrettait ? Lui restait sous le charme, ému par la voix, le regard lourd. D'autres femmes lui avaient demandé de partir… Il ne comprend toujours pas aujourd'hui qu'il n'ait rien vu venir. L'amour rend aveugle, oui bon… mais on est bien balourd sous le vernis des relations humaines, on aimerait bien voir quelque chose là où il n'y a rien d'autre que sottises, gaffes, maladresses, l'esprit le plus fin vire rustaud à se prendre des baffes… et il s'en prend ! On restera toujours infoutu d'imaginer que l'autre est un autre, différent, totalement insondable.

Il s'était assis près d'elle, il lui avait remis des papiers importants, des lettres auxquelles il tenait, une enveloppe avec de l'argent, ils avaient compté ensemble.

— S'il m'arrive quelque chose, c'est à toi. Pour les tableaux personne doit savoir. Je vais aller rue Saint-Gilles chez Lecomte, tu le connais. Tu sais rien… Même Vallès, tu dis rien, uniquement Casta. Si je réussis à quitter Paris, je te ferai venir.

Ils parlaient bas comme s'il y avait un mort dans la maison, des mots qui prenaient tout de suite un air de circonstance, le vrai c'est qu'ils n'avaient plus rien à se dire, plus à faire ensemble, la suite était déjà là à marquer le terrain.

La rue l'avait réveillé, ramené à la vie, au bordel de la vie et il s'était senti libéré, mieux là que là-haut, dans la chambre mortuaire, il allait maintenant, il n'avait plus à penser… seulement ne pas se faire arrêter, prendre au plus court pour atteindre la rue Saint-Gilles, derrière la place des Vosges.

Il était arrivé plus vite qu'il ne le pensait, une barricade fermait l'entrée de la place, il était deux heures de l'après-midi et son ventre réclamait, il avait faim.

Alors il avait passé la barricade et il était entré chez Laffitte… que du vide. M. Paul était venu à lui, la bouche serrée, la moustache sèche, il ne le reconnaissait pas ! et pourtant il était venu là, chaque semaine.

— C'est moi, Courbet.

— Oh pardon, monsieur Courbet !

Il en était tout embarrassé, il savait bien pourquoi Courbet s'était rasé.

— Y a pas foule !

— C'est pas un jour à manger.

— Eh bien, moi j'ai faim… J'ai une petite envie de boudin tout d'un coup, avec des pommes… et une bonne « nuits ». Moi aussi j'aime bien le sang, mais à ma façon…

Il s'était assis à la table où il aimait s'asseoir d'habitude, M. Paul l'avait suivi pour lui tirer la chaise.

— Si tu avais quelques rillettes pour amuser le palais…

— Bien sûr monsieur Courbet.

Il était resté seul, au calme et bien vivant… dehors ça allait être la boucherie.

Il avait goûté le vin, vidé son verre. Il étalait les rillettes sur du pain… dehors, ils ne pensaient plus qu'à… À rien ils pensaient ! S'ils pensaient, ils ne feraient pas la guerre, ils feraient comme lui… Les rillettes n'avaient pas le même goût que d'habitude, pourtant il les savait très bonnes, il en mangeait souvent, ça ne pouvait donc pas venir d'elles, c'était rien que son palais, sa bouche qui leur donnait cette pointe de désagréable.

Le vin passait mieux… au diable les hémorroïdes ! elles ne le lâchaient plus, là qu'il l'avait sa guerre, lui, et elle lui suffisait bien celle-là !

Non, dehors, ils ne pouvaient pas penser… Ou alors il fallait immédiatement cesser de penser, déclarer les pensées hors la loi, dangereuses, criminelles, crime d'État… et toutes ! Les Thiers, les Delescluze, les curés… même les Proudhon, les Fourier, les Vallès, lui-même… tous leur fermer le clapet !

M. Paul avait apporté le boudin tout fumant… Courbet avait commandé une autre bouteille de nuits… Quelle folie nom de Dieu !

VIII

Mona aussi était passée place des Vosges, elle cherchait son père... mort ! Un voisin était venu lui annoncer qu'il était tombé rue Saint-Paul. Les versaillais
s'enfilaient par la Seine, remontaient sur les berges,
toujours il en venait. Le père était sur une barricade
rue Saint-Paul... quand Mona était arrivée elle tenait
toujours, la barricade... elle avait cherché, demandé...
pas de père !... alors elle était entrée sous les porches,
dans les cours... au 30 ! là qu'on l'avait fourgué, peut-
être encore vivant... mais là, il était mort ! pas tout
seul... mais ça changeait rien ! Mille, dix mille morts,
ça change rien... C'est un par un qu'ils comptent...
C'est trop vite dit, dix mille, si on était obligé de les
compter un par un, on comprendrait un peu mieux
peut-être... et encore ! c'est un tout seul, toujours...
son père ! Elle était pas seule à chercher son mort.

Elle s'était agenouillée pour lui prendre la main, son
veston était rouge jusqu'au cou, elle n'avait pas eu le
courage de l'ouvrir... sa main ! C'était la sienne, elle la
reconnaissait... Il avait de petites mains, son père, à
peine plus grandes que les siennes... C'était la

première fois qu'elle lui tenait la main, lui avait bien dû tenir la sienne quand elle était enfant, mais trop petite, trop loin pour se souvenir... Cette fois c'était elle, trop loin toujours... Elle ne pouvait plus lui parler, voir bouger ses yeux, l'entendre... même gueuler ! O misère ! Et ses frères qui étaient Dieu sait où, sur d'autres barricades sans doute...

Elle avait voulu tirer le corps, le défaire des autres parce qu'ils étaient plusieurs jetés là, mais ça ne se déplace pas comme ça un corps et elle avait dû y aller de toutes ses forces, ce n'était déjà plus tout à fait son père... Elle pleurait mais des larmes de rien, inutiles puisqu'elle l'avait perdu... Elle avait dix-sept ans, lui cinquante ! Des larmes qui coulaient sans elle parce qu'elle n'avait pas le temps, à côté d'elle une femme chargeait son fils sur une charrette à bras... mort lui aussi.

— Vous allez où ? lui avait demandé Mona.

Elle allait rue de Charonne, tout en haut, elle ne voulait pas que son fils soit jeté dans une fosse commune, parce que c'était comme ça que ça allait se finir, ils avaient déjà commencé. Elle avait bien voulu prendre le père avec son fils, alors elles avaient chargé le corps et poussé chacune un bras de la charrette par les rues, à faire des zigzags pour éviter les barricades. Ça devait brûler fort quelque part, de gros nuages orangés passaient devant le soleil et c'était toute la rue qui prenait des couleurs.

Les corps glissaient, il fallait souvent s'arrêter pour les remonter et elles en oubliaient qu'ils étaient morts.

234

D'autres femmes aussi emmenaient d'autres morts et ce n'était que le début, le premier soir.

Arrivée chez elle, la mère avait appelé pour qu'on vienne l'aider. Des têtes s'étaient montrées aux fenêtres mais c'était une vieille qui était descendue, sans force, alors Mona avait laissé son père pour aider les deux femmes à monter le fils dans les étages... Édouard, ça lui revenait maintenant. Il aurait pu être son frère. Elle l'avait pris par les épaules, la mère par les pieds... Elle montait à reculons, s'arrêtait souvent, parce que l'escalier était trop étroit, elle sait plus combien d'étages, c'était beaucoup, elle se souvenait... Des enfants se penchaient sur la rampe pour essayer de voir... ceux de la femme attendaient, prostrés les uns sur les autres, plusieurs, cinq ou six, peut-être plus, petits, la morve au nez.

— Pas là, avait dit la vieille, il faut d'abord le laver...

Alors, elles avaient ressorti le corps de la chambre, un couloir pas une chambre, pour l'étendre là où elle faisait la cuisine... pas une cuisine, mais du carrelage au sol ! à même les carreaux... ce serait mieux pour le laver. Elle s'était redressée et le garçon lui était apparu plus jeune, presque content d'être rentré chez lui, c'était idiot... La mère l'avait remerciée, Mona avait promis de lui rapporter la charrette et elle avait retrouvé son père... son corps !

Elle le poussait toute seule maintenant, elle n'avait plus que lui à regarder et il était mort un peu plus encore. Elle se rappelait les mots que disait la mère... la fosse commune ! laver le corps ! enterrer ! elle

découvrait des choses de ce genre, des problèmes aux-
quels elle n'avait jamais pensé… Laver son père ! Elle
allait devoir le déshabiller, ses frères ne l'aideraient pas
ils se débineraient, une voisine peut-être… Elle avait
eu tout le temps d'y réfléchir à travers les rues, avant de
décider qu'elle ne demanderait à personne. Non ! Ce
serait sa façon de remercier son père, parce que c'était
peut-être ça le plus dur, elle n'avait pas pu lui dire
merci… parce que sans lui qu'est-ce qu'elle serait ?
Elle aurait aimé lui dire… lui promettre qu'elle serait
une bonne fille, une fille qu'on aurait rien à redire, qui
ferait pas mal… pas de bêtises, pas à faire parler
d'elle… peut-être qu'on ne meurt pas entièrement tout
de suite et que le corps si on lui parle, si on le touche…
comme ça il entendrait peut-être son merci.

Quand elle était arrivée, ses frères n'étaient pas
encore rentrés, les voisines l'attendaient et rien ne
s'était passé comme elle avait imaginé… et c'était
mieux comme ça. Elles ne l'avaient pas laissée seule,
c'est ça le pire, être seule…

Le lendemain matin, toujours pas là ses frères…
alors, elle était partie rapporter la charrette, la femme
l'attendait pour aller chercher un cercueil et elle était
allée avec elle… parce qu'il n'y avait plus personne
pour enterrer les morts, il fallait tout faire tout seul.
Cette mère c'était un peu la sienne qu'elle n'avait pas
connue, elle aimait être avec elle parce qu'elle lui expliquait bien tout ce qu'il fallait faire. Elles étaient passées au presbytère, le curé n'était pas là, de toute façon
c'était trop cher pour Mona et puis son père croyait
pas.

236

Elle avait rapporté un cercueil, les voisines l'avaient aidée à mettre le père dedans. Et elle avait attendu... toute la nuit... pour rien, personne n'était revenu... elle n'avait plus que ça à faire, attendre. Plusieurs fois, elle avait été tentée de laisser son père pour aller par les rues, chercher ses frères, il fallait qu'ils sachent. Dans la nuit, elle entendait toujours les coups de feu, comme s'ils se rapprochaient... elle pensait rien de bon, le pire bien sûr, alors elle s'était mise à parler à son père comme s'il l'entendait et c'est terrible à dire, c'est le plus beau souvenir qu'elle garde de lui. Elle lui avait parlé comme jamais elle n'avait parlé à quelqu'un, à dire qu'elle avait peur... peur de tout, de pas savoir vivre, de pas avoir à manger, de rester seule... que ses frères ne rentrent pas... elle ne voulait pas y penser mais elle ne pensait qu'à ça... et de l'avoir dit, elle s'était sentie mieux et elle avait fini par s'endormir.

Quand elle s'était réveillée au matin, elle avait su qu'il ne fallait plus attendre. Alors une nouvelle fois, elle avait poussé la charrette, avec le cercueil et son père maintenant, jusqu'au Père-Lachaise. Sa mère était là, elle ne se souvenait plus très bien où et elle avait dû chercher, avec ses voisines... Elles avaient creusé avec des pelles trouvées à l'entrée, il n'y avait plus de gardien, plus que des femmes, des enfants et des vieux qui venaient comme elles enterrer leur mort.

Elles avaient fait glisser le cercueil sur celui de sa mère, c'est pas facile quand on sait pas faire... et puis elles avaient remis la terre, il y en avait trop maintenant ! Voilà, elle n'avait plus de père...

Alors elle était repartie par les rues pour chercher ses frères, elle ne pouvait pas rentrer... Pour quoi faire ? Quand tout meurt autour de soi, on s'accroche à des brins de vie, une idée fixe souvent, elle, c'était retrouver ses frères, vivants ou morts, mais les retrouver... Elle allait d'une barricade à l'autre et elle était arrivée au Panthéon où les fédérés tenaient toujours... ils n'y étaient pas, personne ne les connaissait ses frères.

Elle avait réussi à passer de l'autre côté pour aller chercher dans le jardin du Luxembourg, un champ de morts... puis elle avait continué à battre les rues jusqu'au pont de Neuilly, et puis demi-tour... les Tuileries flambaient, tout Paris... des morceaux, on ne savait plus de quoi, retombaient du ciel. Mona courait, quand elle avait trop mal, elle marchait... Un ange devait la protéger pour qu'aucun soldat ne l'ait agrippée, poussée contre un mur... tout le long, toute la journée, elle en avait vu tomber, fusillés, assassinés, des hommes, des femmes, les enfants pareil.

Elle avait dormi rue Montmartre, elle était entrée au hasard dans une maison, les portes étaient ouvertes, le premier lit, elle s'y était jetée dessus, si moelleux qu'elle avait fait un rêve si beau qu'elle ne voulait pas se réveiller. Quand elle s'était levée, elle avait pensé que c'était fini parce qu'elle n'entendait plus tirer. Elle avait regardé par la fenêtre et elle avait vu les versaillais qui allaient en vainqueurs.

Ils rassemblaient un à un, en troupeau, tous les civils qui avaient eu le malheur de sortir de chez eux. Elle avait attendu là plusieurs heures avant de repartir. Elle allait toujours du côté des barricades, elle retournait des corps, une fois elle avait bien cru que c'était Louis... Elle ne savait plus trop ce qu'elle faisait, elle parlait toute seule.

Ça devait faire plusieurs jours qu'elle n'avait pas mangé, elle avait vu une brasserie et elle avait voulu entrer pour demander un morceau de pain. Des soldats étaient déjà à l'intérieur à vider les bouteilles... Trop tard ! Elle n'avait pas réussi à filer, un l'avait empoignée à peine elle passait la porte. Elle avait crié mais ça ne servait à rien qu'à les exciter davantage et puis... et puis voilà ! elle avait repensé à son père. Tout le temps où ils l'avaient enjambée, elle était avec lui, c'était peut-être lui qui l'avait sauvée, grâce à lui qu'elle a toujours voulu vivre, aujourd'hui encore.

Ils auraient pu la finir d'une balle mais ils l'avaient traînée dehors avec eux et elle s'était retrouvée à marcher avec d'autres comme elle, houspillée par d'autres soldats jusqu'à la caserne de la rue Babylone. Là, un officier avait fait sortir des rangs les hommes et les femmes dont les cheveux étaient gris.

— Vous êtes doublement coupables parce que vous avez connu 48 ! Vous ne méritez pas de vivre...

Il avait donné l'ordre de tirer, ils étaient peut-être une centaine, ils étaient tous tombés.

Les autres... ils avaient marché jusqu'à Versailles, oui Versailles !... Ce devait être une file de plusieurs kilomètres parce qu'elle n'avait jamais vu ni le début ni la fin et quand ils étaient montés à Saint-Cloud, elle avait pu voir Paris en feu... et au-dessus un gros édredon tout noir qui pesait sur la ville.

Des hommes, des femmes pleuraient autour d'elle, pas de grands cris, rien que de petits couinements. Si l'un d'eux ralentissait les autres parce qu'il ne pouvait plus marcher, un soldat le tirait hors des rangs et l'abattait sur place. Ce n'étaient plus des hommes, pas plus des bêtes… On n'avait jamais vu ça, on ne se parlait plus, même les regards ne disaient plus rien, rien qu'ahuris ils étaient.

Combien il en est mort à Versailles ? On les avait parqués dans des étables… tous les jours, on emportait les morts…

C'étaient les premiers jours de juin, Mona n'était rentrée à Paris qu'à la fin de juillet. D'autres déjà habitaient sa maison, de toute manière elle n'avait pas de quoi payer le loyer. Une voisine l'avait recueillie…

Elle relève la tête, ses yeux se sont durcis.

— Voilà ce qu'il m'en reste de ta Commune ! où elle m'a menée… baisés elle nous a !… peut-être t'as payé ce soir, mais quand même t'es revenu pour me baiser !

— Pas toi, une autre.

— Ça change rien… Je dis pas que c'est ta faute… J'aime bien ce que tu racontes, t'es pas un salaud… mais t'es encore vivant toi ! la honte ne tue pas… mais c'est peut-être pas mieux de se la traîner…

— J'ai honte de rien.

— Non ?

Ce mot l'avait touché comme s'il avait touché un nerf, à sursauter.

— Je me suis toujours battu contre la guerre…

240

— Se battre tant qu'il n'y a pas de fusils, c'est pas très difficile. Moi aussi j'étais contre la guerre… et je suis partie chercher des morts !

Elle le ramène à sa blessure, la vraie… direct elle y est allée, la première à prononcer le mot… la honte ! la peur ! la honte est toujours liée à la peur. Six mois plus tôt il se serait mis en colère, il se serait levé, effacé, aurait foutu le camp… là, rien du tout… il ne va pas lui dire, mais elle a raison.

Il a voulu sauver sa peau et il y a laissé son âme. Ça ne lui était jamais apparu aussi clair, il commence à comprendre ce qu'il est venu chercher dans cette chambre… pas Jo ! Elle est loin, fragile, comme un rêve au réveil.

C'est peut-être le moment, cette fois-ci, pour qu'il aille jusqu'au bout… son jusqu'au bout à lui, qu'il dise tout, il n'apprendra rien, mais un mot d'elle peut-être le libérera, un mot comme la honte… Ce n'est pas de s'être caché qu'il a eu honte, après tout il a fait ce qu'il a pu pour éviter la guerre, le sang. S'il était parti en Angleterre avec les jeunots, il aurait fait beaucoup moins et il n'aurait pas eu honte, personne ne lui aurait reproché… Non, c'est beaucoup plus intime, intriqué, mélangé… parce qu'il s'y est mélangé à Adèle ! C'est elle qui a foutu le bordel dans sa vie.

Elle l'a dénoncé la salope ! poussé dans le dos, dans les escaliers… une sacrée dégringolade ! six mois de prison ! cinq cents francs d'amende ! et c'était rien que la mise en bouche… Volés, ses tableaux ! Il n'y avait qu'à se servir, il était en prison ! mais c'était rien encore… Sa propre sœur et son beau-frère qui s'en étaient mêlés ! Tout le monde se servait... Et Mac-Mahon qui un matin se réveille, « On va lui faire payer l'érection de la colonne à ce Courbet », il se dit le cochon ! Jamais vu une pareille érection ! À en crever ! Cinq cent mille francs... Il en crève aujourd'hui et tout ça, c'est Adèle le point de départ... Et la honte ! Il allait l'oublier celle-là ! Toujours il l'oublie... Un affreux cauchemar.

Il l'avait déjà peint ce qu'il lui arrivait, l'hallali du grand cerf, les truites la gueule ouverte... c'était rien que lui... Maintenant, il ne peint plus que des paysages et quelques portraits, c'est moins risqué... et même les portraits ! Rochefort lui a balancé le sien à la gueule, il ne se trouvait pas assez bellâtre ! avec ses dents de cheval !... à se demander ce qu'il voit dans une glace celui-là ! Il n'a pas honte lui, il marche droit.

C'est à n'y rien comprendre son histoire... Rien que la dégringolade, elle commence avec Adèle... Elle l'avait dénoncé ! Un soir à onze heures, on frappait à la porte rue Saint-Gilles, on venait pour l'arrêter. C'est lui qui avait ouvert.

— Il n'y a pas de Courbet ici, il avait dit.

Barbe ou pas barbe, on savait que c'était lui.

— Où est-ce que vous m'emmenez ?

— Aux Affaires étrangères.

Là-bas, on lui avait posé des questions, jusque-là ça allait... et puis il avait compris qu'il ne rentrerait pas dormir chez lui et que ça ne se discutait pas. On l'avait emmené à la Conciergerie, il était minuit, enchaîné à deux autres prisonniers, poussé dans le couloir, plus rien qui se discutait... Toute la nuit il en était arrivé, comme lui, qui venaient s'entasser dans un couloir trop étroit, trop petit… tout qui devenait trop !

Le lendemain, il avait eu droit à une cellule et un peu de papier pour écrire à Casta… « Viens vite ! » Parce qu'il avait eu le temps toute la nuit de mastiquer ses pensées… Jules Simon, Jules Ferry, Jules Grévy, le président de l'Assemblée nationale, un Jura comme lui, ils allaient le sortir de là, il fallait les prévenir… trouver un avocat, on ne sait jamais… le meilleur !… et puis ses tableaux ! les récupérer, les faire transporter rue Hautefeuille.

La police était déjà passée chez Adèle, sûrement on l'avait fait parler, ils avaient embarqué les tableaux… plus de deux cents ! des Rubens entre autres, une fortune ! Voilà qu'on le soupçonnait de les avoir volés au Louvre ! Et quand le soupçon entre dans une maison, il n'en sort plus… Tout ça parce qu'on avait trouvé chez lui les deux têtes ramassées dans le jardin de Thiers… « pour les protéger », il dirait ! On n'allait tout de même pas le condamner pour ces deux figurines… Non, lui ne risquait rien, les tableaux lui appartenaient, il pouvait le prouver… C'était Adèle, il ne fallait pas qu'elle soit mêlée, il ne savait pas encore qu'elle l'avait balancé !

Il ne pouvait plus qu'écrire… à sa sœur, Zoé, qu'elle n'aille pas raconter n'importe quoi à ses parents… à ses parents, qu'ils ne se fassent pas de soucis, il n'avait rien à se reprocher, au contraire, il avait été un de ces modérés qui avaient tout fait pour empêcher la guerre… Et il s'était mis à y croire ! Comme si un vainqueur allait écouter sa diarrhée ! C'était mal les connaître. Pour ne pas se tromper sur les hommes, il faut toujours imaginer le pire… et quand il ne vient pas, se dire que c'est une heureuse surprise. On peut l'attendre longtemps ! lui, ça faisait six ans qu'il l'attendait l'heureuse…

Il ne faisait plus qu'attendre dans sa prison… quatre jours, il avait attendu Casta. C'est ça aussi la prison, le temps qui s'étire à plus finir. Ils avaient fait le point, Delescluze, Rigault, morts !… Vallès, Ferré, Rochefort, arrêtés ! tous arrêtés ou morts. Ils ne fusillaient plus dans les rues, presque plus… ils envoyaient à Versailles, comme Mona, trente, quarante mille ! Il en partait tous les jours. Casta ne voulait pas le dire mais ça se voyait gros pif qu'il ne voyait rien de bon pour la suite.

Et puis les Reverdy… les monstres ! Il ne faisait que se méfier à l'époque. Les Reverdy, c'est sa sœur Zoé et son bouc de mari.

— Ta mère est morte, lui avait dit le bouc.

Le pire toujours ! Morte quand il se cachait rue Saint-Gilles… parce que les journaux écrivaient n'importe quoi, qu'il avait été tué sur une barricade, vu mort, même un gendarme avait témoigné… Elle n'allait pas fort sa mère, mais d'avoir lu, elle s'était couchée et deux jours plus tard elle était morte. Son père allait monter pour le lui dire… mais c'était mieux qu'il sache, avait dit le bouc…

À Ornans, ses ennemis, il s'en trouve toujours quand on ne peut plus se défendre, s'en étaient pris à une pauvre statue qu'il avait offerte à la ville… foutue par terre, et ramenée en morceaux à son père, sur le pas de sa porte. Mais tout ça n'était rien comparé à sa mère.

Il était retourné en cellule, il ne pensait plus qu'à sa mère. Dans ce moment on redécouvre qu'il n'y a que deux mondes, l'intérieur et l'extérieur, et que l'intérieur du jour au lendemain peut disparaître... envolé, fumée, laissant rien d'autre qu'un être et son vide. L'intérieur c'était sa mère, son père, ses sœurs... son fils, même s'il ne le voyait pas souvent. Oui, l'intérieur peut s'éteindre... Une mère qui meurt fait revenir l'enfant qu'on a été avec elle, on se souvient, on le reste toujours cet enfant derrière la carapace, tout le temps qu'elle vit... mais qu'elle parte et l'enfant la suivra. Tout qui se mourait... son fils allait mourir lui aussi, à vingt-cinq ans, quelques mois plus tard et il ne pourrait pas l'accompagner non plus.

À la mi-juin, on l'avait expédié à Versailles, en voiture dans un fourgon où il avait cru mourir tant il faisait chaud... envoyé dans les écuries comme Mona, il savait par où elle était passée ! Les premiers jours, les pires, ensuite on s'habitue parce qu'il faut bien survivre.

— Courbet !

Il dormait sur sa paille, se tuait à dormir, son voisin de droite l'avait secoué.

— On t'appelle !

Il s'était redressé.

— T'es sûr ?

Ils avaient écouté... loin d'eux du côté de la sortie, un gardien gueulait une liste de noms... les appelés ! il fallait se lever, pas traîner, vite courir se présenter sinon c'étaient des coups, une tannée assurée. La lumière était rare pour ne pas exciter les animaux, elle tombait en pluie depuis quelques lucarnes. Ils étaient là plusieurs centaines, à croupir sur la paille qu'on ne changeait que par accident, à essayer de dormir, à poser leurs besoins ou les cacher, les oublier si possible... c'est terrible la paille, propre on y fait de si beaux rêves, salopée on s'y enlise, elle se colle, fait corps, une croûte pareille à celle qui se forme quand une plaie cicatrise. Ils étaient une plaie...

Il avait entendu son nom et il s'était levé en se servant du mur derrière lui, ses hémorroïdes saignaient de plus en plus souvent, faisant des croûtes elles aussi terriblement douloureuses. Deux gardes armés passaient par là.

— Alors tu te secoues salopard ! Et réveille-moi celui-là.

Celui-là c'était l'autre voisin. Il avait beau le secouer, l'homme ne bougeait pas, alors un des gardiens y était allé à coups de pied.

— Tu te réveilles salopard ! Retourne-moi ce pourri !

Courbet l'avait retourné. Un crevé... disparu ! Il se vengeait par une affreuse grimace, la seule arme qui lui restait pour faire peur, éloigner peut-être.

Ça l'avait redressé Courbet, il voulait plus voir, que foutre le camp.

— Eh, ganache, tu pars pas les mains vides ! Sors-moi cette merde de là.

Alors, aidé de son voisin, il avait chargé le cadavre sur ses épaules et il était allé avec sa charge à travers la salle, manquant tomber chaque fois qu'un de ses pieds se tordait dans un trou... L'autre gueulait toujours ses noms.

On ne raconte pas à n'importe qui ce genre de choses, Mona est la première à qui il peut dire... et il a vu changer son regard, elle l'accueille, elle le laisse venir maintenant, ce qu'il dira, elle le prendra comme tel, cet homme ne peut pas lui mentir, elle se dit.

Il avait fini par obtenir du papier et il s'était mis à écrire à Jules Grévy, à Jules Simon surtout, pour ne pas sombrer davantage, pour qu'il le sorte de là... un roman ! des pages et des pages chaque jour... pour expliquer sa Commune, les pourquoi comment, raisons folies... écrire d'impuissance surtout ce que l'autre savait très bien, qu'il n'était pas un excité, ultra, tête brûlée... son pacifisme, il en avait saoulé son monde toute sa vie ! Naïf toujours, il pensait vraiment que ses lettres auraient du poids... Les avaient-ils seulement lues, les Jules ?

Le mois de juin était passé, pas un qui avait répondu ! Il commençait enfin à comprendre qu'il n'était plus question d'idées, ni d'hommes, ni d'honneur, de services rendus, de justice... fariboles ! Il n'y avait plus qu'une loi, celle du vainqueur qui mettait à sa botte, dictait, toujours les vainqueurs ont réécrit l'histoire, nettoyé, purgé, fait du vaincu un monstre. Et

Courbet était un vaincu, donc un monstre, donc… donc le pire était encore à venir !

Zoé passait le voir tous les jours ou presque, elle était bien sa sœur, capable de remuer ciel et terre pour arriver à ce qu'elle voulait. Elle avait enfin trouvé sa voie, s'occuper de son frère allait devenir l'affaire de sa vie. D'abord, elle avait obtenu qu'on le sorte des écuries, qu'il ait au moins une cellule avec son cul qui partait en ragoût…

Pour elle c'était bien simple, il s'était laissé entraîner. C'était un artiste, un génie, des bandits avaient profité de lui. D'ailleurs la politique, il n'y connaissait rien, il ne savait que répéter à en devenir bête comme ses pieds… comme si être un génie d'un côté le rendait idiot de l'autre ! Et puis c'était un gentil, incapable de mal faire, le contraire de ces sauvages qui s'étaient servis de lui… Elle courait dans tout Paris pour que ses prestigieux amis viennent témoigner, rien ne l'arrêtait, jusqu'à Jules Simon, elle était remontée…, mais là, elle était tombée sur un os !

Courbet voyait bien qu'elle en faisait trop, il tentait de la tempérer, mais sans grande conviction parce que dans son état, pour le coup, il se laissait entraîner, il était prêt à dire comme elle… s'il n'y avait que ça pour sauver sa tête, pourquoi pas ? Parce qu'il allait y passer en conseil de guerre ! Devant un lot de colonels et autres médaillés versaillais.

Il ne se souvient plus qui a eu l'idée de faire appel à maître Lachaud, un bonapartiste pur porc ! si c'est Zoé, c'était bien la seule bonne idée qu'elle ait eue…

être défendu par un des leurs, c'était assez retors et qui plus est un des meilleurs avocats de Paris.

Évidemment, elle écartait de lui tous ses amis communards, Casta le premier… Il laissait faire ça aussi. C'était ses tableaux qui le préoccupaient, le régisseur de la rue du Saumon ou Adèle ou les deux ensemble s'opposaient à ce qu'on les rapporte rue Hautefeuille… encore un os !

Courbet avait enfin pu lire le rapport de police… le lire, le relire, à l'endroit, à l'envers ! Elle l'avait trahi, vendu, donné… Adèle, merde ! elle avait balancé sa planque rue Saint-Gilles !… et il découvrait qu'elle n'était pas vierge ! elle avait déjà eu maille avec la police, une histoire de faussaire… c'était à plus rien comprendre… ou trop clair selon Zoé ! elle louchait sur ses toiles, c'est tout.

— Ton charme, c'est rien que tes toiles ! À ton âge, il ne faut plus que tu t'illusionnes…

À se frapper la tête contre les murs !… parce qu'elle continuait, la garce, à siffler ses saloperies, les pires choses… qu'il avait dépensé chez elle des montagnes d'argent, bu la cave de Bercy, qu'il lui devait neuf cents francs. Elle embrouillait tout et si bien qu'on pouvait très bien la croire… Jusqu'à dire qu'elle regrettait de ne pas l'avoir fait fusiller !!! Ou bien elle était de la police ou bien elle était folle… Se rendait-elle compte qu'elle risquait six mois de prison ou bien pensait-elle y échapper en le chargeant ?

Il voulait encore croire que la peur lui avait fait perdre la tête… Il fallait la protéger, il avait écrit à Joute pour qu'il aille la voir, qu'il lui parle.

Mais le comble !… Elle s'était présentée à la prison, c'est elle qui voulait lui parler… Il avait hésité, mais pour en avoir le cœur net, pour savoir… le cœur net il l'aimait voilà tout… et à peine l'avait-il aperçue, elle marchait encore vers lui, qu'elle était déjà presque pardonnée. Il s'était retenu pour ne pas l'embrasser, l'habitude, les gestes allaient plus vite que ses pensées.

— C'est ta sœur qui t'a dénoncé.

— Mais non, c'est impossible !

Il avait lu le rapport… mais elle avait un tel don pour tordre les choses, les retourner, les compliquer jusqu'à ne plus rien y comprendre ! Mais comment pouvait-elle croire qu'il allait avaler ça ?

— Pourquoi Zoé m'aurait dénoncé ?

— Mais parce qu'ils veulent les tableaux ! Son bouc, c'est rien qu'un charognard ! tu verras, tu verras, c'est la pire espèce.

Un don elle avait ! parce qu'il y avait du vrai dans ce qu'elle disait… il se doutait bien que le bouc avait de l'appétit, un sale, un vorace le cochon, il ne pouvait pas l'encadrer. Adèle le savait, en jouait-elle ? Et son régisseur qui refusait de lâcher ses toiles ? D'où elle le connaissait celui-là ?

— Mais je ne le connais pas !

Bien sûr qu'elle le connaissait !

— Tout ce que je veux, c'est que mes toiles reviennent rue Hautefeuille.

— Moi aussi je le veux ! Zoé te raconte des histoires…

Évidemment !… de toute manière, là où il en était, on aurait pu lui dire que la terre s'était mise à tourner

250

dans l'autre sens, il l'aurait cru parce qu'il ne comprenait plus rien à rien.

Et puis... son père était venu le voir. Un père qui vient visiter son fils en prison, peu importe ce qui l'a amené là, c'est toujours une insulte à l'ordre des choses, une de ces catastrophes, une tornade qui laisse derrière elle une grande désolation. Ravagés, ils étaient l'un et l'autre... Il avait vu arriver un vieillard, le parloir étant plein, on les avait laissés dans une cellule. Son père s'était assis près de lui, ses mains tremblaient. C'était ça dont il se souvenait, qui l'avait bouleversé... son père qui n'avait plus de force ! Contre nature ça aussi... par sa faute ! Lui, qui en avait fait ce petit vieux. Un père a toujours de la force, l'âge n'a rien à voir là-dedans...

— J'ai pas du bon à t'annoncer, il avait dit.

Courbet lui avait pris la main pour ne plus la voir trembler, c'était pire... il la sentait qui continuait à s'agiter dans la sienne. Il n'avait pas osé lui dire qu'il savait déjà, que le bouc lui avait déjà tout dit, parce qu'il avait dû se préparer et qu'il ne fallait pas le perturber davantage.

Il l'avait écouté sans un mot et les larmes lui étaient venues, ils avaient sorti leur mouchoir de leur poche, au même moment tous les deux et ils étaient restés sans parler jusqu'à ce que son père dise :

— Je sais que tu as voulu bien faire. Maintenant il ne faut plus penser qu'à toi, tu m'entends ?... C'est pour te dire ça que je suis venu, ne te fais pas de soucis pour moi, ça va aller... Ne pense qu'à toi, qu'à te sortir de cette histoire. Ta sœur s'agite beaucoup, il ne faudrait pas qu'elle fasse mal en croyant bien faire elle aussi. Moi je suis trop vieux et trop loin pour t'aider…

Sa main s'était remise à trembler.

— Ça va aller, lui avait dit Courbet.

— Oui ça va aller… T'inquiète pas. J'ai pas eu d'autre bonheur que toi… Je ne te l'ai jamais dit parce que c'est pas à dire, mais quand on en est là où on en est, on peut…

Courbet avait surpris son regard, c'était son père… Il avait un père ! qui venait s'occuper de son enfant, un père qui l'aimait. Il avait fallu la prison pour qu'il puisse lui prendre la main et entendre une chose aussi extraordinaire… si simple, après laquelle peut-être il avait couru toute sa vie. Ça ne le rendait pas plus fort, ça ne lui donnait aucun courage, ça l'apaisait… c'était comme une caresse, un morceau de chaud autour duquel il s'enroulerait la nuit.

Ils n'étaient pas allés plus loin dans leurs secrets mais c'était déjà si énorme, aussi incroyable qu'une pierre qui se serait mise à parler.

Son père avait voulu savoir qui était cette Adèle.

— T'as jamais eu trop de chance avec les femmes.

Au fond ce n'était peut-être que ça… Y avait-il davantage à comprendre ? La première impression qu'on retient d'un paysage entrevu sous une certaine lumière est rarement contredite, on peut y revenir à d'autres heures, l'analyser, tout est perçu dès le premier coup d'œil. Son père avait dû faire de même, choper ce quelque chose à seulement deux ou trois mots qui lui avaient échappé.

Il aurait tout de même dû préciser : pas de chance avec ses maîtresses… parce que dans ses amis, il y avait aussi des femmes, une surtout, on n'en a qu'une comme elle dans une vie, il venait de recevoir une lettre d'elle, Lydie… un autre morceau de chaud, si précieux dans la dégringolade.

Quand son père était reparti, il s'était senti si misérable… les larmes encore lui étaient venues, le vieil homme s'était retourné avant de passer la porte. Voilà, c'était fini… Peut-être qu'il ne le reverrait plus, ce n'est rien de plus une vie, un moment passé ensemble et puis c'est tout… au revoir ! avec un sourire timide parce qu'on n'en est pas sûr de cet au revoir. Voilà…

Zoé continuait à venir, Adèle à pas lâcher les toiles… Il n'avait rien dit de sa visite, mais maintenant il regardait sa sœur et il se demandait si Adèle n'avait pas raison. Était-ce son poison qui agissait ou bien Zoé déjà qui se trahissait ? Il n'avait jamais remarqué jusqu'à quel point les choses de l'esprit la rebutaient, elle ne voulait pas sauver ses toiles, seulement la marchandise… il n'allait pas lui lancer la pierre, lui-même ne pensait pas plus loin. Elle se résume à ça aussi la vie, à devoir manger tous les jours.

Une marchandise tout de même qui lui permettait de se payer le meilleur avocat, parce qu'il n'était pas donné, l'animal ! Pas sympathique non plus… à se demander pourquoi il avait accepté… l'argent ? la gloire tiens ! évidemment ! parce que Courbet était une célébrité, un nom qui revenait depuis vingt ans dans les journaux, on parlait de lui comme si on le connaissait, on l'admirait, on le détestait, peu importe… et pas qu'en France, partout en Europe, il n'y avait pas un seul jour sans que Zoé lui apporte une lettre de soutien d'Allemagne ou d'Autriche ou d'Angleterre… toute l'Europe. Alors, tout maître Lachaud qu'il était, s'il voulait laisser une trace, une virgule dans l'histoire, il allait devoir lui servir la soupe…

Il était venu le voir dans sa cellule, à peine s'il lui avait tendu la main, froid le con ! C'est dire combien Courbet était branlant, esquinté, pitoyable pour se manger l'affront. Il avait avalé et il s'était lancé dans une plaidoirie à la Courbet, il n'avait eu que trop le temps d'y penser, mais l'autre l'avait arrêté.

— C'est moi qui plaide, pas vous ! Si vous allez comme ça, je vois déjà votre tête sur un plateau… Vous leur en faites cadeau. Commencez donc par m'écouter. Je vais vous dire comment je vois, après vous irez comme vous voudrez, avec moi ou un autre. Le chemin est très étroit, il ne faudra pas se tromper.

Alors Courbet avait écouté… C'était dit finement mais Zoé ne disait pas autre chose, un mois qu'elle le serinait tout pareil, tout tracé déjà le chemin…

— Si je vous comprends bien, vous allez me faire passer pour un con, le type qui s'est retrouvé dans la Commune, il sait pas pourquoi… un demeuré, un gentil, mais une croûte.

— Oui, on peut le dire comme ça… moi je dirais plutôt une victime, un égaré. Sur le plan des idées vous serez toujours perdant puisque vous avez échoué et que vous allez être jugé par ceux qui vous ont battu. Alors qu'est-ce qu'il vous reste ?… L'artiste !… qui aurait dû se contenter de rester artiste. L'artiste est un faible, un rêveur, c'est pas un militaire qui me contredira. Alors on dira que l'artiste s'est laissé entraîner, qu'il n'a pas mesuré les enjeux, que la politique lui a joué un mauvais tour.

— Mais là, c'est toute ma vie que vous jetez aux chiens… et ma peinture avec !

— Je ne connais pas les chiens mais je connais les hommes et eux ne vous pardonneront pas.

— Mais je me suis battu toute ma vie pour des idées, pour un monde meilleur.

— Tout le monde se bat pour un monde meilleur !

C'était dit sèchement, presque mauvais déjà… Courbet avait croisé son regard, cet homme était tout ce qu'il avait combattu, toute sa vie. Où allait-il là ? N'était-il pas en train de se renier, de se suicider ?… Se suicider avec celui-là ou perdre sa tête avec les autres ? Il n'avait plus le choix, un chemin très étroit, il avait dit !

— Vous avez raison ! c'est vrai que je suis influençable. La preuve, vous m'avez convaincu… Un con et un vaincu… Allons-y comme vous dites.

Il avait forcé un rire sonore mais l'autre n'avait pas cillé, pas une once, pas un faible lui, pas à se laisser embarquer, un maître ce Lachaud ! S'il l'avait aussi raide son engin, ça devait rigoler dans son lit ! Sa tronche disait le contraire, mais allez savoir… Courbet passait son temps à se tromper sur les hommes ! Un chaud lapin, la nuit venue, ce maître… maître queue…

Courbet s'évadait comme ça pour chasser la douleur, l'autre était déjà parti qu'il brodait toujours, tricotait des mots… mais il n'arrivait plus à en rire. Il ne s'était jamais senti aussi lâche, moche… on lui demandait trop.

On l'avait réexpédié à Versailles pour attendre le procès… le 14 août. On réservait déjà sa place un mois à l'avance, on faisait jouer ses relations, on voulait les voir les Ferré, Courbet, Rossel, Rastoul, Urbain, Vallès… les têtes de la Commune qui n'étaient pas tombées sur les barricades, on faisait des paris, qui la sauverait qui la perdrait !… le frisson garanti, on allait s'en payer une tranche avant le dîner, une petite agonie, oui merci, saignante… et à la fin, banquet final, on ressortirait la guillotine, la Commune ne les avait pas toutes brûlées, on verserait le sang des tyrans… à température s'il vous plaît !

Courbet avait commencé, lui, tout seul, à saigner avant les autres, ses hémorroïdes pétaient… un vrai feu d'artifice, on avait dû l'hospitaliser pour arrêter l'hémorragie. Il ne quittait plus sa couche, ne répondait plus au courrier, Adèle le fatiguait à s'agiter et toujours parler, il ne l'écoutait plus, n'attendait que le moment où elle le laisserait… il ne savait plus qu'attendre… attendre et tenter de s'échapper d'un ahurissement général et barbare… attendre comme on attend la mort, à repasser sa vie et toujours, avant de sombrer dans la grisaille du sommeil, il retrouvait les endroits qu'il parcourait avec sa mère, les prés de Flagey quand ils allaient aux noisettes, les bois de sapins de Renguey où ils allaient aux framboises, il retrouvait l'odeur des gâteaux qu'elle faisait cuire dans son four.

Toute la nuit du 13 au 14 il avait plu, Adèle toujours folle refusait de lui rendre ses vêtements et Courbet était parti au procès sans sa redingote. Il flottait dans son veston tant il avait maigri. Ils allaient apprécier, les héros ! le linge fin ! les culs jolis ! quand ils le verraient tout vieilli, blanchi, pauvre diable… qu'ils aillent au diable ! Il n'avait besoin de personne pour se faire peur, il suffisait qu'il sorte un miroir. Zoé lui avait apporté un coussin pour qu'il souffre un peu moins d'être assis pendant des heures.

Ils étaient sortis enchaînés les uns aux autres, il pleuvait une petite pluie fine. Il fallait longer un bout de rue avant d'atteindre le tribunal. Déjà là, on les attendait… des gamins qui leur lançaient de la boue. Ça faisait rire bien sûr ! et pas que les gamins ! c'était Guignol pour tout le monde… et pas pour rire les coups de bâton ! Une femme, un choléra, il ne l'avait pas vue venir, s'était mise à le frapper avec son ombrelle, à grands coups jusqu'à la casser… rien que du drôle ! Les gardes se fendaient eux aussi pour ne pas être en reste. Alors c'était un autre boute-en-train qui s'était approché lui gueuler ses injures, son vitriol et pour conclure, il lui avait craché dessus… pour rire, désopiler ! dans vingt ans il la raconterait encore sa prouesse.

Courbet avait fermé les yeux, il marchait sans plus voir et le souvenir de la place de la Bastille lui était remonté, c'était loin, irréel… et il avait eu un sursaut d'orgueil. Non ! il ne regrettait rien. Oui ! il était fier d'avoir appartenu à la Commune. Oui ! il avait rêvé, mais on ne lui enlèverait pas ses rêves… et sans même y penser il s'était redressé. Oh, personne ne l'avait remarqué, mais il s'était senti beaucoup mieux.

La salle était immense, aménagée exprès pour eux, deux mille personnes, lui avait dit Zoé… Aux premiers rangs, des hommes et des femmes en grande tenue, derrière, on ne voyait plus que des têtes, des yeux tout pointus… Ils étaient entrés et ils avaient entendu des chuts, mais au lieu du silence, des cris étaient montés et des sifflets pendant de longues minutes. C'était pire que les enfants qui lançaient de la boue, pire que des crachats, ces longues minutes anonymes, comme une réprobation qui monterait de la terre. Et il avait eu mal, une sale honte, c'est un poison la honte, qui allait le démolir, il ne le savait pas encore. Qu'avaient-ils donc fait de si monstrueux pour être rejetés par ce vent, ces sifflets, ces cris, ils passaient par des poitrines comme les leurs. On les rejetait voilà tout, on ne voulait plus d'eux, ils méritaient plus…

Et puis le calme était revenu, le procès pouvait commencer, le conseil de guerre… une douzaine d'hommes qui allaient décider de son sort comme si sa vie ne lui appartenait plus. Il l'avait ressenti là… et il les avait dévisagés l'un après l'autre. « Un chemin très étroit », avait dit l'autre boudin ! Et la peur… L'espoir et la peur qui vont main dans la main. La peur est un ver qui pourrit les plus solides, laisse sa marque pour la vie. Pendant quinze jours, il allait devoir vivre avec un couperet au-dessus de sa tête, à se réveiller la nuit, le front en eau, les mains moites.

— Gustave Courbet, levez-vous !

Debout devant tous, devant un Christ géant, une sorte d'empereur crucifié qui présidait dramatiquement... il avait écouté l'acte d'accusation. Premièrement, il avait participé à un attentat ayant pour but de changer la forme du gouvernement et excité les citoyens à s'armer les uns contre les autres... Deuxièmement, il avait usurpé des fonctions publiques... Troisièmement, il s'était rendu complice de la destruction d'un monument, la colonne Vendôme, élevée par l'autorité publique, etc.

C'était de lui qu'on parlait, lui qui était là... Ce qu'il avait fait méritait-il la mort ? Est-ce que ça méritait tous ces gens venus le voir... tomber bien sûr ! Son esprit tournait comme un moulin, brassait toujours les mêmes pensées...

Le soir, il retournait à l'hôpital, sœur Clotilde lui refaisait son pansement, séchait ses plaies et le moulin tournait. C'était elle sa vraie sœur, pas l'autre ragougnasse qui lui rabâchait toujours les mêmes choses.

— C'est une femme comme vous qu'il me faudrait. C'est bien dommage que vous vous soyez donnée à Dieu.

— Oh ! c'est lui qui m'a prise.

— Et vous n'avez pas résisté.

— Oh ! si...

Il pouvait tout lui dire, jusqu'à la faire rougir, mais elle demeurait lisse, elle donnait le sentiment particulier qu'on éprouve devant certains vieillards qui avec l'âge sont venus à bout de leurs tourments. Mais peu importe... la présence de celle-là était douce. Elle avait remarqué la boue séchée sur ses vêtements, elle n'avait rien dit mais le lendemain quand il avait repris sa veste, il n'y avait plus rien… et lui non plus n'avait rien dit.

— Je vais prier pour vous, elle avait osé au moment où il repartait pour le tribunal et il avait failli lui dire « non surtout pas », un vieux réflexe, mais il ne le pensait pas, il la respectait trop, elle n'était pas de la cure-taille, elle était… comme lui ! Oui, ils se ressemblaient. S'il n'avait pas connu les autres, peut-être qu'il aurait pu croire comme elle.

— Non ! elle lui avait dit. C'est pas nous qui choisissons.

— Pourquoi donc il ne voudrait pas de moi votre Dieu ! Que je croie comme vous ?

— Tout est mystère avec Dieu… mais ce n'est pas pour ça qu'il ne vous aime pas… et surtout, c'est pas une raison pour se sentir différent.

Elle n'était pas moins révolutionnaire que lui dans son genre. Ils avaient pris leurs habitudes, chaque soir on le ramenait à l'hôpital… elle s'occupait de son cul, il lui racontait sa journée… comment le président l'avait interrogé, regardé lui et les autres… Il lui semblait qu'il était moins agressif avec lui qu'avec d'autres, Ferré par exemple ou Rastoul…

Il en était réduit à guetter chaque signe comme un enfant à l'école qui aurait oublié son cahier et qui chercherait le moyen de passer inaperçu… Il aurait donné cher pour qu'on l'oublie, pour se réveiller au matin et qu'un gardien lui annonce : « Vous pouvez rentrer chez vous. »

C'était épuisant, imbécile, parce qu'il s'attachait à des détails sans importance. Un concierge de la place

Vendôme l'avait vu grimper sur la colonne ! Pile le jour où on l'avait alitée sur son fumier ! Le con, on l'avait payé ce naze !... Le témoignage ne tenait pas et Lachaud n'en avait fait qu'une bouchée, mais Courbet n'en avait pas dormi de la nuit alors que le même jour Jules Simon était venu dire combien il était un homme bon et généreux, qu'il avait sauvé les monuments... la peur, le ver qui le grignotait !

Le même jour, Grousset, condamné comme lui, assis à trois places à sa droite, avait demandé la parole.

— Il n'y est pour rien dans l'affaire de la colonne. C'est moi qui ai lancé l'idée, qui ai fait voter le Comité. Vous pouvez vérifier le décret, il ne porte pas sa signature... et pour cause, il n'était pas encore au Comité. L'idée, je l'ai eue d'une bien curieuse manière, parce que par le plus grand des hasards, il s'est trouvé dans un de mes dossiers le projet de contrat de démolition...

En fait, ça n'allait pas si mal pour Courbet... si Adèle n'avait pas balancé son sac de mouscaille ! Il ne l'écoutait plus, il ne pouvait plus. Il essayait toujours de comprendre ce qu'il avait bien pu faire pour mériter ces horreurs. Elle avait répété qu'elle regrettait de ne pas l'avoir fait fusiller... la même qu'il avait eue dans ses bras ! qui était venue le voir en prison... elle ne pouvait être que folle... ou de la police.

Il avait demandé à maître Lachaud de ne pas l'enfoncer... difficile de lui expliquer qu'elle avait été sa maîtresse, inutile oui ! Il n'avait pas eu besoin d'un dessin, il n'y avait qu'à voir comment il le regardait, façon de dire : « Mon pauvre garçon, andouille jusqu'au bout ! »

— Qu'en pensez-vous ma sœur ?

— C'est pas à moi qu'il faut demander ça. Je ne connais rien aux choses de l'amour.

— Mais si ! Vous l'aimez comme une folle votre amoureux… Si vous aimiez un homme, vous n'iriez pas le dénoncer !

Elle n'avait rien dit. Elle était la seule à qui il pouvait parler librement d'Adèle et il lui avait tout raconté.

— Qu'est-ce que vous feriez à ma place ?

— Mais moi, je ne sais rien faire d'autre que prier. C'est la chose la plus bête qui soit… et aussi la plus intelligente puisque c'est ce qu'un petit esprit comme le mien peut faire de mieux… et même parfois ça marche, on me dit que je fais du bien…

— Quand vous pansez mon cul, vous priez ?

— Ça m'arrive…

— Alors si c'est Dieu qui vous envoie… remerciez-le de ma part.

Dieu s'en moquait bien, de lui… Les journées étaient longues à supporter, il en avait fallu quinze pour arriver au réquisitoire et à la plaidoirie de Lachaud. Les deux, la défense et l'accusation, étaient d'accord sur un point, ce Courbet était un gros naïf, un benêt, tout juste si l'un des deux n'avait pas sorti un bonnet d'âne de sa poche… Socialisme, révolution, justice sociale, des mots qu'ils ne connaissaient pas, qui n'avaient pas leur place, ce tribunal n'en voulait pas… Proudhon, Blanqui non plus. Il n'y avait que des criminels sur le banc des accusés, des voyous et un con ! un artiste, un croûteux… Le réalisme ? Jeté à la Seine… comme il avait jeté, lui, les statues de Peau de Melon !

Lachaud avait du talent, c'est vrai, il imposait le silence quand il parlait, ça ne trompe pas, ceux-là vous feraient avaler des couleuvres. Mais il y en avait une qui ne passait toujours pas… Un con soit ! Un artiste est toujours un con !… Mais un lâche ! Se démarquer à ce point de la Commune !… Pour sauver sa tête ! Chacun le comprenait mais tout de même… L'autre parlait, étalait son talent et lui ne pouvait plus regarder que ses pieds… Personne lui reprochait, sur le banc, Ferré, Rastoul, Rochefort… Personne qui se retournait vers lui… C'est lui qui ne se pardonnerait jamais ! Sa tête à ce prix, c'était trop cher payé ! Il s'était fait avoir, entraîner… par sa sœur, par ce Lachaud !… Un lâche, il en avait fait, Lachaud ! évidemment avec un nom pareil, il ne pouvait pas faire autre chose ! c'était écrit… toujours c'est écrit quelque part. Ça devait l'arranger que les autres soient lâches, il les y amenait, il devait l'être, lui, le premier ! Il se servait de Courbet pour arranger ses petites affaires, comme tous les autres, ce Lachaud…

Alors Courbet s'était mis à le détester, ce salopard était en train de foutre sa vie en l'air. Une rage à se lever et à gueuler très fort avait chauffé son sang, mais rien n'y faisait, ses yeux restaient fixés à ses pieds… il était lâche, l'autre avait raison, il avait gagné !

À la fin de sa plaidoirie, il s'était retourné vers Courbet, attendait-il un signe, un sourire, un contentement ?… Son sucre le chien ! Il la voulait sa récompense, il l'avait levée sa patte !… Courbet était effondré et il avait fallu toute la chaleur de sœur Clotilde pour le remettre sur pied… la douceur de ses mains et sa grâce, elle flottait celle-là, elle pesait rien sur la terre.

— Je ne m'en relèverai pas. Je suis foutu.

— Ne dites pas ça…

— Si ! je vous le dis à vous, j'ai honte !

— On a tous eu honte un jour ou l'autre. Et puis ça guérit comme le reste.

— Non, c'est trop… Ils m'ont cassé, je ne ferai jamais plus rien de bon, je le sais.

— C'est pas nous qui savons… Vous allez vous remettre à peindre parce que vous ne savez rien faire de mieux, comme moi la prière…

Il avait fallu attendre encore trois jours pour subir le verdict.

— Courbet Gustave, levez-vous… Six mois de prison ! et cinq cents francs d'amende.

Ferré, fusillé ! Rossel, fusillé !… Rastoul, au bagne à perpétuité !… tous les autres, déportés en Calédonie ! Il l'avait échappé belle… Mais qu'importe, il s'attendait à l'exil, pas à la prison ! Et ce soir-là, il n'était pas retourné à l'hôpital, il n'avait pas eu sœur Clotilde pour l'empêcher de sombrer… Cassé ! On l'avait cassé ! Tout de suite il avait pensé à son père… et à sa mère, morte ! il était bel et bien seul… il allait devoir s'accrocher pour vivre… s'accrocher à quoi ?

Le verdict était tombé mais on continuait à le houspiller, on le gardait à Versailles, il n'était pas à l'abri d'un mouvement d'humeur de quelque sergent fiévreux. Ils avaient dû aimer ça, fusiller ! Rien qui pouvait leur redonner l'ivresse, ils en gardaient une macabre nostalgie, une folle idée fixe, un regard de travers et la bave leur montait.

Trois semaines, il avait dû supporter, craindre encore avant d'être rapatrié à Sainte-Pélagie avec les droits communs. Là-bas, il avait dû porter l'uniforme gris, comme tout le monde, mais il avait une cellule pour lui tout seul et il pouvait faire venir sa nourriture... Byzance ! On pouvait même venir le voir, au compte-gouttes, mais tout de même !... Mais même à Byzance on se languit à tourner en rond et souvent lui revenaient les mots de sœur Clotilde... « peindre parce que vous êtes peintre, c'est toute votre vie »... Parce qu'il était toujours en vie nom de Dieu !

Des semaines encore, il s'était séché avant qu'on l'autorise. On faisait travailler le droit commun et lui on l'empêchait de peindre. Il n'y avait aucun ordre, ni écrit, ni chanté... pas la peine, chacun y allait de son zèle comme si chacun rajoutait son grain à la sentence... et lui tout au bout se morfondait.

Lachaud aussi zélait, l'enflure ! Il avait su lui faire passer sa note... Cinq mille francs ! Avec quoi il se mouchait celui-là ? Cinq mille francs, il ne les avait pas ! Qu'il aille donc taper Adèle, c'est elle qui avait... Il le savait bien, le vicelard, il le laissait pas se relever, à terre il le saignait ! Pourquoi se gêner ? Sûrement un homme de goût celui-là aussi, avec plein de jolies œuvrettes sur des guéridons ding ding dong ! Il en avait fait un con et un lâche... et maintenant l'andouille allait payer et le lâche fermerait sa gueule. Qu'on se le dise ! Il n'était que le premier, les autres prendraient modèle... toute sa vie maintenant, il lui faudrait payer... C'était pas écrit ça non plus !

Mais au lieu de l'accabler, ces cinq mille francs l'avaient requinqué. Il allait le régler ce croquemort ! il le méprisait trop pour discuter. En deux jours autrefois, il lui aurait fait son affaire... Une toile et puis bonsoir ! Oui, il allait s'y remettre et leur montrer qu'il en avait encore dans le ventre. Mais qu'on lui donne ses couleurs nom de Dieu ! Et là le doute s'en était mêlé... Est-ce qu'ils en voudraient encore de sa peinture, les goûteux ? À quoi bon se remettre à tartiner si personne n'en voulait plus ? Et puis quoi peindre dans ce trou ? Il en avait oublié le ciel depuis le mois de juin qu'on le tenait enfermé...

Il n'y avait rien à regarder dans sa cellule, rien qu'une bondieuserie, la Sainte Vierge... Sœur Clotilde, il aurait pu la peindre, mais pas la sainte... la divine lumière n'entrait pas dans sa nasse !

Il avait préféré des fruits, Zoé lui en avait apporté... C'était revenu, ses doigts avaient bien voulu, mais la foi... voilà qu'il parlait comme sœur Clotilde !

La foi, l'élan, le sens... Est-ce que peindre avait encore un sens pour lui ? Régaler Lachaud de pisse n'allait pas le mener bien loin... Il faut un besoin secret en plus du matériel, et ce secret, il n'osait plus se montrer, c'était lui qui avait été touché. Il revenait de l'enfer, il l'avait tâté, allait-il le peindre ? Peindre la mort quand il n'aspirait plus qu'à vivre ?... Vivre ? Est-ce qu'on pouvait appeler ça vivre ?

Il n'y avait que les fruits qui réveillaient quelque chose en lui... des pommes comme des hommes, une

poire comme lui, des têtes d'ail comme ses hémorroïdes qu'il aimerait bien voir sécher… des pommes
tombées d'un arbre, comme la Commune, comme des
milliers d'hommes et de femmes… fruits de Dieu ?
Qu'est-ce qu'elle dirait Clotilde ?… Non, décidément
il ne pouvait pas l'aimer son amoureux, parce qu'il les
aimait trop peu ses fruits, parce qu'il les laissait s'entre-
tuer… parce qu'il n'existait pas, c'est tout ! Courbet
s'était laissé entraîner là encore par une sœurette, une
rêveuse, enfermée elle aussi… Dieu est une prison.

Alors des pommes pourquoi pas ? Chues, à croquer,
avec de belles rondeurs comme des culs, des Jeannette, des Jo… Adèle même ! Comme ça qu'il y revenait à la chair, sans avoir l'air d'y toucher… à l'origine… Tout était à redresser chez lui, il ne fallait rien
brusquer. Des pommes à croquer avec son Ève… sa Jo
où était-elle ? Plus un mot, rien… toujours il recevait
des lettres, jamais d'elle !

Il était bien là le secret, toujours vivant quand il
l'avait cru mort, il devait être là, parce que les pommes
prenaient vie sous ses doigts… Natures mortes ? Oui,
mortes ! Parce que la mort, il ne pourrait plus y échapper, l'enfer vous lâche plus quand on y a mis un pied…
mais vivantes ses pommes, charnues, tombées comme
lui. Il était bien ça, à la fois vivant et mort. Il n'y a pas
de différence entre la toile et le peintre.

C'était son cul qui voulait toujours pas… le dernier
communard à résister, à toujours foutre le feu, coûte
que coûte… et son intestin qui se refermait ! S'il se fermait complètement il faudrait l'opérer dans le flanc…
et ça en serait fini pour lui, parce qu'on ne peut pas

vivre longtemps en forçant la nature. Mais allez donc faire entendre raison à un corps pareil ! Il n'y avait plus que la manière forte, les médecins, les charcutiers qui défilaient dans sa chambre, ils opinaient... Oui, oui, la forte !

Et on l'avait laissé sortir... Qu'il aille donc se faire charcuter ailleurs et qu'il en crève ! ils avaient dû penser. En tout cas, lui y pensait et Nélaton aussi, le chirurgien, parce qu'il le voyait tergiverser, rouler des yeux, repousser la date.

— Si vous pensez qu'il y a un risque, allons-y comme ça, je tiendrai. J'en crèverai peut-être mais je tiendrai.

Dire qu'on tiendra c'est vite dit, mais quand l'autre s'amène et commence à jouer avec ses fourchettes, ça dit plus pareil... ça dit même rien du tout ! D'abord parce que la douleur vous coupe le souffle et puis quand il revient, c'est pour dire n'importe quoi, tout ce qu'on voudra pourvu que ça s'arrête... parce que c'est rien qu'une torture, on entrevoit sa fin, on la veut, on la gueule, c'est des élancements terribles, un cauchemar, qu'on voudrait se réveiller, en sortir, mais on est réveillé ! Les yeux pleurent, pas des larmes, une hémorragie d'eau ! Les minutes passent, on ne croyait pas pouvoir aller si loin... Trois quarts d'heure ! ils l'avaient amusé... pour faire trois paquets de ses neuf hémorroïdes, trois têtes d'ail liées, serrées fort avec une espèce de ficelle. Il n'y avait plus qu'à attendre qu'elles tombent d'elles-mêmes.

— C'est fini. Vous allez vous reposer un peu, essayer de dormir.

Tu parles, dormir ! Une pipe qu'il était allé se bourrer dans le jardin de la clinique, avec son ail entre les jambes qui le faisait marcher comme le Rolland à Ornans.

Merde ! qu'elle était bonne cette pipe ! Il avait tenu bon, c'était sa victoire à lui... la première depuis si longtemps, lui tout seul. Et il s'était senti heureux. Il en faut des victoires, il était en appétit maintenant...

C'était début janvier, un joli début pour une jolie année, une nouvelle vie.

Il avait obtenu de finir sa détention dans la clinique, à Neuilly. Il y avait un jardin où il pouvait se promener, retrouver la lumière. Il se sentait bien là pour peindre ses pommes. Zoé lui avait apporté des fleurs, mais il préférait les pommes, ses fruits !

Il y croyait de plus en plus, merde, il se retrouvait ! Il les enfoncerait tous, ils en tomberaient sur le cul. Oui, il ne voulait plus que des victoires... il repartirait tout seul, comme il avait toujours fait, tout seul il ne risquait rien.

Zoé l'agaçait de plus en plus à se mêler de tout et de rien... rien elle avait réussi, ses toiles étaient toujours chez Adèle ou Dieu sait où ! Durand avait entendu dire qu'il en était parti aux États-Unis... et qu'Adèle faisait le tour des marchands pour les proposer à des prix ridicules. Joute était passé, elle le vadrouillait lui aussi. Les États-Unis, ça ne l'étonnait pas, elle avait un frère qui en revenait... pas tout seul, avec une contumace... parce que son père de Charenton, c'était pas son père ! Allez savoir qui c'était... Un receleur, un ex ? Quelle connerie il avait faite là-bas, son frère ?

Contumace ! Condamné ! Connivence !... Lui ou le régisseur, ou les deux ensemble qui lui barbotaient ses toiles ? Il valait mieux ne pas y penser, cette histoire le minait. Qu'il peigne donc et puis c'est tout !

Durand-Ruel était passé le voir, Courbet lui avait montré ses pommes et tout de suite, à son œil, il avait su que c'était bon, il ne se trompait pas nom de Dieu ! Durand avait su trouver les mots, lui proposer.

— Le jour de votre sortie, j'ouvre une petite exposition, comme ça, sans bruit... le nouveau Courbet ! le libéré... qu'est-ce que vous en dites ?

Ça venait nom de Dieu !... Il avait tout un mois devant lui. Et le 3 mars, en fin de journée, une voiture était passée le prendre. La veille, il avait expédié treize tableaux, tout frais, tout neufs, et il était libre !!!... Il n'avait voulu voir personne de la journée, pour bien la goûter, heure par heure, « Rendez-vous chez Durand », il avait dit à tout le monde.

C'était la première fois qu'il traversait Paris depuis qu'on l'avait jeté en prison ! Les hommes et les femmes allaient dans les rues comme avant, ils ne devaient même plus voir les immeubles troués. Il ne restait plus qu'eux pour savoir qu'il y avait eu une guerre, ils avaient l'air de géants blessés de partout, mais toujours debout, prêts à se battre.

Quelque chose avait changé, il n'aurait pas su dire quoi et il s'était senti étranger. Le même sentiment l'avait repris en arrivant à la galerie, il y avait foule, la galerie était trop petite et les gens restaient à discuter dans la rue, les plus chanceux avaient trouvé à s'asseoir au café d'en face, il y avait tant de monde que de la galerie au café ce n'était plus qu'un, une seule masse compacte.

Il n'était donc pas si mort… on voulait encore le voir, un peu ses toiles, beaucoup l'homme, on avait tant écrit qu'il n'était plus que l'ombre de lui-même.

Il serrait des mains, reconnaissait des visages… Oui, il avait vieilli, et alors ? On le félicitait, on se réjouissait pour de vrai, pour de faux, peu importe… C'était bon de se retrouver là, même si ceux qu'il aurait voulu y voir n'y étaient pas, les vivants, les morts, les Vallès et autres… Vallès avait réussi à filer à l'anglaise, très british, de Londres il lui avait envoyé un télégramme pour sa sortie… il le gardait, précieux, dans sa poche, plusieurs fois dans la soirée, sa main était allée jouer avec.

Monet et sa bande étaient là, même Zola… il « aimait » ses pommes… mais pas Manet ! qui l'avait traîné dans la boue… « Un lâche ! Un fini ! » qu'il avait dit à un journal anglais. Un joli Lachaud encore celui-là !

En somme, rien n'avait changé, les mêmes aux mêmes places… Des milliers de morts pour ça ? C'était à se taper la tête contre les murs ! Les mêmes aux mêmes fêtes, ils étaient partis, revenus… la Commune n'avait pas eu lieu ! Ils n'avaient rien vu, rien retenu… Un mot était dans toutes les bouches, qui avait frappé Courbet, il fallait du neuf à présent, être moderne… et tous ceux-là l'étaient d'évidence… et lui ? Un étranger, voilà ce qu'il était, voilà ce qui avait changé.

Heureusement qu'il avait ses toiles et Durand qui l'avait entraîné à l'écart.

— J'ai tout vendu ! le prix fort multiplié par deux ! la prochaine fois, je multiplie par trois !

Il lui avait pris le bras, balancé un clin d'œil, c'était la première fois que Courbet le voyait sourire. Durand souriait ! Les initiés se passaient le mot.

Courbet se l'était fait répéter... par deux, voire trois ! Ça vous donne de furieuses envies de peindre quand on vous chuchote des douceurs pareilles.

L'autre nouvelle, c'était qu'il n'avait plus son ail au cul... Nélaton était le seul à savoir, il était venu trinquer avec lui... finalement il l'avait opéré pour son intestin. Un bon celui-là ! Il lui avait fait cadeau d'une toile... Il se sentait tellement bien qu'il le présentait à tout le monde.

— Mon sauveur ! Si vous avez des hémorroïdes, n'hésitez pas... et même si vous n'en avez pas ! c'est tellement bon après !

Ça faisait rire... il y avait longtemps.

Il n'y avait peut-être que Casta qui l'avait percé. Il l'avait raccompagné à Neuilly et ils avaient eu le temps de parler. Parce que Courbet avait obtenu de rester à la clinique. Il se méfiait, il y avait trop de rancœur dans la ville, il suffisait de lire les journaux. Il avait sauvé sa tête, mais aux yeux de tous, il resterait désormais un membre de la Commune... Courbet ou Delescluze, on ne faisait déjà plus trop la différence.

Alors, il se trouvait très bien à Neuilly, un peu à l'écart, juste ce qu'il fallait pour peindre. Il était libre ! Libre de voir venir maintenant et il avait ressorti le télégramme de Vallès, Casta l'avait lu : « La cage s'ouvre, envole-toi bien haut ! mais méfie-toi des chasseurs, communard ! »

Comme il avait raison ! On ne lui pardonnerait jamais, Paris ne l'exposerait plus. En doutait-il encore ?... Il avait envoyé deux de ses nouvelles toiles pour le prochain Salon... pas vues ! pas voulues ! il n'existait plus ! il l'avait pris pleine poire le pauvret... qu'il se les accroche où il voudrait ses pommes !

Oui mais voilà... Durand, lui, vendait à tour de bras. En deux mois, Courbet avait fourni cinquante toiles et Durand en avait vendu pour soixante mille francs ! Courbet redevenait Courbet, rien qui avait changé... alors, il avait décidé de rentrer à Ornans.

IX

Ce qui est terrible dans la chute d'un homme, c'est qu'il ne sait jamais quand il s'arrêtera de tomber, il s'accroche, il espère, il respire un peu et voilà que ça recommence, une fois, deux, sans fin... il en prend l'habitude, il se dit que c'est ça sa vie, il croit se battre alors qu'il tombe... il ne sait plus qu'il tombe, c'est le propre de la chute.

Courbet en était là, il s'accrochait, décidé à se battre pour retrouver sa place. Avant de quitter Paris, il avait revu Durand, les autres marchands, Casta surtout qui devenait son homme de confiance, son secrétaire particulier, toujours prêt à traverser Paris sans qu'il lui en revienne un centime, même si Courbet n'oubliait pas de lui offrir quelques toiles.

Il avait récupéré pour Zoé son ancien appartement, rue du Vieux-Colombier, elle lui servirait d'intermédiaire, d'agent elle disait, c'était son idée... avec sa tête enflammée, elle croyait lui rendre service... elle ne comprenait rien à la peinture et puis elle était trop méprisante... et puis elle liait trop sa vie à la sienne ! Il l'avait sur le dos du matin au soir avec son gogo. Les désœuvrés sont désespérants… mais c'était sa sœur ! Le principal c'était qu'elle récupère ses toiles, qu'elle aille s'empoigner avec Adèle, lui ne pouvait plus.

Il était passé une dernière fois rue Hautefeuille. Les fenêtres avaient été changées mais demeurait la meurtrissure, les murs portaient la marque, il ne restait plus que son credo. Il lui était apparu bien dérisoire, un babil présomptueux. Allez donc dire à un homme qui tombe : « Ne fais pas ce que je fais ! »… Partir et puis c'est tout… Respirer un autre air, voir d'autres têtes…

Il s'était arrêté à Dijon, deux jours… et puis à Dole, deux jours, deux jours aussi à Besançon. Il était libre nom de Dieu ! Partout il avait des amis qui voulaient fêter son retour, tous les soirs il retrouvait des tables comme il les aimait, de trente à quarante couverts. On l'avait fait suffisamment chier ! Il avait payé, prison, cash… Il devait rien à personne ! Même son ail il avait donné ! Alors qu'on ne vienne pas…

Si à Paris il était un vaincu, un cocu, un dindon, ici il redevenait un héros, c'est pas la même histoire ça ! et il les regardait tous en se disant qu'il avait été comme eux, qu'ils ne savaient pas, ça se voyait dans leurs yeux, ils ne l'avaient pas encore touché ni même aperçu le désespoir, la chiennerie humaine, et c'était foutrement tant mieux… Mais on ne revient pas en arrière et ni le vin blanc, ni le cognac, ni les rires n'y pouvaient rien, il n'était plus le même voilà… à Dijon comme à Dole.

À Besançon, on l'avait emmené boire de la bière au Cercle des canotiers, il y avait foule… Alors cette Commune, pourquoi elle avait flanché ? Et Delescluze et Ferré et Vallès ? On lui demandait… même si l'important maintenant c'était que la République grandisse, prenne confiance dans ses pattes comme un enfant qui apprend à marcher. Elle en était là, la République, on pouvait la dire l'enfant de la Commune, venue aux forceps, en césarienne peut-être, mais venue… On peut tout dire ! Que cette fois-ci, les Napoléons et consorts l'avaient dans le cul !

— Et la colonne ?

Mais là, il ne voulait plus… il faisait un geste de la main, sa mine se contractait malgré lui, on passait vite à autre chose.

Ils sortaient du Cercle, ils étaient encore sur le trottoir quand ils avaient entendu grand bruit à l'intérieur. Un épicier, un napoléonien qui venait de jeter par terre le verre dans lequel Courbet avait bu.

— Pour qu'un jour je risque pas d'y boire ! Ça me ferait mal !

Ils étaient retournés à l'intérieur, l'épicier en avait déjà trois sur le poil, il se débattait le diable et Courbet avait eu bien du mal à les séparer. Sans lui, il se prenait une belle peignée et t'as le bonjour de Waterloo !!!

C'est là que l'affaire commence… un journaliste du *Figaro* avait eu vent… il s'était empressé de relater, mais le chéri avait oublié de parler de la peignée et que l'agité avait été exclu du Cercle, à la régulière… quatre-vingt-quatre voix contre six !

Courbet s'était encore arrêté à Pontarlier chez sa grande amie, Lydie, puis à Maisières chez les Ordinaire. Marcel le fils était peintre, un peintre honnête comme on dit, il lui manquait le feu, peu importe quoi… il lui manquait ! L'ami c'était le père, la deuxième famille de Courbet on pourrait dire. Avant de retourner à Ornans, il voulait savoir qui avait fait quoi, qui avait foutu par terre son *Pêcheur de chavots*, qui était allé se servir dans son atelier après les Prussiens… qu'il leur secoue un peu le poil à ces salauds.

Enfin, il était arrivé à Ornans… quatre voitures ils étaient, pour bien faire savoir qu'il ne rentrait pas la queue basse… et ils s'étaient plantés devant la fontaine où manquait la statue. Les chiens !

Il n'avait pas dit plus. Ils étaient entrés à l'hôtel de France, le grand café de la place. C'est là, l'Assemblée nationale, la vraie, là que dans chaque village se règlent les affaires, qu'on débat, qu'on impose sa loi… la loi du plus fort toujours ! Et puisque rien n'avait changé, là qu'il redeviendrait Courbet.

Régis, son père, les avait rejoints pour le banquet, quarante couverts, pas plus, pas moins que les autres jours. Il était revenu nom de Dieu ! Le bruit avait couru… la chorale avait rappliqué, on s'était serré, on avait rajouté des couverts et ils avaient chanté jusqu'au matin et les coqs avaient pris le relais.

Quand il était entré dans l'atelier le lendemain, il avait eu un choc. On l'avait pillé ici encore, volé, violé… et rien n'efface un viol ! Il pouvait badigeonner, repeindre, replâtrer, chaque fois qu'il entrerait là, il se souviendrait. Alors, il était ressorti le cœur gros, Ornans avait perdu son charme.

Il était reparti à Maisières chez les Ordinaire, il n'avait même pas eu le courage de pousser jusqu'à Flagey voir ses sœurs. « Trop chaud ! » il leur avait écrit… Il avait embrassé son père.

— Je ne serai pas bien loin.

— Ne fais pas trop de bruit, t'as le poil blanc à présent, il faut laisser la place.

Inchangé lui aussi. Quel bruit ? Sûr qu'il serait mieux à Maisières, à peindre à côté de Marcel… il fallait s'y remettre, reprendre le collier, les Reverdy alignaient les commandes, Durand idem… c'était pas le moment de mollir. Quel bruit nom de Dieu ?

Il ne supportait plus Ornans, c'est tout ! Ses vrais amis étaient plutôt à Maisières… le soir, il saurait mieux qui appeler à sa table parce que les soirées étaient longues et chaudes en ce mois de juin et Courbet avait soif de tout ce dont on l'avait privé.

Il se levait sur les midi, allait se baigner dans la Loue… et encore sur le soir quand l'air ne bougeait plus… Ensuite, il allait boire une bière sous les platanes, il y trouvait toujours quelqu'un comme avant.

Il retrouvait surtout son coup de pinceau, à en écœurer ce pauvre Marcel. Son père avait rapporté des truites de la taille d'un bras… elles l'inspiraient celles-là ! Personne lui avait commandé, mais ces gueules ouvertes fatiguées de trop d'air lui parlaient… La mort, il y revenait, la chute ! Les truites après les pommes. Et pour se dégourdir les doigts, il s'envoyait un paysage. C'était son pays, il l'aimait, lui aussi lui parlait…

Un matin, une odeur de brûlé l'avait réveillé, il entendait crier. C'était au bout de la rue, une maison qui flambait. Vite il s'était culotté et il était parti aider. On lui avait fourgué un camion d'eau dans chaque main et il avait couru avec les autres… pendant quatre

279

heures ce cirque ! Rien qu'avec sa sueur, il l'aurait éteint l'incendie !

— Tu sais que c'est la maison d'un légitimiste !

C'était le comble ! Ce devait être son lot de sauver les biens de ses ennemis, le soir encore, ils en riaient sous les platanes et il avait raconté comment il avait sauvé la collection de Thiers, calfeutré le Louvre… ça ne lui avait pas réussi ! et cette fois-ci pas davantage ! Voilà que le lendemain, il ne s'était pas levé, son foie avait gonflé, il était tout patraque. C'était la première alerte, le corps qui voulait plus, la main qui lâchait prise, la dégringolade qui allait suivre…

Il avait accusé l'incendie, la suée… Lydie était venue le chercher pour le soigner à Pontarlier… pour l'éloigner des soiffards, oui ! Mais ça ne pouvait pas se dire. C'est elle qui lui avait annoncé le décès de Désiré, son fils… vingt-cinq ans ! Ça recommençait !… Ça défilait dans sa tronche, les morts, le gâchis, rien à y faire. Et il ne fallait pas nom de Dieu ! C'était pas le moment de mollir !

Après quelques semaines Cornuel était venu le chercher pour le ramener à Ornans. Ils sortaient de la glacière, une clairière de la forêt de Joux, quand ils s'étaient arrêtés pour goûter un tableau… une paysanne qui brassait des fougères pour l'hiver, la litière pour ses bêtes. Le soleil blondissait ses cheveux, ses bras nus allaient pleins de santé, cette fille donnait du bonheur rien qu'à la regarder et spontanément, Cornuel et les deux qui l'accompagnaient avaient dit qu'ils le verraient bien avec celle-là, qu'un artiste comme lui

devait s'entourer de personnes agréables et natu-
relles…

Pas besoin d'eux, tout de suite il se l'était dit… c'est
bête à dire à son âge, mais il l'attendait, depuis vingt
ans il la cherchait ! Et il en était resté tout surpris,
comme épris, chatouillé.

La voiture était repartie, les trois l'abreuvaient
encore de la fille. Ce qu'ils ne disaient pas, c'est qu'ils
n'étaient pas passés là par hasard. Ça avait dû lui
échapper qu'il cherchait une femme… Bref, il la voulait !… Et il se trouvait toutes les bonnes raisons pour
lui et pour elle, il se racontait des histoires… qu'il avait
rendu assez de services à tout le monde alors pourquoi
pas maintenant à une honnête femme ! il en ferait la
femme la plus enviée de France, elle pourrait venir
encore trois fois au monde, on ne lui proposerait pas
une position pareille… il la laisserait libre, absolument
libre, elle pourrait le quitter quand elle voudrait. Et
l'argent ?… En deux jours, il lui ferait une dot comme
aucune femme au village n'en aurait jamais. Il l'affir-
mait, elle serait la femme la plus heureuse d'Europe ! Il
délirait quoi ! Il était chaud… il en avait des vapeurs.

Il était allé consulter ses sœurs, même son père qui
était d'accord !… c'est dire ! même Lydie qui s'était
proposé de l'accompagner pour parler à Léontine,
Léontine elle s'appelait… c'était la seule ombre, parce
qu'il en avait connu une autre, une garce !… Cornuel
s'était offert… Ça voulait nom de Dieu !

Mais non… il avait bien réfléchi, il valait mieux une
lettre, parce que ce seraient ses mots à lui… parce qu'il
ne voulait pas échouer cette fois-ci.

Et là, ça n'avait plus voulu ! Ils s'étaient tous trompés sur la demoiselle… elle avait un coco-mimi ! Et, au lieu de lui répondre simplement, honnêtement, elle lui avait envoyé son coco lui chanter la réponse… oui, lui chanter ! une chanson bien sentimentale, bête à pleurer. Elle lui avait préféré le cœur d'un idiot, l'intelligence d'un bœuf, un soldat en congé, un « jou coucou » de village.

« C'est rien… Ça ne vaut pas la peine ! » qu'il se répétait… Rien que lui qui s'était emporté… son cœur fragile, il y touchait il faisait encore des bonds ! à son âge ! il aurait dû se méfier depuis le temps.

Beaucoup plus grave, il n'arrivait plus à se poser devant son chevalet quand il avait cinquante toiles à débourrer, cinq à livrer d'urgence à une colique qui un jour voulait un nu… et puis non !… peut-être un paysage ! un client des Reverdy qui voulait de la neige au mois d'octobre, même le coco-mimi aurait compris que ce n'était pas le moment. Il avait fini par lui envoyer une truite à celui-là !

De toute manière, ça ne voulait plus… C'était la première fois de sa vie… pire qu'une lâcheté, il se détraquait, il n'avait plus de tripes.

C'était Léontine… Jamais une femme ne l'avait humilié pareil. Elle lui avait enlevé toute envie, il lui arrivait même de rester des trois et quatre jours sans passer par l'atelier. Il avait honte, mais il n'en était plus à une près, la faute à Lachaud ! Non !… Celui-là, il ne fallait plus y penser !

C'est alors que le malin lui avait joué un sale tour.

— Tiens, sers-moi donc une charmante, il s'était entendu dire.

Faudrait rien que la regarder celle-là, mais il n'était pas homme à s'arrêter en chemin et elle avait rejoint le bataillon… bière, vin blanc, cognac, eau-de-vie, charmante… il avait de quoi naviguer ! il en avait des mers à boire.

C'était un assistant qu'il lui fallait… un Marcel qui lui préparerait ses toiles… ou un Cherubino Pata, il l'avait croisé celui-là, dans les réunions d'artistes, pendant la Commune… des doigts lourds qui ne savaient pas se sortir de la pâte mais un œil tout de même. Il l'avait fait venir et ça avait été tout de suite plus facile d'entrer dans l'atelier, il n'était plus vide… Il avait assez du sien, de vide !

Pata préparait, lui terminait… il se faisait l'effet d'être devenu un vieux cheval qui ne voulait plus de la charrette. Pata s'extasiait du pays, alors Courbet prenait plaisir à lui faire découvrir les vallées, à revenir devant les grottes, les sources, partout où il avait aimé… pas seulement Jo ! ses premiers amours. Pata devenait son complice… avec Mathilde, c'était elle qui les avait rapprochés.

Mathilde ?… Oh, au point où il en est, il peut dire. C'était quelques semaines après l'affront, il avait reçu une lettre d'une admiratrice, « Mathilde Montaigne Carly de Svazzena, comtesse »… une comtesse qui se mettait à genoux, en prière devant ses tableaux, l'homme de la Commune injustement puni, le peintre génial. Il n'en fallait pas plus, le feu couvait… Au diable la paysanne ! Le ciel, non, la Commune lui envoyait un ange !

Il lui avait répondu tout droit, en s'avançant un peu coquin… très léger ! juste pour voir s'il ne se trompait pas, parce qu'il sentait la femelle, il avait relu la lettre et il y avait de l'Adèle dans cette comtesse.

Il avait flairé juste, la réponse était arrivée et dans le sens qu'il supputait ! elle l'aimait… dessus et dessous la ceinture… avec déjà glissés quelques mots épicés ! Il n'en fallait pas plus… Il l'aimait nom de Dieu ! Et pendant quatre mois, ils s'étaient envoyés en l'air par lettres interposées, les mots peuvent aussi caresser et bien plus… C'était de ces gâteries allongées de pipes, de glands, de minous, barbus, baveux, bites, triques, braques, poireaux, saucisses, quiquites à découiller un mort ! et à aller se finir tout seul, la lettre à la main.

Il en avait retrouvé son gros rire ! Il entrait dans l'atelier la lettre à la main, la relisait à Pata, c'était beaucoup plus drôle à deux. La vie peut être drôle aussi et ils s'en prenaient des fous rires à s'en arracher les larmes, à en avoir des crampes. Une foutue salope la comtesse ! Mais n'était-ce pas justement celles-là qu'il aimait ?

— Il n'y a qu'à toi que ça arrive des histoires pareilles !

Oui qu'à lui ! des drôles et des pas drôles… parce que la nouvelle année commençait mal. Vingt-trois députés de l'Assemblée nationale proposaient de relever la colonne ! Ça leur manquait ! Ils voulaient le revoir leur brandon ! Courbet l'avait lu dans le journal comme tout le monde… son nom revenait ! écrit noir sur blanc, proposé… Qu'il paye ! Et vas-y donc, ça ne leur suffisait pas leur machin, il fallait l'abattre, lui… Œil pour œil !

Ils avaient ressorti une vieillerie les assassins, une parole malheureuse… « S'il le faut, je la remonterai à mes frais ! » il avait dit, mais c'était deux ans plus tôt, juste après qu'elle était tombée, les pierres n'avaient pas souffert, elles étaient encore sur place, ce n'était pas un gros chantier. C'était pour se débarrasser qu'il l'avait dit, pour qu'on arrête de lui foutre sur le dos tout ce qui touchait à la colonne…

« Puisqu'il s'était proposé de payer, c'est bien qu'il était responsable ! » la vieille blague ! On sort trois mots d'une phrase et le plus innocent se retrouve une crapule. Ils voulaient le crever, oui ! Se venger… Mais pourquoi lui ?

Depuis le début il le savait que cette colonne lui apporterait rien que des embrouilles, c'était peut-être même ce sentiment qui lui avait suggéré ces mots… Qu'il paierait ! Comme quoi tout se retourne contre vous quand ça veut comme ça.

La traque avait commencé, il l'avait au cul la meute, le vieux cerf… vingt-trois chiens qui ne le lâcheraient plus… le vieux allait s'essouffler à courir, peut-être il en sèmerait quelques-uns, mais…

Il savait tout ça, il ne se cachait pas. Il pouvait bien se laisser aller à quelques lâchetés mais pas celle-là, ils le saisiraient, lui voleraient ses toiles, ses biens, ceux de sa mère, ils le ruineraient… il les voyait venir !

« Mon cher Castagnary… », il lui avait écrit qu'il rameute lui aussi, les amis et même le Lachaud… voir ce qu'il en pensait celui-là.

Il fallait vite qu'il lègue ses biens… Là, le notaire lui conseille de renoncer proprement et simplement à tout ce qui lui vient de sa mère, s'il fait une donation à ses sœurs, ce sera des frais énormes… et puis prendre des hypothèques sur les champs, l'atelier, tout ce qu'il peut… un crève-cœur !… une terre, une maison, c'est rien que des niches à sentiments. C'était surtout les toiles qu'il fallait mettre à l'abri, les sortir de France…

Alors, quand il recevait une lettre de Mathilde, il redevenait tout papillon. La comtesse et la charmante et un seau de vin blanc… Elle lui proposait de placer ses tableaux, elle en connaissait des amateurs… à la pelle ! la haute a du goût, ils naissent avec… elle avait de l'entregent la comtesse.

— De l'entourloupe, oui ! avait dit Pata. Méfie-toi…

Évidemment que ça puait et alors !… Elle le faisait bander, il lui pissait des lettres comme autrefois il peignait, mieux encore que bander, elle lui rendait sa liberté, son innocence. Ça valait bien une toile ou deux… pour voir. Qu'elle les place donc, qu'elle s'enrichisse… Dix colonnes il aurait redressées rien que pour elle ! Il lui avait fait passer deux toiles.

Zoé avait eu la dent plus dure qu'Adèle, elle avait récupéré son trésor, ses toiles, presque toutes… la guigne maintenant c'était elle ! Courbet lui écrivait tous les deux jours… « Remets les clefs de l'atelier à Durand, nom de Dieu ! qu'il expédie les toiles à

Vienne, je lui ai donné tous pouvoirs ! » L'exposition de Vienne, il n'avait pas trouvé mieux pour essayer de les lui arracher... Mais la grièche, elle lâchait rien, pas plus à Durand qu'à Casta, à Cusenier, à Legrand... à Duval même, son avoué ! elle avait réussi à lui faire croire qu'il fallait être un joli félon pour défendre un frère pareil.

Comment en douter plus longtemps ? Elle était mouillée, le bouc était de la police !... Adèle n'avait peut-être pas menti... Ça se pouvait plus que très bien, gros comme un pif que ces asticots l'aient dénoncé et que la police ait maquillé le rapport. Très possible...

Le temps qu'il dépensait en écritures ! à donner des autorisations à l'un à l'autre, pour expédier à Londres, à Bruxelles, à Besançon... il dressait des listes, essayait de se souvenir des titres, il y en avait tant.

Un matin, un de ses compagnons de la nuit était venu le secouer dans son lit.

— Y a une drôlesse qui demande après toi, une qui se dit comtesse.

Merde, Mathilde ! Elle avait débarqué dans la nuit à l'hôtel de France, une empeigne l'accompagnait, elle avait pris une chambre, une seule ! Il venait de les croiser, ça faisait pas mystère, c'était bien son jules.

— T'es sûr ?

Pauvre Courbet, belote et rebelote !... « T'as pas de chance avec les femmes ! » On n'échappe pas à la parole d'un père ! Il s'était pris dix ans d'un coup. Quoi faire ? Elle lui filait les jetons maintenant... Alors, fuir loin et vite, comme un voleur, la honte au cul !

Il s'était arrêté à Besançon, il avait pris une chambre à l'hôtel, là il avait gratté quelques mots pour Pata, qu'il l'en débarrasse de cette harpie... et il avait attendu. Un mois ! Elle l'avait défié, nargué, cocufié à faire jaser tout Ornans.

Mais c'était rien que la répétition, les prémices, l'annonce d'une autre fuite, la grande... Là-haut, le piège se refermait. Tout qui tournait fou autour de lui, son père maintenant qui voulait faire abattre un peuplier qui avait poussé dans le verger, un arbre magnifique. C'était pas la première fois, dix fois sa mère l'avait sauvé... mais là, voilà que ça le reprenait au mois de mai, quand le bois est gorgé de sève, qu'il ne séchera jamais... que les vers s'y mettront, attendront pas l'hiver pour le bouffer, eux.

— Mille francs ! Ça te va comme ça ? Je te donne mille et tu n'y touches pas...

Il n'y avait que l'argent, toujours l'argent... tous qui le voulaient son argent ! Il ne le volait pas son argent, il ne tombait pas du ciel, là, en plein merdier, il en avait encore sué une bonne quarantaine de toiles et pas n'importe quoi... en pas deux mois ! Qu'ils y aillent donc !

Mais devant le chevalet les chiffres valsaient, il refaisait les comptes... les toiles de Zoé, plus l'atelier, plus les terres d'Ornans... est-ce que ça suffirait ?

Il peignait dans un état second, c'est-à-dire qu'on ne lui laissait pas le temps... même de dessaouler ! Le cheval tirait la charrette, heureusement qu'il connaissait le chemin, il n'y avait plus personne pour le guider. Il se voyait devenir don Quichotte, tout seul debout,

dressé face à un mur de mensonges, une rivière
d'égoïsme... avec son Sancho Pança Pata qui le retenait comme il pouvait.

— Allez encore une...

Il finissait une toile, Pata lui en apportait une
autre... Pour le détendre ce vaurien lui rappelait la
comtesse, l'affaire n'était pas close... au diable les
toiles, mais les lettres ! Si jamais il lui prenait de les
vendre ou de les publier, c'était bien le genre... il s'en
faisait des frayeurs ! alors Pata se souvenait comment
elle les tournait, les bites et les machins, dans ses
phrases et c'était reparti pour d'énormes fous rires.

Un jour l'Assemblée nationale décrétait qu'il n'était
pas responsable, la semaine d'après qu'il l'était, celle
d'après, le contraire, ils le tournaient bourrique voilà !
Et puis c'était venu, c'était dans le journal... il n'y
échapperait plus, ils allaient la voter sa mise sous
séquestre ! le condamner ! c'était sûr, Casta, Lachaud
et les autres le gavaient de conseils, « Foutez le camp !
Attendez ! File en Suisse »... Il y en avait déjà huit cent
mille comme lui, qui avaient couru là-bas sauver leur
tête.

— Allez j'y vais !

C'était à sa sortie de prison qu'il aurait dû y courir,
pas revenir à Ornans, rien attendre, rien espérer d'une
République née dans le sang... Feu ! Feu ! Il les avait
encore dans les oreilles les ordres gueulés... des
dizaines de milliers d'innocents fusillés ! justement
parce qu'ils étaient innocents. La terreur c'était elle,
pas la Commune. Il serait parti, on lui aurait peut-être

foutu la paix… Mais peut-être ! Peut-être ! Il en avait assez de ces peut-être !

Allez, j'y vais !… Une lettre à ses sœurs parce qu'il n'avait plus le temps de courir à Flagey les embrasser, c'était un dimanche, il passait au tribunal le jeudi… Feu ! Feu !… Il les entendait déjà… deux cent cinquante mille francs ! ou cinq ans de prison ! ou trente ans d'exil ! Vive la République !

Il avait croisé le regard de son père.

— On viendra te voir, c'est pas si loin… Ça me sortira.

Il l'avait pris dans ses bras. Il fallait ces moments pour qu'ils se retrouvent.

Pata l'avait aidé à emballer, personne devait savoir. Le mardi, Marcel était passé le prendre, il avait rentré la voiture sous le porche et ils avaient chargé. Ils avaient encore pris le temps de déjeuner. Courbet avait ouvert une bonne bouteille, il se la réservait, la dernière de 48, une corton ! Il fallait l'occasion… Bouchonnée !!

— Moi aussi je suis bouchonné, il avait dit.

Ça ne voulait rien dire… mais ça voulait dire tout de même. Et ils étaient partis, il avait quitté sa maison comme un voleur… parce qu'il avait trop de cœur, voilà !

Ils avaient laissé Ornans et à dire vrai, ça ne lui déplaisait pas, parce que passé le pénible de la séparation, il retrouvait du poil, il se retrouvait… et léger nom de Dieu ! lui-même, Courbet qui était en train de leur filer entre les doigts, de leur dire merde à tous.

L'exil allait le racheter, balayer ses petites lâchetés, le porter au rang des meilleurs.

Ils étaient arrivés vers cinq heures, Lydie l'attendait sur le bord de la route dans une voiture fermée. Qu'on ne vienne pas l'arrêter en chemin, ce serait trop bête ! Jeanne-Marie, une amie, l'accompagnait, il pensait que ce serait son mari ou Gindre ou Pillot, un homme en cas de coup dur. Il n'avait pas posé de question. Ils avaient vite passé les bagages d'une voiture à l'autre et ils étaient repartis.

Lydie s'était assise à côté de lui comme l'aurait fait une maîtresse, l'œil brillant. Il aurait suffi de pas grand-chose... il l'avait sentie en demande, mais en une pudeur, un pas à faire qui ne se faisait pas... ça n'avait pas voulu, voilà ! On aurait dit qu'il la gardait en réserve, en attente, comme un chien qui aurait enterré son os, le meilleur, comme si aujourd'hui était écrit qu'un jour il aurait besoin d'elle. Elle n'attendait que ça, l'ourlet de ses lèvres ne tremblait pas d'habitude, qu'il la sorte d'une vie trop rangée, un peu triste.

Il aurait suffi d'un rien... et il l'imaginait avec ce plus qui fait tourner les têtes. Comme ce serait curieux de la voir laisser parler son corps, rien que lui... Il la regardait... S'il l'avait eue telle quelle sur une toile, il aurait rajouté une pointe de clair pour la détacher du fond... Pourquoi la nature avait-elle omis cette dernière touche chez elle ?

La route lui avait paru courte... Il avait été à deux doigts de lui demander de rester avec lui, de fuir tous les deux... même s'il avait cinquante-trois ans, même, même, même... merde aux « même » ! Jeanne-Marie n'aurait pas été là… Ils n'arrêtaient pas de parler, à s'en fatiguer, de ces choses importantes dont on ne se souvient jamais. Il parlait, écoutait et il pensait à autre chose… et déjà avant d'arriver au poste de police, il avait cru lire une tristesse dans les yeux de Lydie, un reproche, une dureté… parce qu'il n'avait pas voulu.

Le cocher avait mis le cheval au pas et ils s'étaient tus, ils y étaient… au bord du trou, à la frontière, plus rien à dire. On pouvait encore l'arrêter, un con zélé qui le reconnaîtrait ! Marcel lui avait conseillé de prendre un chemin braconnier, passer tout seul à pied. Il aurait peut-être dû, il se mettait à douter.

Lydie était descendue, l'instinct de la femelle pour attirer l'attention sur elle, frôler la main du danger. Il s'en foutait lui, le gardien de la France, de Lydie et du reste parce que le soir tombait et qu'il avait son compte, l'œil vitreux, la casquette fatiguée, le mouchoir à la main pour s'éventer et sécher les suées… Il avait croisé le regard de Courbet et il avait reconnu un des siens, il avait même paru hésiter, il s'en serait bien jeté un avec celui-là.

— Il fait chaud, hein ! il avait dit… poussé plutôt.

— Pas un temps à bouger…, avait répondu Courbet.

Il était bien d'avis… il l'avait bien regardé et il s'en était allé. Courbet était passé en Suisse, il ne risquait plus rien.

Ils avaient dîné aux Verrières, il avait trop bu… Le lendemain, ils étaient à Fleurier, Marcello l'attendait, une duchesse, une vraie ! une amie, une autre Lydie, avec elle aussi il aurait pu… La chorale avait chanté pour lui… Ici tout le monde le voulait, il en venait de partout pour l'accueillir, Reclus était là, Lefrançais, Grousset, une tripotée de visages connus… C'était bon nom de Dieu ! Elle était là la liberté ! Il y était dans le pays, le seul régime buvable, on pouvait chercher dans toute l'Europe il n'y avait pas mieux… et les montagnes étaient belles, il était né de l'autre côté, il était toujours chez lui en somme. Enfin le paradis !… Il le répétait comme un idiot, personne venait le contredire.

C'est toujours comme ça les premiers jours et puis les yeux s'ouvrent, parce que la plupart des exilés vivaient dans des chambres de bonne ou des greniers, grattaient juste de quoi bouffer, n'avaient plus de famille, que des voisins, plus ce lien qui plonge loin en soi, qui fait qu'on marche sur ses deux pieds. Zola aurait été à la fête… ça picolait dur !

La réalité, c'était Lydie qui allait le laisser, il suffisait qu'il croise son regard pour être ramené à ce pas qu'ils n'avaient pas osé, il leur arrivait même d'y faire allusion. L'alcool, c'était lui le responsable ! Voilà, ils avaient trouvé une explication… une porte s'était ouverte, presque un espoir, qu'il n'était plus tout à fait lui-même, à protéger toujours… Lydie aimait ça le protéger. Quant à l'espoir… il allait se reprendre ! Quand la main n'agrippe plus rien parce que tout est devenu égal, trop lisse, alors on se met à espérer, on promet… Aujourd'hui je ne peux pas mais demain… Il allait se remettre à peindre parce qu'il avait toujours peint et se battre parce qu'il s'était toujours battu… Rien de changé ! Il s'accrochait à cette idée, c'était toujours ça…

— Prenez soin de vous ! lui avait murmuré Lydie au moment de partir.

— Vous reviendrez me voir ?

Elle l'avait laissé, Marcello aussi... et il était parti à travers la Suisse, il courait d'une ville à l'autre, toujours quelqu'un à voir. Il fuyait toujours... Il n'y avait rien à faire qu'à attendre que ça passe, parce que rien ne tient ici-bas. Il ne restait pas sans peindre, mais en vagabond, l'œil lisse aussi... Il avait trop vu, trop fait, où qu'il aille maintenant, il en avait vite fait le tour.

Après quelques mois, il avait trouvé le Bon-Port... un signe ! une ancienne auberge, les pieds dans l'eau, près de Vevey, libre, qui l'attendait... il n'avait pas hésité.

Pata l'avait rejoint, ils s'étaient arrangé un atelier et une salle d'exposition. Il avait cédé deux pièces à un couple de communards de Marseille, elle s'occupait du ménage, lui servait d'intendant. La vue était belle, il pouvait se baigner à n'importe quelle heure du jour ou de la nuit, il n'y avait que là que son corps ne lui pesait plus, et aussi le froid de l'eau le rassemblait... parce qu'on pouvait saisir ses toiles, manger sa fortune, il y avait pire encore... la part profonde de son être n'était pas dans de bonnes mains et il le ressentait dans tout son corps, comme si on lui arrachait un bras, une jambe. L'homme de goût, au contraire de ceux qui le volent, aime les toiles... la différence est énorme. On l'écartelait, il partait en morceaux, il n'y avait plus que dans l'eau qu'il retrouvait un peu du bien-être antérieur.

Les Suisses avaient été choqués de le voir aller nu dans l'eau, c'était comme ça qu'il aimait. Il ne s'en rendait même plus compte, quoi qu'il fasse il provoquait. Il y avait eu des plaintes et puis c'était passé ça aussi, il attendait la nuit…

Son père était venu avant l'hiver, il l'avait trouvé vieilli et il avait voulu le peindre.

— Tu sais que tu m'emmerdes ! J'aime pas rester assis moi.

Il s'était tout de même assis.

— Je me demande comment t'as fait toute ta vie pour rester assis…

Il s'était mis à parler, c'est propice une pose, il n'avait rien d'autre à faire, il se sentait regardé alors il parlait ou il pensait très fort pour se protéger… deux après-midi, ça avait duré, c'est peu pour une toile mais beaucoup pour dire. Courbet avait déjà peint son père trente ans plus tôt quand il était le Régis à l'œil mordant, celui qui faisait aller le monde… ça aussi ça passe.

Celui qui était venu sous ses doigts l'avait surpris, cueilli… « Je suis le fils de celui-là », il s'était dit… de ce grand front maintenant que les cheveux étaient tombés. Et ça avait été comme une découverte… tous les hommes, toute l'humanité était là, derrière ce front, il la reconnaissait. Il avait couru, traversé toute l'Europe, rencontré des rois, des pauvres, des salopards, des presque saints… ils étaient tous là, derrière ce seul front et ce regard. Il ne le savait pas, il n'avait jamais vu son père comme il lui apparaissait là. Il l'écoutait sans l'écouter mais ses doigts devaient entendre, être touchés par les vibrations… et ça suffisait.

L'homme avait perdu de sa force, il n'était plus ce bel arbre solide au vent et à la pluie, il était devenu cette châtaigne fripée, cette noix… la vie s'était ramassée dans cette petite chose, elle était là dans le front de ce vieillard. On croit qu'elle est dans l'enfant qui va naître… oui bien sûr, mais aussi là… qu'on la mette en terre cette noix et elle germera… et traversera la terre pour s'élancer à nouveau vers le ciel.

Ses doigts lui racontaient cette histoire, comme toujours il avait fallu qu'il peigne avant de comprendre… oh, si peu ! disons renifler pourquoi il lui avait demandé de s'asseoir. Son père était venu lui dire qu'ils n'étaient pas morts… tout le contraire ! et beaucoup plus… mais là, les mots ne savent plus dire… qu'il était toujours là près de lui, qu'il n'avait rien à craindre et plus que ça…

Lui-même deviendrait un vieillard avec un grand front rebondi ? Non… Lui, son front il l'avait devant lui, c'était toutes ses toiles le contenu, le germe était là… Il passerait dans la tête de quelque autre qui saurait le regarder, l'aimer… Il avait pris un autre chemin que son père, c'est tout. Quelle importance !

Non, il ne se voyait pas vieillard, la fatigue le gagnait trop souvent maintenant, son foie enflait comme un ballon, tout son corps… de l'hydropisie on lui avait dit. Et il avait toujours les autres au cul, jamais son père n'avait eu à se battre comme lui.

Zoé faisait toujours des siennes ! Elle était descendue à Ornans, avec le bouc… chez lui, ils s'étaient installés ! Son père avait fini par lui avouer que le monstre avait changé les serrures, si bien que le premier soir quand il était venu les voir, il était resté à dormir dans l'escalier… personne qui lui avait ouvert la porte ! Et maintenant il allait à l'hôtel. À l'hôtel, son père !!!

— C'est toi qui nous fous dans la merde à jamais rien dire ! Ils sont de la police, ils veulent ma peau pour récupérer les toiles !

Là, il s'était mis en colère.

— Tu veux que je te dise la dernière qu'elle m'a faite !… elle a écrit au maire de Vevey pour qu'il se méfie de moi, parce que je suis un agitateur…

Qu'est-ce qu'il avait pu lui faire à celle-là ? Sa propre sœur…

— Excuse-moi, je te demande pardon.

Elle n'allait pas en plus le brouiller avec son père !

Il avait terminé le tableau et ils l'avaient regardé tous les deux en silence… Son père n'avait rien dit, il avait dû se trouver vieux, c'est tout !

Lydie était venue le revoir à l'automne, il venait de terminer une toile, un coup de maître… Il ne disait rien mais nom de Dieu ! il n'avait jamais vu un coucher de soleil pareil ! un tel chaos ! il fallait avoir vu brûler sa ville pour le trouver celui-là !… Pata l'avait félicité mais rien de plus, ça ressemblait plus à un encouragement qu'à une émotion vraie. Alors il attendait, il espérait… et Lydie ne lui était pas tombée dans les bras, ni Casta qui était descendu la semaine d'après, personne.

C'était grave. S'il se racontait des histoires… s'il ne pouvait plus se fier à ce sens qui l'avait conduit à ne rien faire comme les autres, son outil de travail en somme, s'il l'avait abîmé ou perdu, alors... Alors ?

Alors, tout allait de travers ! Lachaud ne savait plus comment plaider, il l'aurait bien fait passer pour plus con que con mais ça n'aurait rien changé.

Alors... Courbet avait préparé un dossier sur la colonne pour l'éditer et le distribuer en masse, il voyait déjà l'élan qui monterait, un comité de soutien, pourquoi pas... qui découragerait tous ces morpions vengeurs, assassins ragougneux... la vérité enfin ! Eh bien, ça aussi, Casta voyait pas comme lui...

— C'est pas le moment, ça va te retomber sur la gueule.

Tout qui lui retombait... Une anguille de vie, pire, une matière informe, une bouse chiée là, condamnée à se sécher... À payer ! Payer quoi ? On lui avait tout volé et maintenant on l'empêchait. Il ne vendait plus lerche en Suisse, Pata faisait marcher la boutique mais pour combien de temps ? Toujours il lui repassait des toiles à terminer... Terminer quoi ? Même ça lui coûtait !

— Signe-la quand même, je vais la finir moi. C'est un boudin, il verra que du feu.

Et il avait signé. C'était la première fois, il était saoul, c'est pas une excuse mais... il y avait huit chances sur dix qu'elle soit saisie... on l'empêchait ! Alors autant se marrer. Il se battait... à sa façon : « Je me suicide, vous ne m'aurez pas ! »

L'hiver était passé, il n'allait pas le retenir celui-là. C'était en mai dernier, le 22, Lydie était entrée, il ne l'attendait pas, tout de suite il avait pensé à un accident, elle lui avait tendu une lettre de Juliette.

— Mon père ?

— Zélie…

Sa sœur, partie comme sa mère… juste quand il est en prison et qu'il ne peut rien faire, même pas aller l'enterrer. Zélie traînait depuis longtemps et on avait fini par oublier qu'elle était malade, il n'avait pas pris le temps d'aller l'embrasser avant de partir ! même ça… tout de travers ! morte de chagrin ! C'était l'autre peste et son bouc… la faute à eux !

Là, il l'avait senti qu'il chutait… Parce qu'il avait beau regarder Lydie, il ne voyait plus qu'une étrangère au visage fermé. Il était trop loin maintenant, la charmante et le vin blanc… plus d'un serait tombé dans le coma avec ce qu'il ingurgitait, mais lui restait debout, poreux, matière molle… de plus en plus molle. Il avait encore enflé, Lydie avait voulu le conduire chez un docteur… Pour quoi faire ?

Il en sortait tout de même de son coton, un mois, deux mois ça pouvait durer, alors il débordait d'énergie comme autrefois… Ça qui fait illusion ! Il se voyait rebondir, terrasser les faux culs… de plus en plus don Quichotte.

Il avait voulu honorer la Suisse, offrir une sculpture, une *Helvetia* à sa ville… et il était revenu à la femme, au réalisme, à son idéal. Une pièce qui présiderait le marché chaque semaine, sur la place. Il en ferait un moulage et il l'offrirait à tous les villages qui la voudraient, sa *Liberté retrouvée.*

Elle était venue sans effort dans ses mains, toujours les femmes l'avaient poussé en avant… avec une chevelure animale, une force brutale, une femme en été, une chair qui sent la sueur, généreuse, souriante, sans arrière-pensée. Une façon de faire revenir Zélie, sa mère, toutes les femmes perdues… Ornans avait détruit son *Pêcheur de chavots*, La Tour-de-Peilz aurait son *Helvetia* !

Tout le monde était ravi, il n'y avait que le bonnet phrygien qui chagrinait… « alors appelons-la *Liberté* au lieu d'*Helvetia*, *Liberté* c'est mieux »… mais *Liberté* chagrinait encore quelques chatouilleux… « alors *Hospitalité* ! » Ils étaient tombés d'accord, *Hospitalité* serait gravé sur le socle. Même ça qui avait posé problème ! Indécrottables… À rire ou à pleurer ? *Hospitalité*, lui, ça lui faisait penser à hôpital mais bon… il n'allait pas en rajouter.

Ils l'inaugureraient le 15 août, c'était décidé, le même jour il ouvrirait les portes de son Bon-Port pour montrer ses toiles, entrée gratuite, chacun laisserait ce qu'il voudrait dans une assiette à l'entrée, il le reverserait à l'amicale des exilés.

Mais plus il s'échappait, plus l'étau se resserrait… la cour d'appel confirmait le jugement, c'était plié, couru… il était coupable ! ils n'en démordaient pas ! il payerait ! restait à fixer la somme… on verrait ça plus tard, histoire de le faire mijoter un peu plus. Il n'en fallait pas plus pour le faire replonger.

Alors le 15 août… en fin de journée, il s'était rendu, lourd, fatigué, on n'attendait plus que lui sur la place. Le maire, tout le tintouin, la chorale, la fanfare, les communards, les Suisses… Le maire l'avait accueilli avec des « cher maître », des sourires élastiques. Il y était allé de son discours, Courbet attendait les mains croisées sur son ventre. Il lui avait passé la parole.

— Après, après…, il avait dit.

D'abord qu'il la montre, qu'on la voie son *Hospitalité*. Ils avaient retiré le drap qui la recouvrait. On avait applaudi, le maire lui avait pris la main pour la lever bien haut.

— C'est un honneur pour la Suisse ! Pour La Tour…

On avait encore applaudi… Maintenant c'était son tour, le maire avait demandé le silence, Courbet regardait sa sculpture comme s'il la découvrait.

— Elle a de beaux cheveux…

Il cherchait ce qu'il pouvait bien en dire. Il y avait eu quelques rires parce que ça fait toujours rire un homme qui ne sait plus, qui se cherche… encore plus s'il est saoul. Il les avait regardés.

— Vous attendez que je dise quelque chose… C'est pas facile, la liberté c'est pas facile…

C'était lui maintenant qui avait son petit rire. Il allait les faire chier un peu puisqu'ils voulaient se marrer. Il s'était tourné vers le maire, un peu gêné l'élu, sur des œufs… il y avait eu quelques sifflets, encore des rires.

— Vous l'avez déjà rencontrée vous, la liberté ? Je l'ai peut-être aperçue mais je ne me souviens plus, je devais être bourré.

Ils mordaient, ils riaient. Ça, il savait encore… même si c'était toujours à son détriment.

— Peut-être bien qu'il faut être bourré pour la voir ! Peut-être que je me suis trompé de femme… Mais le cœur y était. Vous êtes un peuple merveilleux, vous avez les plus belles montagnes du monde… le meilleur des mondes, pardon à Rousseau.

On l'avait applaudi comme s'il avait dit quelque chose d'important.

— J'avais préparé un petit texte… mais je ne vais pas le lire.

Ça lui était venu comme ça, pas prémédité, remâché… il n'avait plus envie, il était fatigué.

— Je suis un peu fatigué et puis… il faut de l'innocence pour parler de la liberté. Il faudrait ne pas savoir… rien des hommes.

Là, il avait creusé un silence, on le sentait parti, qu'il allait s'envoler, sortir quelques perles comme il était le seul à savoir. Mais non !… Son regard s'était arrêté sur un petit Jo… Pourquoi lui ? Un autre petit Jo, il avait pensé et il en avait été tout remué. Petit Jo ! Comme il serait heureux de l'avoir près de lui… Pour lui, peut-être il arrêterait de faire le con. Il avait fait signe à l'enfant de le rejoindre, sa mère l'avait poussé, lui n'osait pas… Il s'était avancé freluquet, petit Jo aurait été plus décidé… Courbet l'avait pris par les épaules pour le retourner vers le public. Il avait retiré une feuille de sa poche.

— Tu sais lire ?… Oui… T'as peur ? Vas-y…

L'enfant avait lu le premier mot.

— Cette tête…

Courbet lui avait soufflé à l'oreille : « Très bien, maintenant tu parles fort et tu te tiens droit ! » L'enfant avait fait comme il avait dit, il s'était mis à lire avec ce ton propre aux enfants qui déchiffrent. Courbet gardait les mains sur ses épaules.

— Cette tête, je l'ai appelée *Liberté*. La liberté, elle n'appartient à aucun pays, aucune caste… elle n'exprime aucune haine ni colère…

Si l'enfant butait, Courbet reprenait le mot. L'enfant parlait avec de plus en plus d'assurance et de plus en plus fort, le rose aux joues. Et on découvrait que dans sa bouche, les mots prenaient du poids, même ou surtout parce qu'il ne les comprenait pas tous.

— La liberté appartient à l'humanité tout entière… elle est sa grandeur et sa beauté. Oui, la liberté est bonne… pas de lauriers sur son front ! parce que les peuples n'ont pas besoin de lauriers pour être heureux. Je suis fier de l'offrir au pays qui nous accueille, les bannis, les chiens… les fous de liberté. Vive la liberté, vive l'amour de la liberté… Vive la Suisse.

Courbet avait embrassé l'enfant, il l'avait soulevé de terre pour qu'on l'applaudisse. Le maire attendait pour le remercier encore à deux mains. L'enfant avait couru retrouver sa mère. On s'approchait pour voir de plus près cette *Liberté* et ce Courbet ! On venait le féliciter, c'était joyeux et il y était pour quelque chose… Tout le reste n'avait aucune importance.

Il avait croisé le regard d'une jolie femme qui s'était laissé surprendre à le regarder, elle n'avait pas baissé les yeux… « Avec celle-là peut-être », il s'était dit…

Non ! Il avait baissé les yeux, « Avec personne ! » Il en avait assez de se faire balader.

La chorale avait chanté. Et puis il y avait eu un vin d'honneur au café du Centre. Il avait recroisé le regard de la femme... « Non ! » Et puis le banquet... Tout ça était venu par lui, il en poussait des soupirs de satisfaction.

Au creux de la nuit, ils n'étaient plus qu'une huitaine, les autres étaient partis depuis longtemps, huit à chanter des chansons de la Commune, de la canaille, celle des premiers jours, la folle, la lumineuse... quand une autre folle d'idée s'était plantée bien droite en lui, à le faire se lever.

— On va aller pisser en France ! Je veux revoir la France ! il avait déclamé.

— Tu vas rien voir, c'est tout noir, avait dit Slom.

— Rien que la sentir. Je veux aller pisser sur l'herbe de France !

Les autres se tiraient de la chanson l'un après l'autre, il en faut du temps à cette heure pour qu'une idée pénètre les consciences.

— On va aller pisser en France ! il l'avait gueulé cette fois et là, tout le monde avait saisi l'aventure à venir... et lui de le gueuler, il y avait cru.

— Pisser sur la France !... Ah ça ira, ça ira, ça ira... On ira tous pisser en France !

Ils avaient repris avec lui, laissé leur serviette... dehors, ils chantaient encore « Ah ça ira, ça ira, ça ira »... Courbet s'était hissé sur la margelle de la fontaine, c'était son habitude, pour haranguer une assemblée imaginaire, tout qu'il dénonçait ! Il n'était pas près d'en finir. Il avait fallu le faire descendre, le tirer, le pousser dans une carriole… « Ah ça ira, ça ira, ça ira »… Ils étaient partis pour la France, deux carrioles chantantes qui se répondaient, ils poussaient les chevaux pour se dépasser, c'était un vent furieux qui traversait la nuit.

— C'est là ! c'est là… Chut !!!

Là, ils s'étaient tus. C'est pas grand-chose un poste frontière à cette heure, noir comme un cul ! Les chevaux avançaient au pas, ça chantonnait encore en sourdine… Impossible d'arrêter le feu ! C'est là que Slom l'avait sorti son feu, un pétard pas pour rire et il avait tiré en l'air. Ça avait fait un boucan énorme dans la nuit, à en rester sourd, sonné… et ce con qui voulait recommencer.

— Je veux me battre, je veux me battre !

Il avait été condamné à mort à Versailles, il avait sauté de sa carriole et salut ! On lui avait tiré dessus… Tous les soirs il racontait comment et sa galopade… C'est long quatre ans, il craquait, il en fallait deux sur lui pour l'empêcher.

— J'en ai assez de vivre comme un chien… Pan ! Pan ! il gueulait. Je veux revoir mes enfants. Je veux baiser ma femme…

Des lumières s'étaient allumées, le planton était sorti avec son fusil.

— Qui va là ?

Lui aussi gueulait… de trouille lui ! Il sommait… Il allait tirer ! Alors ils avaient fouetté les chevaux et grand galop et bruit de ferraille, ils étaient repartis…

— Je veux baiser ! Je veux baiser ! Pan ! Pan !

Ils s'étaient remis à chanter, il n'y avait que ça pour sortir Slom de sa lubie.

L'équipée était revenue à La Tour, Courbet avait voulu se baigner, il faisait doux, la lune les regardait se déshabiller, les corps blancs paraissaient encore plus blancs, qui plus gros, qui plus maigre. Ils couraient dans l'eau et ça faisait comme de grosses étincelles d'eau. Elle était là la liberté nom de Dieu ! Cette nuit-là, dans l'eau…

C'était il y a trois ou quatre mois.

— On est quel mois ?

— Septembre, dit Mona.

Seulement un mois ? Ça lui paraît si loin déjà… Quelques jours ou semaines après sa *Liberté*, un échalas s'était présenté à l'atelier. Pata l'avait envoyé au café du Centre.

— Monsieur Courbet ?

Il ne l'avait pas vu venir. Il tenait une toile sous son bras, emmaillotée dans une couverture de laine rouge. Courbet avait pensé à un de ces peintres qui voulaient son avis sur leur dernière chiée.

— Fais voir !

L'homme voulait lui parler à l'écart des autres. Il fallait se lever… Il avait fait l'effort. Il y avait encore peu de monde dans la salle, ils s'étaient approchés d'une fenêtre.

— Je vous remercie. Je tiens une galerie à Bâle, j'ai ce tableau dont vous seriez l'auteur.

— Fais voir…

— C'est que c'est une toile qui ne se montre pas en public.

— Vas-y quand même.

— Ici ?

Était-ce possible ? Courbet attendait qu'il déshabille sa toile… C'était bien le con de Jo ! il ne s'était
pas trompé. Il avait pris le tableau… merde ! c'était pas
une copie… Son chef-d'œuvre ! Un vrai ! Le temps ne
fait pas de cadeau, mais c'était toujours la même force
qui imposait le silence… force ou grâce… un mystère,
même pour lui qui l'avait peint.

Tout lui revenait… la première fois qu'il avait pris la
toile dans les mains, Jo qui lui demandait de la peindre… « Après je m'en irai ! »

Où était-il aujourd'hui celui qui avait peint ?
Qu'avait-il fait pour en arriver là ? Il aurait dû être avec
Pata dans son atelier… Khalil Bey ne s'était pas
trompé, il n'avait rien fait de mieux.

L'homme parlait tout contre lui.

— J'ai un bon client qui serait preneur, il aimerait
un joli paysage de vous qui viendrait par-dessus celui-ci
comme un voile, disons un cache-sexe.

Courbet l'avait regardé.

— Quel sexe ?

L'autre s'était pris les pieds, il ne savait plus si c'était
du lard ou du Courbet. On lui avait dit qu'il était un
peu particulier… Qu'il se démerde ! Courbet était
reparti dans la contemplation du tableau, il s'en remplissait… On lui avait volé ça aussi ! À moins que ce ne
soit lui… que ce ne soit ça vieillir, cette perte. Serait-il
encore capable de le refaire ? Il a Mona sous la main…
Mona ? Le destin ? Qu'est-ce qu'il lui veut encore

celui-là pour l'amener à cette fille quelques jours à peine après qu'il a revu cette toile ?

Non, il n'allait pas la refaire… On dit qu'avant de mourir un homme fait la tournée, une dernière visite à ceux qu'il a aimés. Allait-il mourir ? Jo étant trop loin, Mona aurait pris sa place ?

— Mona ?

Est-ce qu'il a tout dit ?… Toute la nuit, il les a revus ceux qu'il a aimés… Il va mourir !… Et alors ? Il n'a rien découvert à se raconter… Si ! En repoussant Jo il a tué l'amour.

— J'ai tué l'amour…

Il en avait toujours gardé, secrète, une culpabilité, le sentiment d'une faute qui avait fini par se confondre avec le souvenir de Jo. Et depuis, tout était allé de travers, ce n'était pas Adèle, non c'était lui… Il payait ! La nature se vengeait ! On ne tue pas l'amour, c'est contre nature. Et pourtant il n'avait rien fait d'autre que la laisser parler sa nature… Alors ?

Le tableau, son chef-d'œuvre, Jo, Ève… L'Origine ! Il est toujours là, intact. Il a été celui-là… pas seulement le peintre, cette chose qui ne se dit pas… et il ne l'est plus, voilà ! De la même manière que son père n'est plus celui qu'il a été. La Jo qu'il a connue n'existe plus.

Il n'a rien tué du tout, il a vieilli, il a vécu… C'est peut-être ça vivre, la nature de vivre, rien qui dure ! Il n'a rien tué du tout… Il a seulement épuisé le vivre, ce n'est que sa soif qui se lamente, qui veut encore et encore…

Mona s'est endormie, il entend sa respiration un peu forte, apaisée, c'est peut-être ça aussi vivre… s'endormir comme Mona, laisser dire laisser la vie aller comme elle croit devoir aller… et puis c'est tout !

Deux ans plus tard, Mona avait reconnu la photo de Courbet dans le journal. Elle l'avait acheté. Il venait de mourir… le 31 décembre ! Le 1er janvier, il aurait eu à payer sa dette, en mourant le 31 il l'annulait et sa famille n'avait plus rien à craindre. Les obsèques auraient lieu le lendemain à cinq heures. Elle s'y était rendue.

Il avait neigé toute la nuit et tout le jour… la neige mangeait les bruits, c'était tout coton, ça lui allait bien. Un homme l'avait regardée à plusieurs reprises, Casta, elle s'était dit. Elle avait cherché parmi les femmes, aucune qui lui ressemblait… Elle avait reconnu son père, aussi sec que lui était gros… Zoé et Juliette…

Courbet était revenu la voir plusieurs fois, il lui avait offert deux toiles… « Si tu peux, attends que je sois mort avant de les vendre, elles vaudront beaucoup plus cher », il lui avait dit. De toute manière, elle n'avait aucune envie de les vendre. Elles étaient en de bonnes mains, elle avait compris que ça avait de l'importance.

Elle avait écouté des discours qui n'en finissaient pas, ils parlaient d'un homme qui n'avait pas existé,

311

même ce Casta qui voulait en faire un saint ! Courbet lui aurait lâché un gros pet sonore et bien puant pour lui rappeler que le réalisme, c'était lui...

Elle avait eu froid aux pieds... Et elle s'était mise dans la file avec les autres, derrière une femme qui pleurait, Lydie peut-être... Elle avait fait comme elle, elle avait pris une motte de terre et elle l'avait lancée sur la caisse et dans sa tête elle n'avait pas pu s'empêcher, elle lui avait dit : « Marche droit nom de Dieu ! »... et elle était repartie... presque guillerette ! les flocons tombaient sans bruit, tout le ciel on aurait dit qui se mettait à tomber, toutes les colonnes, tous les hommes sur la terre... ce n'était pas un drame.

Ceci est un roman, pas une biographie, je me suis servi de Courbet, c'est entendu, même si parfois j'ai eu l'impression du contraire, et si j'ai mis dans sa bouche des mots qui pourraient le blesser ou seulement le chagriner, que de là-haut ou de n'importe où, il veuille bien me pardonner. Pour ma part, je lui serai toute ma vie reconnaissant. Merci Gustave.

Je me suis aussi servi des biographies de Michel Ragon (Fayard) et Gilles Plazy (Le Cherche-Midi), de la correspondance de Courbet (Flammarion), de L'Insurgé *de Jules Vallès (Flammarion), de* Mes cahiers rouges au temps de la Commune *de Maxime Vuillaume (Actes Sud) et du* Cri du peuple *de Jacques Tardi et Jean Vautrin (Casterman). Merci à eux tous.*

 **www.livredepoche.com**

- le **catalogue** en ligne et les dernières parutions
- des **suggestions de lecture** par des libraires
- une **actualité éditoriale permanente** : interviews d'auteurs, extraits audio et vidéo, dépêches…
- **votre carnet de lecture** personnalisable
- des **espaces professionnels** dédiés aux journalistes, aux enseignants et aux documentalistes

Composition réalisée par FACOMPO (Lisieux)

Achevé d'imprimer en juillet 2009 en Espagne par
LITOGRAFIA ROSÉS
08850 Gava
Dépôt légal 1re publication : août 2009
LIBRAIRIE GÉNÉRALE FRANÇAISE – 31, rue de Fleurus – 75278 Paris Cedex 06